SCHMUTZIGES KLEINES GEHEIMNIS

EINE ARZTROMANZE (SÖHNE DER SÜNDE BUCH EINS)

JESSICA F.

INHALT

Veröffentlicht in Deutschland:

Von: Jessica F.

© Copyright 2021

ISBN: 978-1-64808-952-7

❀ Erstellt mit Vellum

KLAPPENTEXT

Vor langer Zeit war ich ein schlimmer Junge, der jedem Rockzipfel hinterhergelaufen ist ...Etwas ist passiert, was das alles verändert hat.

Auf einmal jagte ich nicht mehr den Frauen hinterher, sondern dem Traum, ein Arzt zu werden.
Harte Arbeit und Zielstrebigkeit ließen mich meinen Traum um einiges früher erreichen,
als das normalerweise der Fall gewesen wäre.Und mit dem Titel ein/ Arztes kamen die Frauen bereitwillig,
darauf aus, sich einen wohlhabenden Kerl an Land zu ziehen.S hatten ja keine Ahnung, dass ich nur zu bereit war,
ihnen ein paar heiße Erinnerungen für die Ewigkeit zu hinterl/ aber mein Herz gehörte jemand anderem.
Jemandem, den ich mit niemandem teilen wollte.Aber dann nahm sich, was nur mir gehören sollte.
Und vielleicht würde sie sich auch mein Herz nehm/

1

ZANDRA

Kalter Wind schüttelte mich, als ich die Stufen zu meinem Apartment emporstieg, das ich mit vier anderen teilte. Leider waren sie vier der unordentlichsten und kindischsten Zimmergenossen, die ich jemals getroffen habe.

Ich habe sie kennengelernt, als ich in einer Cocktailbar im Underground gearbeitet habe, einem Nachtklub in Chicago, und wir haben uns ausreichend gut verstanden, um uns dazu zu entschließen zusammenzuziehen. Ich hatte ja keine Ahnung, dass die vier sich zu Hause komplett anders verhielten als auf Arbeit.

Da ich ein paar Jahre älter als die anderen bin, nahm ich an, dass ich mit 26 wahrscheinlich ein bisschen erwachsener war. Es musste einen Grund geben für meine wachsende Ungeduld mit den Menschen, mit denen ich die letzten Jahre zusammengelebt hatte.

Es schien, als wäre es gerade gestern gewesen, dass ich genauso war wie sie, schmutzige Wäsche auf den Boden geworfen hatte, anstatt sie wegzuräumen, und eine heillose Unordnung geschaffen hatte, während ich nach etwas zum Anziehen suchte. Oder das schmutzige Geschirr in der Spüle stehen gelassen hatte, in der Hoffnung, dass jemand anderes angewidert genug sein würde, um sich dazu gedrängt zu fühlen, abzuwaschen. Ja, ich war genauso schlampig, wie sie es waren, aber in den letzten Monaten hatten sich die Dinge verändert.

Ich hatte mich verändert. Jetzt wollte ich einfach ein sauberes Apartment, in dem ich leben konnte.

Was das zu viel verlangt?

Ich ging zurück zu dem stillen Haus, nachdem ich meinen Morgenkaffee in dem kleinen Café am anderen Ende der Straße getrunken hatte, und ging ins Badezimmer, das wir fünf uns teilten.

Ich wäre gern in das Badezimmer gegangen, ohne erst die verdammte Toilette reinigen zu müssen. Zwei meiner Zimmergenossen waren Jungs, die die Angewohnheit hatten, Urin an Stellen zu hinterlassen, die keinen Sinn ergaben. Auf dem Badewannenrand, auf dem Boden um die Toilette herum und einmal sogar bei der Tür, aus irgendeinem unerfindlichen Grund. Und sie schienen ihre Missgeschicke niemals zu bemerken und überließen es anderen, sich darum zu kümmern.

Ich hatte damit angefangen, einen kleinen Behälter mit kleinen Tüchern mit mir herumzutragen, die nach Pfirsich dufteten, mit denen ich alles abwischte. Es schien, als würde ich wie eine Mutter werden, etwas, das mir gar nicht gefiel, aber ich wusste nicht, wie ich es schaffen konnte, alles einfach abzuschütteln und wieder so zu werden, wie ich einmal war, als mir alles egal gewesen war.

Um meinem Erwachsenwerden entgegenzuwirken, ging ich zum Frisör und ließ mir meine dunklen Haare in einer jugendlichen Art schneiden und färben. Die neuen dunkelblauen Strähnen waren vielleicht nur ein Versuch, an meiner Jungend festzuhalten, aber was soll's? Ich mochte sie.

Aber auch als ich in den Badezimmerspiegel sah, nachdem ich alles abgewischt hatte, sah ich eine neue Reife in meinen blauen Augen, die vor ein paar Monaten noch nicht dort gewesen war.

Ja, die Strähnen in meinem Haar hatten die gleiche Farbe wie meine Augen. Ein Mädchen hat gern alles passend.

Ich starrte in die Augen der Person, die mich anschaute, und das Gefühl der Leere, das ich manchmal empfand, überkam mich wieder. Meistens konnte ich diese Leere ignorieren, aber hin und wieder hielt sie sich eine Weile hartnäckig, bevor sie mich wieder verließ und ich wieder atmen konnte.

Wann immer es mich traf, wurde mein Leben vorübergehend zur Hölle. Meine Träume wurden zu Alpträumen, und alles, was ich tun konnte, war Kaffee trinken, um wach zu bleiben, zu versuchen die schlimmen Träume fernzuhalten. Ich schloss meine Augen, betete, dass das Gefühl dieses Mal nur ein paar Tage andauern würde, statt der wochenlangen Qual, in der ich das letzte Mal fast ertrunken wäre.

Als ich sie wieder öffnete, sah ich mich erneut mich selbst anstarren. Eine junge Frau, nicht mehr das Mädchen, das ich gewesen war. Ich musste den Dingen ins Angesicht blicken, anstatt zu versuchen, sie zu vergessen oder zu ignorieren.

Ich hatte nicht die beste Vergangenheit. Na und?

Viele Menschen stießen in ihrem Leben schlechte Dinge zu. Für wen hielt ich mich denn?

War ich unantastbar? War ich zu gut dafür, dass mir etwas Schlechtes passieren konnte? Nein, das war ich nicht. Und ich musste mit diesen innerlichen Vorwürfen aufhören, die zusammen mit der Depression kamen.

Ich verließ das jetzt saubere Badezimmer und ging in das Schlafzimmer, das ich mit den beiden anderen Mädchen teilte. Sie lagen auf ihren Betten, eine von ihnen schlief mit dem Kopf am Fußende.

Ich unterdrückte den Drang sie in die richtige Position zu ziehen, ein mütterlicher Instinkt, der nur dafür sorgte, dass die depressiven Gefühle in mir noch näher an die Oberfläche kamen.

Tränen brannten in meinen Augen, und ich verließ das Zimmer und ging in die Küche und räumte weiter auf. Aufräumen und sauber machen waren für mich zu einem Ventil geworden, das ich nutzte, wenn die Leere mich zu überwältigen drohte.

Und mit dieser schlampigen Mannschaft gab es immer viel zu tun. Das Geschirr musste abgewaschen werden, also machte ich mich an die Arbeit. Der Boden musste gekehrt und gewischt werden, also tat ich auch das. Der Kühlschrank musste gereinigt werden, die Reste weggeschmissen und das ganze Ding mit einem meiner nach Pfirsich duftenden Tücher ausgewischt werden.

Als der erste meiner Zimmergenossen aufwachte und seinen Hintern aus dem Bett bewegte, funkelte die Küche und alles duftete nach Pfirsich. Dillon stand in seiner nicht mehr so weißen Unterhose da, rieb sich mit dem Handrücken seine Augen und gähnte laut. „Was zur Hölle tust du und veranstaltest all diesen Lärm an einem Sonntag, Zandy? Wir sind erst vier Uhr früh nach Hause gekommen. Bist du wahnsinnig?"

War ich das?

Ich war mir nicht sicher, was ich darauf antworten sollte. Ich war der Meinung, es wäre am besten, seine Frage einfach zu ignorieren. „Ich mache sauber, Dillon. Etwas, was ihr anderen noch lernen müsst. Ich versuche leiser zu sein, damit ihr schlafen könnt. Tut mir leid." Sich für grundlegende Dinge zu entschuldigen konnte nicht etwas sein, was jemand tun wollte.

Ärger baute sich in mir auf. Diese undankbaren Kinder sollten in ihrem Dreck ersticken!

Als Dillon müde wieder in sein Schlafzimmer wankte, das er mit dem anderen Kerl teilte, der bei uns lebte, schaute ich auf den sauberen Boden und fragte mich, was zur Hölle ich hier eigentlich tat.

Meine Eltern lebten außerhalb der Stadt. Aber ich würde nicht wieder bei ihnen einziehen. Ich sprach nur mit meiner Mutter, wenn sie hin und wieder anrief und dann auch nur sehr kurz. Ich ließ sie wissen, dass es mir gut ging, aber nicht mehr.

Sie hatte es nicht verdient, mehr zu erfahren. Nicht nachdem, was sie und mein Vater mir angetan hatten.

Ihre grausame Tat hatte ein Loch in meinem Herzen hinterlassen. Ein Loch, das niemals wieder heilen würde.

Ich ging zur Eingangstür und setzte mich auf die oberste Stufe vor unserem Apartment. Der Wind blies immer noch heftig und peitschte meine Haare um meinen Kopf. Die kalte Luft ließ mich bis ins Mark erschauern, da ich nur einen Sweater anhatte, der mich warm hielt. Nur einen alten Sweater und ein paar Jeans bedeckten meinen Körper. Es war nicht ausreichend, um die Kälte fernzuhalten.

Ich pulte an einem Loch in meiner Hose und riss es dabei noch weiter auf. Das Bild eines Babys erschien kurz vor meinen Augen, bevor ich es erfolgreich beiseiteschob.

Nein, ich würde nicht zulassen, dass sich solche Dinge in meinem Gehirn breitmachten. Aber wenn ich einschlief, dann schlichen sich diese Gedanken und Bilder an, waren in meinen Träumen und verwandelten sie zu Alpträumen.

Zwei Tage lang hatte ich kaum geschlafen. Ich wachte mit Tränen auf dem Kissen auf, stand auf und tat alles, was ich konnte, um dafür zu sorgen, dass ich nicht mehr daran dachte. Denken machte alles nur schlimmer.

Zehn Jahre waren vergangen. Warum belastete es mich immer noch so sehr?

Ich sah auf meinen linken Arm und fasste es immer noch nicht, dass ich mich vor drei Tagen so sehr betrunken hatte, dass ich mir an meinem Handgelenk ein Tattoo hatte stechen lassen.

Warum hatte ich mir das angetan?

Warum tat ich alles, um mich an das eine zu erinnern, was ich so verzweifelt zu vergessen suchte? Warum würde ich das auf meinen Körper tätowieren?

Für den Rest meines Lebens würde ich nach unten sehen, und meine Augen würden auf 03/05/2008 fallen, das in babyblauer Tinte dort geschrieben stand. Warum sollte ich so etwas tun?

Nur Gott wusste, warum ich das getan hatte, egal wie viel Alkohol ich getrunken hatte. Oder der Teufel. Ich war mir nicht sicher, wer mich fester im Griff hatte.

Manchmal fühlte es sich wie der Teufel an, der die Wege in meinem Leben bestimmte.

Gibt es einen Weg, mein Leben zu ändern, oder ist es bereits zu spät? Gibt es einen Weg aus dieser Leere heraus?

Wenn es ihn gab, dann war ich mir jetzt darüber im Klaren, dass ich die Antwort nicht in Chicago finden würde. Darüber war ich mir sicher.

Ich wurde hier gegen meinen Willen hergeschleppt, als ich sechzehn Jahre alt gewesen war. Als ich das Haus meiner Eltern an meinem achtzehnten Geburtstag verlassen hatte, konnte ich nirgendwo hin. Ich hatte zehntausend Dollar, die ich von meiner Großmutter geerbt hatte. Sie war gestorben, als ich zwölf war, und das Geld hatte in einer Bank in Charleston, South Carolina auf mich gewartet, wo wir fast unser ganzes Leben lang gelebt hatten.

Als ich achtzehn geworden war, hatte ich Zugang zu dem Geld erhalten und war so schnell wie möglich aus dem Haus, in dem ich zwei höllisch lange Jahre eingesperrt gewesen war, verschwunden. Es war in meinem Namen hinterlegt. Der Begleitbrief sagte, dass es an meinem Geburtstag freigegeben wurde und dass es mir freistand, es zu nehmen.

Ich habe mir davon ein Geburtstagsgeschenk gekauft – eine Taxifahrt in die Stadt und eine Woche in einem billigen Motel. Dann habe ich einen Job im Underground gefunden.

Meine erste Zimmergenossin war ein Mädchen namens Sasha, die seit ein paar Jahren schon im Klub arbeitete. Mit ihren fünfundzwanzig Jahren nahm sie mich unter ihre Fittiche und brachte mir alles bei, was ich wissen musste – sexy sein und flirten –, um ein gutes Trinkgeld zu bekommen.

Ein paar Jahre später hat sie einen Typen getroffen und war ausgezogen, um mit ihm zusammenzuleben. Sie hatte auch ihren Job im Nachtklub beendet. Damals habe ich meine neue Freundin getroffen. Taylor hatte auch mit achtzehn angefangen im Klub zu arbeiten. Ich war damals schon ein bisschen älter und nahm mich ihrer an, ließ sie in Sashas Zimmer wohnen.

Taylor brauchte keine großartigen Anweisungen. Sie schien ein Naturtalent zu sein, wenn es um das Flirten ging. Und es schadete auch nichts, dass sie absolut kein Problem hatte, mit jedem Typ zu schlafen, der sie wollte.

Ich hatte Probleme mit Sex. Meine Vergangenheit machte es mir schwer, irgendwelche Freude daran zu finden. Es war Sex gewesen, der mir Ärger eingebracht hatte.

So sexy ich mich auch anzog und so sehr ich auch flirtete, es war alles nur ein Schauspiel. Ein wichtiges, das mir dabei half, ein Dach über dem Kopf zu behalten, Essen im Bauch und ein Auto unterm Hintern.

Jahrelang derselben Routine zu folgen kann ermüdend sein, und Junge, war ich müde. Müde immer dieselben Gebäude anzuschauen. Müde dieselben alten Straßen entlangzufahren. Müde mit ein paar pubertierenden Jugendlichen zusammenzuleben.

Meine Tasche hinten an meiner Jeans vibrierte, und ich holte mein Handy heraus. Ein Lächeln brach sich seinen Weg auf meinem hoffnungslosen Gesicht. Wie von Zauberhand erschien Taylors Name auf dem Display.

Sie war schon vor einem Jahr weggegangen, hatte mich dazu gebracht, mich nach neuen Zimmergenossen umsehen zu müssen. Ich weiß nicht mehr, was mich dazu gebracht hatte, immer mehr Leute einziehen zu lassen, aber das hatte ich. Ich hatte schon seit einer Weile nichts mehr von ihr gehört.

„Hey du", sagte ich.

„Selber hey, Mädchen. Was machst du so?", fragte sie mich.

Ich fuhr mir mit der Hand durch meine Haare und hielt sie fest, damit der Wind sie nicht umherwehen konnte. Ich seufzte schwer. Ich wusste nicht, was ich sagen sollte. Ich steckte immer noch in demselben Dilemma. Aber das laut auszusprechen schien so pathetisch. „Nicht viel. Und du?"

„Ich arbeite in diesem tollen Klub namens Mynt in Charleston", erwiderte sie enthusiastisch.

„Mynt?" Meine Gedanken wanderten zurück nach Charleston. Das Zuhause, das ich verlassen musste, als ich gerade einmal sechzehn war. Knapp sechzehn, wie meine Mutter mir ständig in Erinnerung rief.

Mom erinnerte mich viel zu oft daran, dass ich kaum älter als fünfzehn gewesen war, als ich mich selbst in, was sie so schön als „Die Situation" bezeichnete, gebracht hatte. Eine Situation, daran erinnerte sie mich auch immer wieder, die sie und meinen Vater dazu gezwungen hatte, sich von unserer kleinen Familie zu lösen und weit weg zu ziehen. Nach dem Umzug war mein Leben niemals wieder dasselbe gewesen.

„Ja, Mynt", sagte Taylor und holte mich aus meinen Grübeleien. „Und willst du hören, was ich denke, Zandy?"

„Was denkst du?" Ich kaute auf meinem langen schwarzlackierten Fingernagel, als ich darauf wartete, was sie zu sagen hatte.

„Ich denke, dass du hier runter in den Süden kommen und mit mir zusammen arbeiten solltest." Sie verstummte, um ihre Worte wirken zu lassen während ich darüber nachdachte. „Ich habe ein sehr schönes Zweizimmer Apartment und meine Zimmergenossin ist gerade ausgezogen. Ich könnte jemand neuen gebrauchen, und wer würde sich besser dafür eigenen?"

Ja, wer würde sich dafür besser eignen?

Charleston klang nett. Dahin zurückzugehen was für mich immer mein Zuhause gewesen war, klang fantastisch. Warum nicht zurückgehen?

Selbst wenn ich auf jemandem aus meinem alten Leben traf, war es ja nicht so, als ob sie wüssten, warum wir so plötzlich weggezogen waren. Was machte es schon aus, wenn ich wieder in meine Heimatstadt zurück ging?

„Und die Bezahlung im Mynt?", fragte ich. „Ist sie okay?"

„Ich verdiene genug um meine Rechnungen zu zahlen, zu essen, was ich immer ich will, wann immer ich will, ein schönes Auto zu fahren und sogar hin und wieder shoppen zu gehen." Sie lachte, schrill und quietschend, aber noch angenehm, so wie nur Taylor es konnte. „Bitte sag mir, dass du kommst. Ich habe schon mit dem Boss über dich gesprochen. Er ist der Meinung, dass du gut in unsere kleine Familie im Mynt passen würdest. Es macht richtig Spaß, Zandy. Du wirst es dort lieben. Ich verspreche dir, dass wir eine tolle Zeit haben werden."

Sie ließ das wie eine gute Idee klingen, und es war ja nicht so, dass ich irgendetwas hatte, was mich in Chicago hielt. Eine Veränderung war vielleicht genau das, was ich brauchte, um die Leere zu verdrängen. Zumindest für eine Weile.

Eine weitere kalte Windböe traf mich, und ich stand auf. Meine

Hand ballte sich an meiner Seite zu einer Faust, ich war für eine große Veränderung bereit. „Es ist wie ein Wunder, dass du mich gerade jetzt angerufen hast, Taylor. Ich bin in letzter Zeit ziemlich schlecht drauf. Eine Veränderung ist genau das, was ich jetzt in meinem Leben brauche."

Sie klang hoffnungsvoll. „Bedeutet das, dass du kommst?"

„Ja, ich komme." Ich ging wieder hinein und aus er Kälte. „Wann soll ich dort sein?"

„Gestern", sagte sie leise lachend. Taylor war das, was einer Fee am nächsten kam, und sie war unglaublich charmant. Die Leute nannten sie oft Tinkerbell.

„Dann packe ich meine Sachen und sage auf Arbeit Bescheid. Dann steige ich ins Auto und komme zu dir. Schick mir die Adresse, und ich bin so schnell da, wie mein Auto mich trägt."

Veränderung war wichtig. Das war es, was in meinem Leben in letzter Zeit fehlte, und ohne Veränderung würde es eine lange eintönige Existenz sein. Ich wollte die Eintönigkeit hinter mir lassen. Hoffentlich würde Charleston dafür sorgen.

2

KANE

Das Geräusch, als sein Schläger den Ball traf, ließ meine Brust vor Stolz anschwellen. „Du hast es geschafft, Fox! Und jetzt lauf, Junge!"

Ich war aufgesprungen, als der Ball davonschwirrte und klatschte, als mein zehnjähriger Sohn den Schläger wegwarf und seine erste Base rannte, bevor irgendjemand an den Ball kommen konnte. „Lauf eine zweite!", rief ich ihm zu, als ich sah, dass er etwas verwirrt dreinblickte und nicht wusste, was er tun sollte.

Der Trainer rief: „Weiter Fox! Das könnte ein Homerun werden!"

Der erste Homerun meines Sohns!

Ich stand da, sah zu und wagte nicht zu atmen, drückte die Daumen und hoffte, dass er es schaffen würde. Einen Augenblick später schlitterte er in die Home Base. Alle Eltern auf der Bank jubelten als mein Sohn für sein Team, die Bears, den einen Punkt holte, den sie brauchten, um über ihre größten Konkurrenten, die Tigers, in Führung zu gehen. „Gut gemacht Junge!"

Fox winkte mir zu und hatte das breiteste Lächeln, das ich jemals bei ihm gesehen hatte, auf dem Gesicht. „Ich habe es geschafft, Dad!"

„Das hast du!" Ich wusste, dass ich über das ganze Gesicht strahlte.

Mit einem Nicken lief er zurück zu seinem Team, das ihn abschlug und auf den Rücken klopfte. Er hatte es verdient.

Ich setzte mich wieder und sah zu dem Mann, der neben mir saß, meinem Onkel James. Er und meine Tante Nancy, die auf seiner anderen Seite saß, begleiteten mich immer zu Fox' Spielen.

Meine Mutter und Tante Nancy waren Schwestern. Ich verdankte alles Tante Nancy und Onkel James. Sie hatten mir den größten Gefallen getan, den man einem anderen Menschen nur tun konnte. Sie hatten das Mädchen ausfindig gemacht, das ich in der High-School ausversehen geschwängert hatte, und hatten das Baby adoptiert.

Wenn meine Freundin Bess Peterson, die nebenan gewohnt hatte, nicht gewesen wäre, dann hätte ich niemals erfahren, dass Zandra Larkin schwanger war. Bess hatte das schreckliche Geschrei gehört, das tobte, als Zandras Eltern herausgefunden hatten, dass sie ein Baby bekommen würde.

Zandra und Bess waren keine Freunde. Zandra war eine Einzelgängerin, wahrscheinlich wegen des strengen religiösen Glaubens ihrer Eltern. Dieser Glaube war wahrscheinlich der Grund für ihre Panik und hatte auch ihr einziges Kind vertrieben, nur ein paar Wochen nachdem Zandra und ich eines Nachts nach einer Party miteinander geschlafen hatten.

Ich hatte immer gedacht, dass Zandra, die ein Jahr jünger war als ich, hübsch war. Ihre langen dunklen Haare, tiefblauen Augen und hübschen rosa Lippen hatten meine Aufmerksamkeit immer wieder auf sich gezogen. Aber sie war schüchtern, abweisend und blieb lieber für sich.

An dem Abend auf der Party, zu dem sie eine ihrer Freundinnen geschleppt hatte, hatte ich die Chance bekommen, sie kennenzulernen. Und Mann, ich hatte sie kennengelernt!

Sie hatte mir nicht ihre Telefonnummer gegeben, bevor sie mich in jener Nacht im Bett eines Freundes hatte liegen lassen. Ich schlief ein, und sie ging davon ohne mich aufzuwecken. Und da ich wusste, wie streng ihre Eltern waren, war ich nicht wirklich erpicht darauf gewesen, unangemeldet vor ihrem Haus aufzutauchen.

Jeder wusste, wie streng ihre Mutter und ihr Vater waren. Ich hatte Angst, dass sie Schwierigkeiten bekommen würde, wenn ich einfach so aufkreuzte. Ich plante sie abzufangen, wenn die Schule wieder anfing. Aber ich bekam niemals die Chance dazu.

Es war Bess, die zu mir kam, als die Schule wieder losging. Sie hatte Zandra und mich auf der Party zusammen gesehen, und sie war sich ziemlich sicher, dass ich derjenige war, der Zandra in solche Schwierigkeiten gebracht hatte.

Es schien, als würde Zandras Mutter ihre Periode überwachen und als Zandra sie nicht rechtzeitig bekam, brachte sie sie zum Arzt. Bess sagte mir, dass sie gehört hatte wie ihre Eltern sie angeschrien hatten. Dass sie ihr nicht erlauben würden das Baby zu behalten und dass sie ihr die Schuld gaben, dass jetzt ihr aller Leben ruiniert wäre. Sie hatten Zandra immer wieder nach dem Namen des Jungen gefragt, mit dem sie zusammen gewesen war, aber Zandra hatte sich geweigert, irgendetwas zu sagen.

Andere Kerle an meiner Stelle hätten sich glücklich geschätzt, dass sie sich damit nicht hatten abgeben müssen. Ich stattdessen ging nach Hause und erzählte meinen Eltern, was ich getan hatte. Ich sagte ihnen, dass ich wusste, dass Zandra vor mir noch Jungfrau gewesen war. Sie hatte es mir gesagt, und die Tatsache, dass sie blutete, sagte mir, dass sie nicht gelogen hatte.

Ich hatte sie das erste Mal, dass sie Sex hatte, geschwängert. Dazu kam, dass ich dafür verantwortlich war, dass sie ihre Heimatstadt verlassen musste. Das war nicht fair, und ich wusste das. Ich wusste auch, dass es nicht fair war, unser Baby an Fremde zu übergeben.

Mom hatte sofort ihre Schwester angerufen, wissend, dass sie Verbindungen hatte, die es ihr ermöglichen würden, das Baby zu verfolgen. Tante Nancy und Onkel James stellten Nachforschungen an, und unser Sohn wurde ihn in einer geschlossenen Adoption übergeben. Weder Zandra noch ihre Eltern kannten die Namen der Leute, die den Jungen adoptiert hatten. Und sie würden niemals erfahren, dass es meine Familie war, die ihn zu sich genommen hatte.

„Dir das Sorgerecht zu übertragen war das Beste, was wir jemals für Fox getan haben", sagte Onkel James und stieß mich mit der

Schulter an. "Wir sind verdammt stolz auf dich, Kane. Wir sind sehr stolz, dass du letztes Jahr deinen Doktortitel erlangt hast und diese Stelle in der Klinik bekommen hast. Siebenundzwanzig ist ziemlich jung für eine so tolle Position und ein geordnetes Leben."

„Nun, Fox war der Auslöser dafür, dass ich schnell erwachsen werden musste." Ich musste seufzen, als ich beobachte, wie mein Sohn mit seinen Teamkameraden über das Feld lief. „Von dem Moment, an dem ihr ihn hergebracht habt und er gerade einmal eine Woche alt war, wusste ich, dass ich mein Leben für ihn opfern wollte. Ich wollte einfach sichergehen, dass ich der Vater sein konnte, den er verdiente."

Ich klopfte meinem Onkel auf den Rücken. „Danke, dass ich immer bei ihm sein durfte. Ich kann euch gar nicht genug dafür danken, dass ihr einem siebzehnjährigen die Chance geben habt zu beweisen, dass er ein verantwortungsvoller Vater sein kann. Mir das Sorgerecht zu übertragen und ihn tatsächlich zu mir zu holen, war ein Traum, der sich für mich erfüllt hat."

„Und für Fox", sagte Tante Nancy. „Das Kind hat dich schon immer geliebt, Kane. Es war nur fair, dass er bei seinem biologischen Vater ist."

Nickend dachte ich daran, dass meine Tante und mein Onkel von Anfang an darauf bestanden hatten, dass Fox sie Tante und Onkel nannte. Sie hatten ihm von Anfang an erzählt, dass ich sein Vater bin. Es machte die Dinge leichter, als ich endlich ein Zuhause hatte, in das ich ihn holen konnte.

Fox kannte die ganze Geschichte, jetzt, wo er alt genug dafür war. Wir wollten die Wahrheit niemals vor ihm verbergen, mussten nur abwarten, bis er soweit war, dass er sie verstehen würde. Seine Mutter war gerade einmal sechzehn gewesen, als sie schwanger geworden war. Ihre Eltern hatten sie dazu gebracht, ihn herzugeben, und wir waren eingesprungen, um sicherzustellen, dass wir ihn niemals verlieren würden.

„Er sieht seiner Mutter mit jedem Tag ähnlicher", sagte ich, als ich meinen Sohn betrachtete. „Seine dunklen Haare haben genau dieselbe Farbe wie ihre. Und diese Sommersprossen auf der Nase hat er auch von ihr."

„Wirst du jemals versuchen sie aufzuspüren, Kane?", fragte Onkel James.

Ich schüttelte meinen Kopf und antwortete ehrlich. „Nein. Ich habe keine Ahnung, ob sie ihn hergeben wollte oder nicht. Sie hat nun einmal der Adoption zugestimmt. Kann sein, dass sie es auch so wollte. Ich werde sie nicht aufsuchen und ihr von etwas erzählen, von dem sie nichts wissen will."

Tante Nancy war immer dafür gewesen, dass ich Zandra eines Tages kontaktiere. „Er ist letzte Woche zehn geworden. Fox ist ein intelligenter Junge und sehr wissbegierig. Ich weiß, dass er mit dir nicht halb so oft über seine Mutter spricht wie mit mir, aber er fragt mich eine Menge über sie. Ich denke, du solltest doch einmal darüber nachdenken sie aufzusuchen, Kane. Es könnte das Beste für Fox sein."

Ich fuhr mir mit der Hand durch die Haare und schob das nagende Gefühl beiseite, das mich wieder überkam. Das Gefühl überkam mich immer dann, wenn ich darüber nachdachte, dass Zandra eventuell nichts mit ihrem Sohn oder mir zu tun haben wollte.

„Aber was ist, wenn sie ihn nicht will? Es war vielleicht die Idee ihrer Eltern, aber was ist, wenn auch Zandra ihn loswerden wollte? Wie würde sie reagieren, wenn ich versuche, sie in sein Leben zu ziehen, wenn sie ihn doch eigentlich nur loswerden wollte?"

Onkel James lächelte mich weise an. „Was ist, wenn sie ihn nicht hergeben wollte und nur das getan hat, was ihre Eltern verlangt haben? Was ist, wenn sie immer noch so schüchtern ist wie damals, als sie sechzehn war, und keine Ahnung hat, wie sie ihren Sohn finden soll? Was ist, wenn es ihr weh tut, was sie ihm angetan hat und jeden Tag an ihn denkt?"

Gott, der Mann wusste, wie man jemanden berühren konnte!

Dennoch war ich mir über nichts sicher, außer der Tatsache, dass sie ihn zur Adoption freigegeben hatte. Niemand anderes als ihre Eltern hätte sie dazu zwingen können. „Sie hätte dem Beamten sagen können, dass es ihre Eltern sind, die wollen, dass sie das Baby hergibt und dass sie nicht dazu bereit ist."

Tante Nancy schüttelte ihren Kopf. „Ich war dort, als sie ihn hergegeben hat, Kane. Sie hatte keine Ahnung, dass ich keine Krankenschwester war. Das Mädchen war todunglücklich, als ich ihr an diesem Tag das Baby abgenommen habe. Sie hat ihm gesagt, dass sie ihn mehr als alles andere liebe. Sie hat ihm gesagt, dass es ihr leid tue, was sie tun muss, aber dass sein Leben ohne sie und ihre Eltern besser sein würde."

Tante Nancy hatte mir das schon so oft gesagt. Und so oft wie ich die Geschichte schon gehört hatte, hatte ich doch niemals verstanden, warum Zandra ihn aufgegeben hatte, wenn sie ihn doch so sehr liebte. Und ich hatte niemals verstanden, warum sie mich wegen der Schwangerschaft niemals kontaktiert hatte.

Es war ja nicht so, dass ich irgend so ein Hallodri war, der mit jedem Mädchen schlief. Ich hatte niemals vorgehabt, mit ihr zu schlafen und sie dann fallen zu lassen. Ich habe nach der Party viel an sie gedacht. Ich habe darüber nachgedacht, wie ich das schüchterne Mädchen am besten anspreche, wenn die Schule wieder anfängt, wie ich sie wieder aus ihrer Schale locken würde, genau wie in jener Nacht.

Die Tatsache, dass sie niemals auch nur versucht hatte, Kontakt zu mir aufzunehmen oder mit den paar Freunden, die sie in der Schule hatte, ließ mich annehmen, dass sie all das einfach nur vergessen wollte.

Ich blieb in Charleston. Mit der Hilfe meiner Eltern und meiner Tante und meines Onkels zog ich Fox groß. Jeder wusste, dass ich der Vater des Jungen war und dass Zandra Larkin seine Mutter war. Jeder. Auch Zandras Freunde wussten das.

Warum also hatte Zandra niemals versucht einen ihrer Freunde zu kontaktieren?

Jedes der Mädchen mit denen ich damals gesprochen hatte, hatte mir bestätigt, dass Zandra ihre Telefonnummer hatte, doch Zandras Telefonnummer war nicht mehr aktiv, nachdem sie umgezogen war. Und sogar an Fox' zehnten Geburtstag kam eine alte Freundin ihrer

Mutter vorbei und gratulierte ihm und gab ihm ein Geschenk. Sie sagte ihm, dass seine Mutter sehr stolz auf ihn wäre. Und sie sagte ihm, dass seine Mutter eine sehr schüchterne Person war, sie sich aber sicher sei, dass sie ihn liebte, denn sie war auch eine sehr warmherzige Person.

Ich dachte an das Lächeln, das ihm bei ihren Worten über das Gesicht gehuscht war. Er hatte genickt. „Ich bin mir sicher, dass sie mich liebt. Ich liebe sie, und ich kann mich nicht daran erinnern sie jemals getroffen zu haben. Aber Tante Nancy hat gesagt, dass sie mich eine Weile lang in ihren Armen gehalten hat, bevor sie sich verabschieden musste. Und sie hat mir gesagt, dass sie mich liebt. Ich weiß, dass ich sie eines Tages wiedersehen werde. Und dann bin ich alt genug, um mich an sie zu erinnern."

Die meisten waren sich sicher, dass Zandra irgendwann versuchen würde, Fox zu finden. Ich war einer der wenigen, die dachten, dass dieser Tag niemals kommen würde. Und ich hoffte, dass unser Sohn nicht allzu sehr verletzt sein würde, wenn dieser Tag, auf den er so sehr hoffte, niemals kommen würde.

Und ich fragte mich, wie ich reagieren würde, wenn sie nach ihm suchte. Würde ich wütend auf sie sein?

So sehr sich auch versuchte ihre Situation zu verstehen, war ich auch damals schon wütend gewesen. Wütend darüber, dass sie mir nicht erzählte, was los war. Wütend darüber, dass sie geplant hatte, unser Kind Fremden zu überlassen. Wütend auf ihre Eltern, die dachten, dass sie die Zukunft meines Sohnes selbst in die Hände nehmen könnten.

Zandra war vielleicht eingeschüchtert gewesen, kontrolliert von ihren Eltern, aber ich hätte es niemals zugelassen, dass sie auch mich kontrollieren. Ich hätte mich um Zandra gekümmert, wenn sie es mir erzählt hätte.

Ich senkte den Blick und wusste, dass meine Gedanken nicht gut waren. Ich war ein siebzehnjähriger Junge gewesen. Zandra war minderjährig; ihre Eltern konnten immer noch über ihr Leben bestimmten.

In Wirklichkeit hätte ich mich niemals um sie kümmern können.

Meine Eltern hätten es gekonnt und hätten es auch getan. Aber nur wenn Zandras Eltern das zugelassen hätten. Und wir wissen alle, dass sie das nicht hätten.

Jubelrufe holten mich aus den Gedanken und ich sah auf. Das Team meines Sohns hatte das Spiel gewonnen. Die Jungs sprangen auf und ab vor Freude.

„Sieht aus, als müssten wir eine Pizzaparty liefern, Kane", sagte Onkel James. Wir standen alle auf und gingen zu den Kindern auf das Spielfeld, um ihnen zu gratulieren und ihnen zu sagen, dass sie ein großartiges Spiel geliefert hatten.

„Wir haben es geschafft, Dad!", schrie Fox und kam auf mich zugerannt.

„Das habt ihr, Junge." Ich legte meinen Arm um seine schmalen Schultern und zog ihn an meine Seite. „Dein Homerun war einmalig."

„Hey Fox, fang", rief der Trainer.

Er warf Fox den Ball zu, der ihn mühelos auffing. Das Lächeln auf seinem Gesicht wurde noch breiter. „Ich darf den Spielball behalten?"

„Gehört dir, Junge", sagte sein Trainer. „Auf der Pizzaparty kannst du alle darauf unterschreiben lassen."

„Ich besorge dir eine kleine Box in dem du ihn aufbewahren kannst, Fox", sagte Onkel James und zog ihn von mir weg in eine feste Umarmung.

„Mann, das ist mein schönster Tag!", rief Fox, als er den Ball hoch hielt. „Wir haben gewonnen! Juhuuu!"

Mann, ich wette, seiner Mutter hätte es gefallen, ihn so zu sehen.

3

ZANDRA

„Süßes Outfit", sagte der Manager vom Mynt und musterte mich von oben bis unten. „Schöne Beine. Toll, dass es dir nichts ausmacht, sie zur Schau zu stellen." Ich trug einen kurzen, schwarzen Lederrock und ein weißes Top und hatte es vorn zusammengebunden, damit man das Piercing in meinem Bauchnabel sehen konnte. Ich war der Inbegriff einer heißen Nachtklubkellnerin.

„Ja. Ich arbeite seit meinem achtzehnten Geburtstag als Kellnerin. Ich kenne die ganzen Tricks." Ich zog den geflochtenen Pferdeschwanz, zu dem ich meine Haare zusammengenommen hatte, nach vorn über meine Schulter und strich darüber, während ich Rob in seine grauen Augen blickte. Seine Pupillen weiteten sich – er mochte offenbar, was er sah.

Mittlerweile hatte ich mich daran gewöhnt, dass die Männer ihre Blicke über meinen Körper wandern ließen, und es machte mir nichts aus, im Mittelpunkt der Aufmerksamkeit zu stehen. So lange es sich auf meinem Gehaltszettel bemerkbar machte, konnte ich damit leben.

Rob fuhr mit einem Finger über meine Schulter. Seine dunklen Haare waren auf einer Seite gescheitelt. Irgendein Pflegeprodukt ließ es glänzen und half, es hinten zu halten. Er war überhaupt nicht mein Typ. Er war die Art von Typ, die viele Menschen einen Itaker nennen würden – wenn auch nicht direkt ins Gesicht.

„Und seit wie vielen Jahren tust du das schon?", fragte er.

„Acht Jahre." Ich stemmte meine Hand in meine Hüfte und wartete darauf, dass er etwas über mein Alter sagte. Auch wenn ich noch genauso jung und fit war wie eine der jüngeren Kellnerinnen, wusste ich, dass viele Manager sich lieber an die Unterfünfundzwanzigjährigen hielten.

„Sechsundzwanzig", murmelte er und sah mir in die Augen. Seine Lippen verzogen sich auf einer Seite zu einem schiefen Grinsen. „Dein Körper mag es vielleicht nicht verraten, aber ich kann es in deinen Augen sehen, Zandy."

„Nun, dann ist es ja gut, dass niemand mir in die Augen sehen wird, nicht wahr?" Ich ging mit wippenden Hintern von ihm weg, und er pfiff mir hinterher. Das Geräusch brachte mich zum Lächeln. Das Pfeifen bedeutete Geld, und das war alles, was für mich zählte.

„Bedeutet das, dass sie den Job bekommt, Rob?", fragte Taylor.

Ich drehte mich um, um ihn anzusehen, als er antwortete. „Wenn sie heute Abend anfangen kann, ja."

„Ich kann." Ich eilte zu ihnen zurück, Taylor schnappte mich, und wir beide sprangen in unseren hohen Stilettos auf und ab. „Ja!"

Jetzt hatte ich ein tolles Apartment mit einem Schlafzimmer ganz für mich allein und einen Job von dem Taylor mir versprochen hatte, dass er mir viel Geld bringen würde. Mehr Geld, als ich in Chicago verdient hatte.

Auf der Fahrt zurück zum Apartment plauderten wir aufgeregt darüber, dass wir jetzt wieder zusammen arbeiten würden. Taylor hielt an einer Ampel und schrie: „Ja! Wieder zusammen! Wir werden Charleston rocken, Zandy!"

„Wir haben Chicago gerockt", stimmte ich zu. „Ich weiß, dass wir das auch hier tun können."

Ich sah nach links und bemerkte einen Typen aus meiner High-School. Das war scheinbar schon so lange her. Er sah mich direkt an, zwinkerte und dann fuhr Taylor so schnell los, dass ich keine

Chance hatte zurückzuzwinkern oder zu sehen, ob er mich erkannte.

Ich war mir ziemlich sicher, dass er das nicht tun würde. Ich sah nicht mehr wie die schüchterne Streberin aus, die ich damals gewesen war. Es waren fast elf Jahre vergangen, seit ich in dieser Stadt gewesen war, seit ich diese Person gewesen war. Ich erwartete nicht, dass mich jemand erkannte.

Und vor allem betete ich, dass ein ganz bestimmter Mann es nicht würde. Falls er noch hier war – was ich stark bezweifelte.

Die blauen Strähnen in meinem Haar gaben mir etwas Schutz, sollte ich jemanden aus meinem alten Leben über den Weg laufen. Diese Haarfarbe war etwas, was sich als Teenager niemals getan hätte. Und auch trug ich jetzt eine Menge Make-up. Das war es, was Kellnerinnen taten. Ich hatte die Regeln nicht gemacht; ich befolgte sie nur.

Freizügige Klamotten, zu viel Make-up und außergewöhnliche Frisur – ich war für den Job, den ich haben wollte, herausgeputzt. Und ich war mir ziemlich sicher, dass niemand von denen, die ich von damals kannte, in den Klub gehen würde. Und auch wenn sie das taten, würde niemand annehmen, dass die sexy Frau, die sie bediente, dieselbe mausgraue Schülerin aus der High-School war, die die Stadt ohne ein weiteres Wort verlassen hatte.

„Hat es dich geärgert, als Rob gesagt hat, er könne dein Alter in deinen Augen sehen, Zandy?", fragte Taylor und fuhr viel zu schnell.

„Nein." Ich holte eine Sonnenbrille aus meiner Tasche und setzte sie auf. „Ich kann es auch sehen. Es gibt nicht viele Frauen in meiner Altersklasse, die so was noch tun. Mit sechsundzwanzig haben viele von ihnen schon geheiratet. Und haben ihre Mustangs durch Minivans ersetzt, bäh!" Wir lachten wie irre über meinen kleinen Scherz, der eigentlich gar keiner war.

Taylor rauschte um eine Kurve und lachte wie verrückt die ganze Zeit. „Warum hast du noch nicht geheiratet, Zandy? Ich meine, du hast ja noch nicht einmal jemanden ernsthaft gedatet. Was ist los mit dir?"

Wo sollte ich anfangen?

Schmerz. Verzweiflung. Schuldgefühle. Zusammen mit einer gesunden Portion Reue und Verbitterung.

Ich hatte noch niemals jemandem von meiner unerwarteten Schwangerschaft erzählt, oder von irgendeinem der Dinge, die danach passiert waren. Vielleicht war es an der Zeit, dass ich das tat. Vielleicht würde es mir dabei helfen zu heilen, wenn ich darüber redete. Wenn man überhaupt jemals von so etwas heilen konnte.

Auch wenn ich mir nicht sicher war, was Taylor davon halten würde, entschloss ich mich, ihr meine Seele auszuschütten. „Jemanden zu daten würde bedeuten, ihm eine Chance zu geben, mir nahe zu kommen und sich eventuell zu verlieben. Und wenn zwei Menschen sich verlieben, dann entschließen sie sich eventuell auch dazu, sich fortzupflanzen. Und ich habe das schon hinter mir. Es ist nicht gut ausgegangen. Und ich will das nicht noch einmal durchmachen."

„Hattest du deine Fehlgeburt?", fragte sie, als sie um eine weitere Kurve schlitterte.

Der Nissan Altima fühlte sich an, als wäre er auf zwei Räder gekippt, und ich musste vor Aufregung und Entsetzen schreien. „Nein! Scheiße, Mädchen! Du bist eine durchgeknallte Fahrerin!"

„So sagt man." Sie lachte düster, und ich musste lächeln. Ich liebte es, gefährlich zu leben. Warum auch nicht? Was hatte ich denn, wofür es sich zu leben lohnte? „Also keine Fehlgeburt. Hast du das Baby verloren, nachdem es geboren wurde?" Ich konnte das Mitleid in ihrer Stimme hören, gepaart mit Vorsicht. Taylor kannte mich gut genug, um zu wissen, dass es nicht einfach für mich war, so viel von mir selbst preiszugeben.

„So ähnlich." Ich hielt mich am Armaturenbrett fest, als sie abrupt an einer Ampel anhielt, die sich scheinbar an sie herangeschlichen hatte.

„So ähnlich?" Sie sah mich aus schmalen blauen Augen an. Ihre winzige Nase war spitz und nach oben gebogen. Taylor erinnerte mich wirklich an Tinkerbell. Nur dass ihre kurzen, blonden Haare spitz nach oben standen und die Enden in verschiedenen Farben gefärbt waren. „Ist das eine vernünftige Antwort, Zandy?"

„Ich hatte ein Baby. Und meine Eltern haben mich dazu gezwungen, es zur Adoption freizugeben.", stellte ich klar.

„Gezwungen?", fragte sie und trat dann so heftig auf das Gas, dass das Auto einen Satz nach vorn machte.

Ich klammerte mich an den Griff über meinem Kopf und fuhr fort: „Mit knapp sechzehn habe ich meine Jungfräulichkeit an einen Jungen verloren, in den ich, seit ich zwölf war, verliebt war. Er hatte straßenköterblondes Haar, sah gut aus und hatte einen tollen Körper. Als er mir das erste Mal seine Aufmerksamkeit schenkte, war ich Wachs in seinen Händen."

Sie schoss auf den Parkplatz vor dem Apartment und hielt direkt neben meinem roten Mustang. Ihr Kopf drehte sich zu mir. „Also hast du dich an diesen Typen verschenkt, den du nicht gedatet hast, aber in den du seit Jahren verliebt gewesen bist und dann bist du schwanger geworden? Beim ersten Mal?"

„Genau." Ich stieg aus dem Auto, und wir gingen zur Tür.

Der ganze Komplex bestand aus Apartments die ebenerdig waren, noch etwas weshalb ich diesen Ort hier mehr mochte als den, in dem ich die letzten acht Jahre gelebt hatte. Keine Treppen und niemand, der über dir wohnt und die ganze Zeit Lärm veranstaltet. Das Apartment war perfekt.

Ich setzte mich auf das teure Ledersofa, und Taylor fragte: „Hat dein Liebhaber nicht versucht, das Richtige zu tun, Zandy?"

Ich schüttelte meinen Kopf. „Ich habe ihm niemals davon erzählt. Ich habe niemals irgendjemandem davon erzählt. Meine Mutter hat vollkommen die Kontrolle übernommen. Sie hat ihre Perioden beobachtet und auf diesen Kalender, den sie ‚Menstruations-Wächter' nannte, verzeichnet. Als ich meine Periode mit dreizehn das erste Mal bekam, hat sie mich hinzugefügt. Sie sagte, sie würde das tun, damit ich immer wüsste, wann sie kam und niemals unvorbereitet sein würde."

„Dann hast du ein paar Tampons in deine Tasche gesteckt und Paracetamol eingekauft", sagte sie grinsend.

„Meistens, ja." Ich kaute auf meiner Lippe und dachte an den

Zeitpunkt zurück, als meine Periode ausblieb. „Aber egal, plötzlich kam in einem Monat meine Periode nicht."

„Und was hast du getan?", fragte Taylor mit großen Augen. „Ich meine, ich war noch niemals schwanger. Meine Mutter hat mich sofort nach meiner ersten Periode zur Klinik gebracht. Ich habe angefangen Spritzen zu bekommen, sobald es ging, und bekomme sie immer noch."

„Ich habe versucht zu verbergen, dass sie nicht da war." Ich erinnerte mich daran wie hysterisch ich gewesen war, als sie ausblieb. „Ich log meine Mutter an, sagte ihr, dass ich sie haben würde, sagte ihr, dass sie pünktlich war. Ich hatte nur eines vergessen."

„Du hast die Beweise vergessen, richtig?", sagte sie nickend.

„Ja." Meine Brust hob und senkte sich, als ich tief seufzte.

Sie schüttelte traurig den Kopf. „Anfängerfehler, Zandy."

Ich zuckte mit den Schultern. „Ich war ein Anfänger. Ich war noch nicht so weit, um mit irgendetwas fertigzuwerden, hatte mir keine Gedanken gemacht, was passieren würde, wenn meine Eltern es herausfanden. Ich dachte, ich hätte zumindest ein paar Monate, um mir etwas einfallen zu lassen und vielleicht auch mit dem Typen darüber zu reden. Ich hatte keine Ahnung, ob er irgendetwas mit mir zu tun haben wollte, nachdem wir miteinander geschlafen hatten. Wir haben nicht wirklich viel gesprochen, bevor wir nackt zusammen waren."

„Er muss ziemlich heiß gewesen sein", sagte sie amüsiert. „Denn du bist ein hübsches Mädchen, Zandy, und du hättest jeden haben können."

„Damals war ich wirklich eine graue Maus, und meine Eltern waren ziemlich streng. Ich durfte kein Make-up tragen. Alle anderen taten es, aber ich nicht. Und meine Mutter hat meine Haare geschnitten." Ich verzog das Gesicht bei der Erinnerung an die Katastrophe auf meinem Kopf. „Ich hatte einen geraden, kurzen Pony. Der Rest meiner Haare war überall gleich lang und fiel mir bis auf den Rücken. Auch meine Sachen hat alle meine Mutter gekauft. Ich brauche wohl nicht zu erwähnen, dass diese sich sehr für einen Teenager in den 50er Jahren geeignet hätten."

„Ich nehme an, du hast keine Bilder", sagte sie mit einem schiefen Grinsen.

Ich warf ein kleines Kissen nach ihr und traf sie im Gesicht.

„Nein, du Blödmann."

„Dachte ich mir." Sie warf das Kissen zurück, und ich fing es.

„Und was ist dann passiert?"

„Mom hat mich zu unsrem Arzt gebracht. Er hat ihr gesagt, dass ich schwanger bin. Erst seit ein paar Wochen, aber meine Eltern trafen bereits Entscheidungen für das kleine Baby, das ich trug." Tränen stiegen mir in die Augen, als das winzige Gesicht kurz vor mir auftauchte. Egal wie viele Jahre schon vergangen waren, ich wusste ohne Zweifel, dass ich dieses perfekte kleine Gesicht niemals vergessen würde.

Taylor stand auf und setzte sich neben mich. Ihr Arm um meine Schulter sollte mich trösten, aber es half nichts. Es gab keinen Weg, jemanden zu trösten, dem man das Kind weggenommen hatte. „Sie haben dich gezwungen, es herzugeben?"

Ich nickte, und die Tränen strömten über mein Gesicht. „Wir sind noch an dem Abend weggefahren und haben uns bei Verwandten in Chicago einquartiert. Mom und Dad haben mich aus der Schule genommen. Ich musste die High-School online beenden. Dad hatte ein Handy, aber sonst hatten wir kein Telefon, weil sie nicht wollten, dass ich irgendeinen meiner Freunde anrief – die paar, die ich hatte. Wenn ich am Computer saß und Hausaufgaben machte, dann beobachteten meine Eltern mich, sorgten dafür, dass ich niemanden kontaktieren konnte. Sie wollten nicht, dass irgendjemand von meiner Schande erfuhr."

„Und der Vater des Babys hat es niemals erfahren?", fragte sie, tätschelte meine Schulter, versuchte mir zu versichern, dass alles gut werden würde. Ich wusste, dass das niemals der Fall sein würde. Ich hatte diese Tatsache bereits akzeptiert.

„Er weiß gar nichts." Ich wischte mir mit dem Handrücken über die Augen und hinterließ schwarze Schmierstreifen von meinem Mascara. „Das wird er auch nie. Die Beamtin von der Adoption hat alles organisiert. Meine Eltern und ich haben niemals die Namen der

Leute erfahren, die ihn adoptiert haben. Und der Name von dem Jungen war nirgendwo vermerkt – ich habe auch meinen Eltern niemals seinen Namen verraten. Das war etwas, bei dem ich mich geweigert habe, es zu tun. Ich wollte nicht, dass sie irgendetwas zu ihm oder seinen Eltern sagen. Es war sowieso alles meine Schuld. Ich war das dumme Mädchen, das ihm gesagt hatte, er solle kein Kondom benutzen, als er mich gefragt hat."

„Wow." Taylor lehnte sich zurück und sah mich verblüfft an. „Das war dämlich."

Ich stimmte nickend zu. „Ja, das war es."

„All das ist schon lange her, Zandy. Warum hält es dich jetzt noch davon ab, dich mit jemandem anzufreunden? Oder hält dich davon ab, mehr Kinder zu haben, wenn du doch welche willst?"

Ich rieb mit den Fingern über die schwarze Schmiere auf meinem Handrücken und versuchte sie zu entfernen. „Es wäre nicht fair dem kleinen Jungen gegenüber, wenn ich mehr Kinder hätte. Ich habe ihn weggegeben. Wie kann ich jemals erwarten, dass er versteht, dass ich ihn weggegeben habe und dann einfach weiterlebe und mehr Kinder habe? Als ob ich ihn einfach durch etwas anderes ersetzt hätte."

„Ich bezweifle, dass er dich jemals treffen wird, Zandy." Sie nahm mein Kinn in ihre Hand und brachte mich dazu sie anzusehen. „Er wird niemals wissen, ob du jemals geheiratet hast und Kinder hattest. Hör auf so zu denken."

„Es ist nur ... ich kann es nicht." Ich schüttelte meinen Kopf. „Und auf keinen Fall würde ich jemals wieder einen Mann in mein Herz lassen, Taylor. Dort ist ein riesiges Loch, dort wo mein kleiner Junge sein sollte. Mein Herz kann kein verdammtes Ding mehr halten. Ich kann niemanden für längere Zeit in meinem Herz behalten, bevor sie einfach heraus fließen."

„Therapie", war ihre Antwort. „Du brauchst Hilfe, Süße. Und daran ist nichts verkehrt."

Dass sie mich Süße nannte, machte mich wütend. Ich stand auf und ging in die Küche, rieb mir noch einmal über die Augen, um sicherzugehen, dass die Tränen alle verschwunden waren. „Ich mache uns zur Feier des Tages Margaritas. Ich habe einen neuen Job, ein tolles Apartment, und ich kann wieder mit dir zusammen arbeiten. Das Leben könnte gar nicht besser sein."

Taylor stand auf und folgte mir. Ich spürte wie ihre Augen ein Loch in mich starrten. „Zandra, ernsthaft, du musst dich damit auseinandersetzen. Das ist ein riesiges Problem. Ich bin nicht einmal klug und weiß, dass es dich heftig belastet."

„Ja", stimmte ich zu. „Und das wird es auch immer. Ob ich nun mit jemandem darüber rede oder nicht, ich werde meinen Sohn niemals zu Gesicht bekommen. Ich werde niemals erfahren, ob es ihm gut geht oder nicht, werde ihn niemals in den Armen halten können. Vor allem werde ich meinen Eltern niemals verzeihen können, dass sie mir das angetan haben. Und jetzt lass uns uns betrinken, schlafen und dann aufstehen und für die Arbeit fertig machen."

In dem Moment klang das wie ein solider Plan.

4

KANE

Mein bester Kumpel Rocco rief an, um mich in das traditionelle italienische Restaurant seiner Familie in Charleston einzuladen. Da es Samstagabend war und meine Tante und mein Onkel Fox mit nach Florida genommen hatten, um das Wochenende in ihrem Urlaubshaus in Miami zu verbringen, nahm ich sein Angebot an.

Der Wein floss in Strömen, seine riesige Familie füllte die ganze Nacht lang immer wieder die Gläser. Ein langer Tisch zog sich an der Seite des Esszimmers entlang, und kurz vor Feierabend aß seine ganze Familie immer Abendbrot zusammen, überließen den Angestellten die restlichen Kunden.

Rocco und ich waren seit der Schule beste Freunde, und dich fühlte mich wie ein Teil seiner Familie. Sein Vater klopfte mir auf den Rücken, als er mein Glas mit Rotwein füllte. „Also was macht ihr zwei gut aussehenden Teufel heute nach dem Feierabend, Kane?"

„Heimgehen und etwas schlafen", war meine schnelle Antwort.

Rocco schüttelte seinen Kopf, seine dunklen Augen bohrten sich in meine. „Nein. Das werden wir nicht tun."

„Ich weiß nicht, was du tust, aber das ist mein Plan. Ich bin vollgefressen und etwas angeheitert von dem ganzen Wein. Ich denke, Bett hört sich nach einer sehr guten Idee an." Ich nahm einen weiteren Schluck von dem fruchtigen Wein, der einen tollen Abgang hatte, und genoss die Aromen, die in meinem Mund explodierten. „Oh, Papa der hier ist köstlich!"

„Ich bin froh, dass du ihn magst", sagte er nickend. „Der kommt direkt aus Sal's Weingut in Italien. Er hat mir eine neue Ladung mitgebracht, als er mich letzten Monat besucht hat. Mama und ich fahren diesen Sommer zu ihnen. Du solltest Fox nehmen und auch mitkommen."

„Das klingt toll. Vielleicht nehme ich dein Angebot an." Ich dachte daran, dass Fox Italien kennenlernen würde und ein richtiges Weingut. Es würde ihm Spaß machen, da war ich mir sicher.

„Bitte tu das, Kane." Papa deutete mit seinem Kopf auf seinen Sohn. „Und wir nehmen den Fleischkloß hier auch mit."

Rocco knurrte und schüttelte seine fleischige Faust in der Luft. „Der Fleischkloß würde gern mitkommen, Papa." Er trat vor mein Stuhlbein da er mir gegenüber saß. „Für heute Abend aber habe ich Pläne für dich, mein bester Kumpel."

Ich war überhaupt nicht in der Stimmung auszugehen, beschloss aber sein Spiel mitzuspielen. „Und wie sehen diese Pläne aus, Rocco?"

„Mynt", war seine einsilbige Antwort, was mir gar nichts sagte.

„Mint?" Ich verschränkte meine Arme über der Brust, lehnte mich zurück, um darüber nachzudenken, was Mint wohl bedeuten konnte. „Ist das irgendein Dessertladen? Denn ich kann dir versichern, dass ich keinen Bissen mehr runterbringe."

Lautes Lachen dröhnte durch die Luft, als er aus irgendeinem Grund lachend zusammenbrach. „Nein! Ha!" Dann hörte er auf zu lachen. „Außer wenn du hübsche Mädchen als Dessert bezeichnest – dann ja."

„Hübsche Mädchen, hm?" Ich war noch immer nicht überzeugt. Ich hatte kein Bedarf mit irgendjemanden nach dieser anstrengenden Woche zu flirten. Ich hatte zwei Schichten von einem anderen Arzt übernommen, der mit seinen Allergien kämpfte. Dazu kam, dass die Klinik jeden Tag von neuen Patienten überflutet wurde. Alles, was ich wollte, war schlafen.

„Sehr hübsche Mädchen, Kane. Und der Himmel weiß, dass du eine Frau gebrauchen kannst." Er trat erneut vor mein Stuhlbein und wackelte mit seinen dunklen Augenbrauen. „Verstehst du, was ich meine, Mann?"

Seine Cousine Louisa trat hinter ihn. Sie war seit Jahren schon in mich verknallt. Ihre schlanken Hände fuhren über die Arme ihres Cousins, während sie mich anschaute, was mir beides nicht angebracht erschien. „Setz meinem Mann nicht solche Flausen in den Kopf, Rocco."

„Er ist nicht dein Mann, Louisa", verbesserte Rocco sie.

Louisa war unglaublich hübsch – sie hatte das Gesicht eines Supermodels, und ihr Körper hatte die Rundungen an den richtigen Stellen. Aber Schönheit allein reichte mir nicht, und ihre aggressive Sexualität hatte mir nie gefallen.

„Er ist vielleicht jetzt noch nicht mein Mann, Rocco. Eines Tages wird er aber sehen, dass ich die richtige Frau für ihn bin." Sie leckte über ihre rubinroten Lippen. „Eines Tages."

„Warte nicht auf mich, Süße", sagte ich ihr.

„Als ob sie warten würde", sagte Rocco glucksend. „Sie ist diese Woche schon dreimal aus gewesen. Einmal mit einem Typen, der unsere Tomaten liefert, einmal mit dem Mann, der das Bier liefert und einmal mit dem Kerl, der reingekommen ist und gefragt hat, ob irgendjemand sein Auto gewaschen haben will."

Ich musste lachen. Die Frau stand auf jeden Fall auf Abwechslung!

Sie schlug Rocco mit roten Wangen auf den Kopf und drehte sich dann um. „Idiot!"

„Ich bin vielleicht ein Idiot, aber ich lüge nicht", fügte er kopfschüttelnd hinzu.

Wir lachten noch lauter. Ich war normalerweise kein Arsch, aber die Frau machte mich schon seit Ewigkeiten an. Aber auf der anderen Seite machte sie jeden Mann an, der sich im Umkreis von drei Metern befand. Mir wurde es leid, dass sie mein Desinteresse nicht akzeptierte.

„Also diese Bar mit den hübschen Mädchen. Erzähl mir davon", fuhr ich fort. Ich sagte nicht, dass ich gehen wollte, aber ich wollte wissen, was zur Hölle es damit auf sich hatte.

„Mynt ist ein toller Nachtklub. Die Schönheiten dort sind zahlreich, die Getränke fließen, und die Chance kein Bein abzubekommen geht gegen null."

Mein Freund benutzte oft Slang aus der Steinzeit, aber ich hatte eine Ahnung was er meinte. „Bein, Rocco?"

Er hob eine Hand und bedeckte die linke Seite seines Mundes, versteckte sie vor seiner Mutter, die nur zwei Stühle weiter saß. „Sex, Dummkopf."

„Ah!" Ich wollte das nicht. „Ne. Lass mal."

„Lassen?" Seine Augenbrauen schossen in die Höhe, und sein Gesicht drückte Verwirrung aus. „Wer sagt dazu schon nein?"

„Ein müder Arzt", ließ ich ihn wissen. „Ich habe dir von meiner Woche erzählt, Rocco. Schau mich nicht so entsetzt an."

„Also so lief meine Woche." Er schlug mit der Faust auf den Tisch und brachte die Weingläser zum Klirren. „Großmutters Arthritis ist zurückgekommen, also musste ich jeden Tag Fleischklößchen machen. Dazu kommt, dass ich diese Woche an der Reihe war die verdammte Fritteuse zu reinigen. Das ist eine Drecksarbeit. Ich habe drei Doppelschichten diese Woche gearbeitet, an einem Abend abgeschlossen und am nächsten Morgen wieder auf. Das war eine höllische Woche, und ich will sie mit etwas Schönem beenden." Seine Hand legte sich wieder über die linke Seite seines Mundes. „Und das Schöne ist Sex, mein Freund. So viel und so dreckig wie es nur geht. Und ich brauche eine Begleitung, falls schon nichts anderes drin ist."

„Und das soll ich sein, nehme ich an." Ich griff nach meinem Getränk und spürte, dass ich schon leicht angetrunken war. Vielleicht würde mir der restliche Wein ja die Entscheidung abnehmen – entweder er brachte mich heim ins Bett oder ich spielte die Begleitung für den Mann, den ich als meinen besten Freund bezeichnete.

Ich trank das Glas aus und sah Rocco an. Seine Augen flehten mich an. „Kann ich erst nach Hause gehen und mich umziehen?"

„Klar kannst du das!" Er schnippte mit den Fingern und sein jüngerer Cousin Giovanni kam zu ihm. „Fahr Kane nach Hause, damit er sich umziehen kann. Dann komm wieder her und hol mich ab. Ich werde mich ein bisschen in der Küche frischmachen. Du fährst uns in den Nachtklub, von dem du mir vorhin erzählst hast."

Minuten später saß ich auf dem Beifahrersitz eines alten Buick, als der Junge mich heimfuhr. Er hielt so abrupt in meiner Einfahrt, dass ich mich am Armaturenbrett festhielt. „Okay, wir sind da." Ich stieg aus dem Auto und sah dann zurück. „Ich bin gleich wieder da."

Als ich in mein leeres Haus kam, spürte ich sofort die Abwesenheit meines Sohnes. Ich hasste es, wenn er nicht zuhause war. Aber er hatte sich so sehr auf die Reise nach Florida gefreut, also hatte ich ihn gehen lassen.

Ich kam an seinem Schlafzimmer vorbei, blieb stehen und öffnete die Tür. Ich war nach der Arbeit nicht zuhause gewesen, sondern war gleich zu Roccos Restaurant gefahren. Ich sah, dass Fox in seiner Eile seine Sachen zu packen, die Schubläden offen gelassen hatte. Das Hausmädchen würde seine Unordnung am Montag aufräumen müssen.

Ich schloss seine Tür und holte mein Handy heraus, um ihn anzurufen. Er nahm mit einem aufgeregten „Hi, Dad!", ab.

„Hi, Sohn. Wie war die Fahrt nach Miami?" Ich ging in mein Schlafzimmer, setzte mich auf mein Bett und zog die Schuhe aus.

„Ziemlich lang und langweilig. Ich habe fast die ganze Fahrt geschlafen. Onkel James hat mich damit aufgezogen, dass ich im Schlaf furze." Ich hörte ihn lachen.

Dann ertönte die Stimme meines Onkels im Hintergrund. „Er hat einen ganzen Sturm gefurzt!"

Ich rollte mit den Augen. „Na das hört sich nicht nach einer lustigen Reise an." Mehr wie ein Alptraum, bei dem ich froh war, nicht dabei zu sein.

„Nana und Pawpaw kommen morgen, Dad", sagte Fox. „Sie wollten uns überraschen."

Ich hatte keine Ahnung gehabt, dass sie auch fahren würden. Und jetzt bedauerte ich, dass ich nicht auch dort war. „Tja, verdammt. Ich wünschte, sie hätten uns etwas gesagt. Dann wäre ich definitiv mit dir gekommen. Tu mir einen Gefallen und gib ihnen ein paar Küsse und Umarmungen von mir Kumpel."

„Klar, Dad." Er lachte. „Nana wird mich sowieso mit ihren Küssen erdrücken. Das tut sie immer."

Mom und Dad waren vor ein paar Jahren nach Napa Valley, Kalifornien, gezogen. Wir sahen sie nur ein oder zweimal Jahr. Als der neueste Arzt in der Klinik bekam ich normalerweise immer die blödesten Schichten und mein Zeitplan ließ es nicht zu, dass wir zu ihnen fuhren, um sie zu besuchen. Und sie reisten nicht gern, also war es schwierig, sie zu sehen. Dass sie nach Florida kamen, war seltsam.

Sag ihnen, dass ich morgen anrufe", sagte ich als ich meine Hose aus- und einen schicken Anzug anzog.

„Was machst du heute Abend, Dad?", fragte Fox.

Ich wollte ihm nichts von dem erzählen, was Rocco geplant hatte. „Nicht viel. Ich gehe nur ein bisschen mit Onkel Rocco aus."

„Oh Mann!" Fox lachte und teilte meine Neuigkeiten jedem mit, der in der Nähe war.

„Dad geht heute Abend mit Onkel Rocco aus!"

„Tu nichts, was ich nicht auch tun würde!", rief Onkel James.

Ich war kein notgeiler Teenager mehr, der Ermahnungen brauchte. Einen Sohn zu haben, bevor man zwanzig wird, ist ein Weckruf. „Ich hätte meinen Abend nicht erwähnen sollen. Ich verstehe schon."

„Nein, das hättest du nicht tun sollen", sagte Fox. „Sei brav Dad. Und bitte tu nicht das, was du getan hast, als du in der High-School warst. Ich bin noch nicht bereit für eine kleine Schwester oder einen Bruder."

„Himmel", jammerte ich, nicht dran gewöhnt Sex- und Beziehungstipps von einem Zehnjährigen zu bekommen. „Ich liebe dich. Hör auf deine Tante und deinen Onkel und pass auf dich auf, bitte."

„Du auch, Dad. Hab dich lieb!" Er legt auf, und ich setzte mich wieder auf das Bett.

So offen und ehrlich mit meinem Sohn zu sein war manchmal nicht so einfach. Es war Roccos Party gewesen, auf der ich Zandra endlich näher kennengelernt hatte und dabei mein kleiner Junge herauskam. Und niemand schien das jemals zu vergessen.

Ich saß auf dem Bett und dachte an jene Nacht zurück. Ich hatte keine Ahnung, dass sie noch Jungfrau war, bevor sie mir es erzählte. Ich war heiß auf sie gewesen und als ich dieses leise Geständnis gehört hatte, hatte mein Schwanz komplett die Kontrolle übernommen.

Ich hatte noch niemals eine Jungfrau gehabt. Nicht dass ich überhaupt viele Mädchen mit meinen erst siebzehn Jahren gehabt hatte – es waren drei, um genau zu sein.

Wen ich etwas erwachsener gewesen wäre, dann hätte ich ihr in jener Nacht nicht ihre Jungfräulichkeit genommen. Ich hätte mich anders verhalten. Vielleicht hätte ich in dieser Nacht mehr mit ihr geredet und weniger geknutscht. Vielleicht wäre ich ein paar Mal mit ihr ausgegangen, bevor wir ins Bett gestiegen wären.

Wenn ich die Zeit zurückdrehen könnte, würde ich die Dinge wahrscheinlich anders angehen. Doch wenn die Dinge anders gelaufen wären, dann hätte ich jetzt nicht Fox, und er war meine ganze Welt. Hätte ich das Leben eines jungen Mädchens ruiniert, um meinen Sohn zu haben?

Hätte ich ihr die Jungfräulichkeit genommen, wenn ich gewusst hätte, dass sie schwanger werden würde und wie ihre Eltern darauf regierten?

Ich schüttelte meinen Kopf und wusste, dass ich es nicht wieder tun würde, wenn ich noch einmal zurück könnte. Wenn ich nur gewusst hätte, was die zwei Stunden aus Leidenschaft ihr antun würden, dann hätte ich es nicht getan.

Mein Herz tat mir ein bisschen weh. Ich hatte keine Ahnung, was aus Zandra geworden war und fragte mich oft, wie es ihr wohl ging.

Da ich ein Arzt war, wusste ich, was der Verlust eines Kindes einem Menschen antun konnte. Auch wenn sie ihren Sohn hergeben wollte, konnte diese Entscheidung ernsthafte Folgen für ihre mentale Gesundheit haben. Jede Frau reagierte auf diese Entscheidung anders.

Geht es ihr gut?

Hatte sie mit ihrem Leben weitergemacht? Hatte sie geheiratet? Hatte sie mehr Kinder?

Ohne eine Ahnung was Zandra Larkin, oder wie auch immer ihr Name jetzt lautete, tat, gab es keine Möglichkeit herauszufinden, wie es sie verändert hatte, als sie unseren Sohn bekommen hatte. Alles, was ich wusste, war, dass wenn ich unseren Sohn jetzt nicht bei mir hätte, es mir nicht gutgehen würde.

Ich hatte Glück gehabt. Ich hatte eine Familie, die zusammenhielt. Wir würden niemals einen von unseren weggeben. Wir würden alles in unserer Macht Stehende tun, um unsere Familie zusammen und in Sicherheit zu halten.

Unsere Familien waren offensichtlich sehr unterschiedlich. Ihre hatte sie dazu gebracht, das Baby herzugeben. Meine hatte unermüdlich Nachforschungen angestellt, bis sie ihn gefunden hatten und er einer von uns war.

Wie veränderte es jemanden, wenn die eigene Verwandtschaft sich gegen einen stellte – einen nicht in schwierigen Zeiten unterstützte, sondern auch noch dazu zwang das Baby, das man in sich trug, an Fremde zu geben?

Ich wusste, dass einige Babys bei Adoptiveltern besser dran waren. Einige Menschen hatten einfach nicht die Zeit oder das Geld, sich um ein Kind zu kümmern. Und dann gab es die anderen, die mehr als in der Lage waren, sich um ein Baby zu kümmern. Aber in diesen Fällen trafen die biologische Mutter und der biologische Vater diese Entscheidung.

Mich hatte man nie gefragt. Und soweit ich wusste auch Zandra nicht.

Bevor wir wussten, ob wir meinen Sohn zu uns holen konnten, hatte ich mich leer und verloren gefühlt. Danach war da nur noch Erleichterung, dass er für immer bei mir sein würde – dass er für den Rest seines Lebens eine liebende Familie haben würde – und es war ein tolles Gefühl. Sicher, ich hatte unterschwellig immer Angst davor, kein guter Vater zu sein, aber ich hatte tolle Vorbilder, und meine Familie half mir unentwegt.

Die arme Zandra hatte eindeutig keine Unterstützung gehabt. Wie musste sie sich deshalb fühlen? Und wie ging es ihr so viele Jahre später?

Und das Wichtigste: ging es ihr gut?

5

ZANDRA

Die Türen waren noch nicht einmal geöffnet, und das Mynt glich schon einem Ameisenhaufen.

„VERDAMMT, siehst du die Schlange? Sie geht bis zum Ende der Straße!", fragte Taylor mich, als wir uns beeilten, um den Barkeepern zu helfen, alles für die Menschenmasse vorzubereiten, die bald in den Klub stürmen würde.

AUS DEM AUGENWINKEL sah ich den Manager, Rob, der mich anstarrte. Ich war nicht sicher, ob er das tat, weil er sehen wollte, wie ich mit meinem ersten großen Andrang zurechtkam, oder ob er mich einfach gern anschaute. Egal was der Grund war, ich fühlte mich kein bisschen wohl dabei.

ICH HOLTE TIEF LUFT, setzte mein freundliches Kellnerin-Gesicht auf und drehte mich zu Rob um. Mit einem Winken unterbrach ich sein

Starren. „Hey, Boss. Mach dir um mich keine Sorgen. Ich bin es gewohnt an Samstagen viel zu tun zu haben."

Er deutete mit dem Kopf auf den Eingang und brüllte: „Lasst sie rein!" Seine Augen immer noch auf mich gerichtet, fügte er hinzu: „Lass mal sehen, ob du mit einem Samstagabend in Charleston zurechtkommst, Chicago."

DIESEN NICKNAMEN HATTE er mir am ersten Abend schon verpasst. Ich hatte bisher nur drei Schichten gearbeitet und die waren leicht gewesen. Rob machte es Spaß, zu versuchen mich einzuschüchtern mit dem, was er „die größte Menschenmasse der Geschichte" nannte, die regelmäßig Samstagabend in seinen Klub einfiel.

ALS DIE TÜREN endlich offen waren, füllte sich die Bar in Rekordzeit. Ich half den Leuten dabei, einen Tisch zu finden und holte ihnen ihre Getränke, bevor ich anderen half. Es gab viel zu tun, aber ich war lieber beschäftigt als gelangweilt.

AUF DER ANDEREN Seite des vollen Raumes sah ich ein paar Bedienungen, die auf der Bar standen und tanzten. Die Leute jubelten, als die zwei mit ihren Hintern wackelten.

TAYLOR TAUCHTE HINTER MIR AUF, als ich einen Moment lang zusah. „Wir sollten den Mädchen mal zeigen, wie man das richtig macht, Zandy."

MIT DEM HINTERN ZU wackeln war nichts Neues für mich, und ich nickte. „Okay. Sobald ich diese drei Tabletts abgeliefert habe, sehen wir uns an der Bar hier."

. . .

„Das ist ein Date", sagte sie lächelnd, als sie davonging, um ihre Kundschaft zu bedienen.

Der Klub hatte kaum geöffnet, und ich musste schon zu meinem Schließfach gehen und das Bargeld wegschaffen, das meine Taschen füllte. In diesem Geschäft waren die Samstage immer die profitabelsten Nächte, aber ich war gewillt, heute die beste Nacht zu haben.

Als ich den Aufenthaltsraum verließ, stand Rob im Gang vor seinem Büro. Er schien auf mich gewartet zu haben. „Wie läuft es, Chicago?"

„Nicht schlecht, Boss." Ich stellte sicher, dass ich ihn immer so nannte, da die Art, wie er mich von oben nach unten musterte, klar machte, dass er nichts dagegen hatte, unsere Beziehung etwas persönlicher zu gestalten als nur Arbeitgeber und Angestellte. Und daran war ich überhaupt nicht interessiert.

Er trat einen Schritt in sein Büro. „Willst du etwas, um die Nacht noch besser zu machen? Eine kleine Stärkung?"
    „Die Nacht ist bisher schon ziemlich gut. Das Trinkgeld, was ich bisher bekommen habe, reicht aus, um die Raten für mein Auto diesen Monat zu decken. Ich hoffe, der Rest der Nacht reicht für die anderen Rechnungen." Ich lachte, als ich weiterging. Allein in sein Büro zu gehen schien mir keine gute Idee zu sein.

„Komm schon", sagte er und griff nach meinem Arm.

· · ·

ICH WOLLTE NICHT ÜBERREAGIEREN, aber so wie er an mir zog, schrillten meine Alarmglocken. Taylors Erscheinen beruhigte mich etwas. „Hey. Sie spielen unseren Song, Zandy. Los komm."

ROBS HAND LIEß meinen Arm los. „Ihr zwei tanzt auf der Bar?"

MIT EINEM NICKEN ging ich davon. „Ja."

LEIDER FOLGTE ER UNS. „Das muss ich sehen."

NORMALERWEISE WAR ich nicht so steif, aber mit Rob, der uns unbedingt beobachten wollte, war das anders. Als ich bei Taylor war, las sie meine Körpersprache. „Vielleicht trinken wir erst einen Schnaps, dann tanzen wir."

NICKEND STIMMTE ICH ZU, konnte mir keinen besseren Weg vorstellen, um mich zu entspannen. Außer wenn Rob aufhören würde mich zu beobachten. „Wie wäre es mit einem Tequila?"

ROBS WARMER ATEM flog an meinem Ohr vorbei, als er dicht hinter mich trat. „Ich besorge euch das gute Zeug", flüsterte er.

ROB SCHLÜPFTE HINTER DIE BAR, schenkte uns zwei Gläser voll und Taylor und ich leerten sie in einem Zug.

MEIN HERZ KLOPFTE LAUT in meiner Brust, als Rob mir seine Hand hinhielt, um mir auf die Bar zu helfen. Die Leute umringten schon die Bar, beobachteten mich und spornten uns mit Worten an, als einer der Barkeeper Taylor hochhalf. Sie gab dem DJ ein Zeichen, und die Musik änderte sich zu etwas, das sexy und langsam war.

Ich ignorierte Rob und seine grauen Augen, deren Blicke sich in mich bohrten, und sah zu Taylor, als ich mich in langsamen, sinnlichen Bewegungen mal zu ihr und mal zur Menge, die uns zujubelte, hinbewegte.

Die Getränke flogen nur so, als die Männer es ausnutzten, diese zwischen unseren Beinen serviert zu bekommen. Die weiblichen Bedienungen mussten alle kurze schwarze Röcke und heiße pinkfarbene Shirts tragen, die zwischen unseren Titten verknotet waren. Unsere Bauchnabel waren die ganze Zeit sichtbar, und jeder Kunde, der einen Body-Shot bestellte, bekam auch einen.

Als das Lied und unser Tanz zu Ende gingen, fingen die Männer an, die verschiedenen Shots auszurufen, die sie aus unseren Nabeln trinken wollten. Rob nahm wieder meine Hand, dieses Mal, um mir dabei zu helfen, mich auf die Bar zu legen. Er selber füllte meinen Bauchnabel, beobachtete genau wie die Männer abwechselnd die Flüssigkeit von meinen Körper schlürften.

Body-Shots waren ein Teil davon, wie man in diesen Klubs bediente, und nicht einmal hatte ich dabei die Schüchternheit verspürt, die mich als Teenager im Griff gehabt hatte. Aber heute Nacht schien diese Schüchternheit zurückzukommen und das noch dazu mit Lichtgeschwindigkeit.

· · ·

MEINE WANGEN ERHITZTEN SICH, als einer nach dem anderen an der Reihe war. Ich drehte meinen Kopf und sah Rob an. „Ich glaube, das ist genug. Meine Tische warten und ich wette sie sind durstig."

„DA HAST du recht." Rob verkündete das Ende der Body-Shots, sehr zum Missvergnügen der Männer, die darauf warteten, dass die Reihe an ihnen war. Enttäuschtes Murren füllte meine Ohren, als ich von der Bar kletterte, wieder einmal mit der Hilfe von Rob. „Wenn du eine Stärkung brauchst, dann komm einfach in mein Büro und ich gebe dir eine."

ICH FOLGTE Taylor wieder zurück in die Bar. „Was ist diese Stärkung von der Rob die ganze Zeit spricht?", fragte ich sie.

SIE ZWINKERTE MIR ZU. „Koks."

„KOKAIN?" Ich schüttelte meinen Kopf. „Das mache ich nicht. Du weißt, dass ich so ziemlich alles trinke, aber Drogen? Auf keinen Fall."

„ICH WEISS." Sie stieß mich mit der Schulter an. „Ich sage ihm, dass er dich in Ruhe lassen soll. Er ist total in dich verknallt, das ist alles."

„DAS MERKE ICH. Und ich mag es nicht." Ich warf einen Blick über meine Schulter und sah, wie er über der Bar lehnte und mit einem jungen Mädchen sprach, das ihm schöne Augen machte. „Er hat genügend Auswahl. Er kann gut auf mich verzichten."

· · ·

„DAS KANN ER", stimmte Taylor zu. „Aber wird er es auch? Das ist die eigentliche Frage, nicht wahr?"

Ich reckte mein Kinn vor, wollte Taylor wissen lassen, dass ich mich von dem Kerl nicht flachlegen lassen würde. Und wenn er zu aufdringlich werden sollte, dann würde ich ihm wegen sexueller Nötigung anzeigen. Da ich auf mich selber gestellt war, ließ ich mir nicht viel gefallen. Nicht nach allem, was mir von meinen eigenen Eltern genommen wurde.

„HIER DRÜBEN, ZEE", rief mir eine Frau zu. Ich hatte sichergestellt, dass auf meinem Namensschild nur Zee zu lesen war. Ich wollte nicht, dass irgendjemand meinen richtigen Namen benutzte. Zandra war nicht wirklich ein häufiger Name, und ich wollte nicht, dass irgendjemand, der mich einmal gekannt hatte, mitbekam, wer ich war. Ich wusste, dass ich dann viele Fragen gestellt bekommen würde. Und ich wollte keine einzige davon beantworten.

FÜR DEN BRUCHTEIL einer Sekunde tauchte das winzige Babygesicht wieder vor meinen Augen auf, und ich blieb abrupt stehen. „Zee?" fragte Taylor, die direkt hinter mir war. „Geht es dir gut?"

TAT ES DAS?

ICH SCHÜTTELTE MEINEN KOPF, um ihn wieder freizubekommen. „Ja. Nur ein bisschen schwindelig. Das ist alles. Ich nehme an, der Tequila hat zugeschlagen."

„Sei vorsichtig, Mädchen." Taylor ging zu ihrer Kundschaft, während ich versuchte, mich auf meine Aufgabe zu konzentrieren, und die Erinnerungen so weit wie möglich in den Hintergrund verbannte.

· · ·

ICH NAHM die leeren Gläser von dem Tisch voller junger Frauen, die mich gerufen hatten. „Wollt ihr noch einmal dasselbe?"

„WIE WÄRE es diesmal mit etwas anderem?", fragte das Mädchen, das mich gerufen hatte, scheinbar die Anführerin von ihnen, ihre Freundinnen.

ALLE STIMMTEN zu und dann sahen sie alle mich an, damit ich ihnen Vorschläge unterbreitete. „Ihr hattet Mojitos, wie wäre es jetzt mit ein paar Cable Cars? Sie sind auch mit Rum. Der Schlüssel, um einen Kater zu vermeiden, ist, immer beim selben Grundalkohol zu bleiben, aber ihr könnt die Mischung verändern."

DIE ANFÜHRERIN SCHENKTE mir ein breites Lächeln. „Haben wir nicht Glück, dass du heute Nacht für uns zuständig bist? Dann also Cable Cars. Danke, Zee. Mit dem Alter kommt die Weisheit, nicht wahr?"

EIN KNAPPES NICKEN beantwortete ihre Frage. Als ich mich vom Tisch entfernte, um ihre Getränke zu holen, kam es mir in den Sinn, dass sechsundzwanzig scheinbar Jahre entfernt von den frühen Zwanzigern war, die jeder hier im Klub war.

NICHT EINMAL DIE BLAUEN STRÄHNEN in meinem Haar ließen mich jünger aussehen!

ABER WOLLTE ich wirklich eine junge Zwanzigjährige sein? Ich hatte in den letzten Jahren viel gelernt und war erwachsen geworden, und ich würde um nichts auf der Welt wieder zurückwollen.

. . .

Mein Gesicht musste meine Gedanken verraten haben. „Bist du ein bisschen überfordert, Zee?", fragte mich der Barkeeper.

„Nein." Ich würde ihm nicht auf die Nase binden, dass ich mich alt fühlte. „Fünf Cable Cars bitte."

Ich stellte die schmutzigen Gläser in den Geschirrspüler, während ich auf die Getränke wartete. Er musterte mich, während er sie mixte. „Du hältst dich großartig heute Nacht. Ich muss zugeben, dass ich dachte, es würde dir schwerer fallen."

„Und warum?" Ich musste ihn fragen, ich hatte schon eine Ahnung, was er sagen würde. Mein Alter. Nicht ausreichend Erfahrung mit einer großen Menschenmenge. Die Schüchternheit, die ich in Chicago abgelegt hatte, die sich jetzt aber wieder heranzuschleichen schien, wo ich zurück in Charleston war. Eines davon würde der Grund für seine Frage sein.

Er goss etwas Captain Morgan in den Shaker, und seine Lippen verzogen sich zu einem forschen Lächeln. „Du bist neu hier. Es dauert bei den meisten Leuten einen Monat, um dahin zu kommen, wo du jetzt bist. Beeindruckend."

„Es ist also mein Mangel an Erfahrung, der dich dazu veranlasst hat mich zu unterschätzen", sagte ich und war glücklich zu wissen, dass es nicht mein Alter war.

Und seit wann machte ich mir eigentlich solche Gedanken um mein Alter?

. . .

Ich war ja nun noch kein Dinosaurier.

„Ja", gab er zu. „Ich meine, ich wusste, dass du als Kellnerin in Chicago gearbeitet hast, aber ich hatte keine Ahnung, dass du so gut bist." Er deutete mit dem Kopf auf die große Glaskaraffe unter der Bar, die mit Bargeld gefüllt war. „Diese Body-Shots haben uns eine Menge Trinkgeld eingebracht. Wir teilen es am Ende der Nacht auf, wie immer."

Dollarzeichen blitzten in meinem Kopf auf, und ich musste lächeln. „Himmel, der Samstagabend allein scheint alle meine Rechnungen zu bezahlen. Der Rest der Woche ist Kleinvieh."

Er stellte die Getränke fertig und stellte sie auf das Tablett. „Und du hast Sonntag und Montag, um dich von dem ganzen Spaß zu erholen. Hast du schon Pläne für deine freien Tage?"

„Nein. Ich lasse es auf mich zukommen." Ich nahm das Tablett und ging davon, um die Mädels glücklich zu machen.

Die Nacht wurde immer wilder und wilder, mit Trinkgeldern, die mir von allen Seiten zugeworfen wurden. Taylor kam zu mir, als ich mit ein paar leeren Gläsern zur Bar ging. „Himmel, das ist eine heiße Nacht, findest du nicht?"

„Ich habe genug Geld verdient, um mehr als nur meine Rechnungen zu bezahlen, Taylor", sagte ich, wobei ich mich zu ihr beugte, damit mich niemand hören konnte. „Danke, dass du mich angerufen hast und mich dazu überredet hast, hier zu arbeiten. Das ist ein

Geschenk des Himmels.“

„NICHT WAHR?“, fragte sie mit einem breiten Lächeln. „Ich wusste, dass du hier ordentlich absahnen würdest.“

Lachend wurde mir bewusst, dass es mir richtig gut ging, dass die Veränderung wirklich gut gewesen war. „Ich sehe ein funkelnagelneues Auto in meiner Zukunft.“

WIR SCHLUGEN UNS AB, und dann gingen Taylor und ich wieder die Gäste bedienen und Geld verdienen.

ALS ICH ZUM dritten Mal zu meinem Schließfach ging, kam ich erneut an Robs Büro vorbei. Seine Tür war nicht ganz offen, nur leicht angelehnt, aber ich schlich trotzdem auf Zehenspitzen vorbei, hoffte, er würde das Geräusche der Absätze, die auf dem Fliesen klapperten, nicht hören. Leider waren meine Bemühungen vergebens.

„HEY, Chicago, komm her!“, rief er.

EIN LAUTER SEUFZER ENTWICH MIR. Als ich die Tür aufdrückte, blieb ich dort stehen. Ich lehnte mich an den Türrahmen. „Ja, Boss?“

„VERDIENST GUT, wie ich sehe.“ Seine Füße lagen auf seinem unordentlichen Schreibtisch, und seine Hände waren hinter dem Kopf verschränkt. Er schien sich zu entspannen, nachdem er so gut wie nichts getan hatte.

· · ·

In Chicago halfen alle mit, wenn der Klub voll war, auch die Manager. Aber Rob nicht. Es schien, als ob er es genoss, sich zurückzulehnen und anderen Leuten beim arbeiten zuzuschauen.

„Ja, ziemlich gut." Ich sah über meine Schulter und fuhr fort. „Und ich muss auch wieder aus. Es ist ziemlich viel los dort draußen."

„Ja, das ist es." Er setzte sich aufrecht hin, in eine manangerhafte Position. „Du kannst jetzt eine halbe Stunde Pause machen. Gleich um die Ecke ist ein kleines Café, falls du Hunger hast."

„Ich esse niemals, wenn ich arbeite. Das macht mich zu langsam. Ich esse immer nach der Arbeit." Ich drehte mich um, um zu gehen und fügte hinzu: „Danke, aber ich brauche keine Pause, Boss."

„Gönn dir trotzdem eine. Ich will nicht, dass die Leute denken, dass ich meine Angestellten überarbeite. Schnapp doch ein bisschen frische Luft." Er gluckste. „Das ist ein Befehl, Chicago. Nimm dir 30 Minuten und nimm sie jetzt, es ist 11.30 und nach Mitternacht kommt immer noch einmal ein neuer Schwung Leute rein."

„Okay, Boss." Ich wollte mich nicht mit ihm streiten.

Nachdem ich mein Geld weggebracht hatte und überprüft hatte, dass es gut weggeschlossen war, ging ich nach vorn, um rauszugehen und etwas frische Luft zu schnappen.

Als ich um die Ecke kam, blieb ich abrupt stehen, als mein Blick auf einen Mann fiel, den ich seit Jahren nicht mehr gesehen hatte.

. . .

DUNKELBLONDE HAARE, an den Seiten etwas länger, weckten meine Aufmerksamkeit. Grüne Augen funkelten, als das Licht der Lampen sich in ihnen fing. Seine große, muskulöse Gestalt bewegte sich mit katzenhafter Anmut.

ICH DRÜCKTE MICH AN DIE WAND, versuchte mich zu verbergen, als ich ihn beobachtete, wie er durch den Eingang den Klub betrat.

MEIN ATEM STOCKTE mir in der Kehle. „Kane Price ...", flüsterte ich zu mir selber.

Der dröhnende Bass der Musik passte zu meinem Herzschlag, als wir in den vollen Nachtklub hineingingen. „Das ist verrückt!" Ich musste schreien, damit Rocco mich hörte.

„Total irre!", schrie er zurück. „Nicht wahr?"

„Ich nehme es an." Ich war nicht in der richtigen Stimmung um das hier zu genießen. Um genauer zu sein war mein Kopf voll mit anderen Dingen. Das machte es mir unmöglich, mich einfach fallen zu lassen, so wie es die anderen alle zu tun schienen.

Ich ließ meinen Blick durch den Raum schweifen und bemerkte sofort, dass die Hälfte aller Mädchen kaum ausreichend Klamotten am Leib hatten, um sich zu bedecken. Ein Mädchen hob ihre Arme und wackelte mit dem Hintern, das bisschen schwarzer Stoff, das sie trug, ließ ihre untere Region hervorblitzen, und es sah so aus, als würde sie das überhaupt nicht interessieren.

Rocco bemerkte das auch und stieß mir seinen Ellbogen in die Rippen. „Wow, schau dir mal die kaum vorhandene Unterwäsche bei dem Mädchen dort drüben an!"

„Rocco, du weißt, dass sie die Tochter von irgendjemanden ist, nicht wahr?", fragte ich ihn, als er das Mädchen ohne Scheu angaffte.

„Nicht deine, warum machst du dir also deshalb Gedanken, Kane? Du brauchst Alkohol und zwar sofort." Er ging mir voran zur nächsten Bar. „Gib mir ein paar Godfather, bitte."

Also Whiskey.

Scheinbar wollte mein Freund meine Sinne mit einer Mischung aus Bourbon und Amaretto betäuben. Leider musste ich ihn enttäuschen. Ich war einfach nicht in Stimmung, und ich würde nicht viel trinken.

Egal wo ich hinsah, sah ich die Dinge wahrscheinlich in einem anderen Licht als die restlichen Anwesenden. Zu meiner linken Seite lachten vier Männer und tranken. Einer von ihnen hatte verhangene Augen, sein Glas war locker in seiner Hand, und er musste sich auf der Bar aufstützen, um aufrecht stehen zu bleiben. Er hatte zu viel getrunken, und seine Begleiter interessierte das überhaupt nicht.

Zu meiner rechten war ein Mädchen, wahrscheinlich gerade mal einundzwanzig, die mit einem Mann tanzte, der wie ein Serienmörder aussah. Seine Hände waren überall, und der Blick, mit dem er sie anstarrte, sagte mir, dass er sie am liebsten mit nach draußen nehmen, sie an die Wand drücken und sie vögeln wollte, bis sie nicht mehr geradeaus laufen konnte. Sie dann fesseln, in seinen Kofferraum werfen und sie auf Nimmerwiedersehen mitnehmen.

„Trink das", sagte Rocco bestimmend.

Ich nahm das Glas aus seiner ausgestreckten Hand und nahm einen kleinen Schluck. „Danke."

Nickend trank auch Rocco und sah sich dann um. „Da drüben, siehst du die zwei Miezen, die miteinander tanzen?"

„Ja." Mir war nicht klar, warum er mich darauf aufmerksam machte. Hier tanzten tonnenweise Mädchen miteinander, manche sogar in größeren Gruppen.

„Lass uns rüber gehen", fuhr er fort. „Ich nehme die Blonde. Ich weiß, dass du mehr auf Brünette stehst."

Mir war nicht danach zumute. „Geh du ruhig. Nimm sie beide. Ich bin hier, wenn du fertig bist."

Ein tiefer Seufzer ließ mich wissen, dass er nicht glücklich über meine Einstellung war. „Komm schon, Kane. Werde mal ein bisschen lockerer!"

„Ich bin locker. Geh ruhig. Geh tanzen, Rocco." Meine Aufmerksamkeit wurde sowieso von der Masse an betrunkenen Menschen abgelenkt. Ich würde mich prima unterhalten, indem ich sie einfach beobachtete.

Schließlich schien er zu akzeptieren, dass ich nicht auf die Tanzfläche gehen würde und ging davon. Jetzt konnte ich in aller Ruhe die Menschen beobachten.

Als ich ein Mädchen sah, das von der Tanzfläche gestolpert kam und Richtung Bar wankte, übernahm der Arzt in mir die Kontrolle. Ich griff nach ihrem Arm. „Hey, wo gehst du hin?"

Ihre blauen Augen waren verhangen, und sie hatte Probleme sich auf mich zu fokussieren, als sie in ihren hochhackigen Schuhen schwankte. „Die Bar. Ich brauche einen Drink. Willst du mir einen ausgeben?", lallte sie.

„Wie wäre es, wenn ich dir stattdessen das Taxi nach Hause bezahle?", bot ich an und stellte meinen Drink auf die Bar.

„Was?" Sie schüttelte ihren Kopf und hielt dann inne."Wow, mir ist schwindelig."

„Also, wie wäre es mit einem Taxi?" Ich legte ihr meinen Arm um die schmalen Schultern und schob sie zum Ausgang, weg von der Bar.

„Versuchst du mich mit nach Hause zu nehmen?", lallte sie und ihr Kopf wackelte. „Weil das wäre okay, ich habe Lust."

„Gut zu wissen." Ich hatte kein Interesse an dem Mist. „Aber ich nehme dich nicht mit nach Hause. Ich schicke dich zu dir nach Hause. Du weißt deine Adresse, nicht wahr?"

„Fünfzehn fünfzehn, ähm ...", murmelte sie und versuchte sich daran zu erinnern, wo sie wohnte. „Blue Ridge Trail. Ja, das ist es." Stolz sah sie zu mir auf. „Siehst du, ich weiß es."

„Großartig. Weißt du, wie viele Drinks du hattest?" Ich öffnete die Tür, und wir traten hinaus, die kühle Luft schlug uns ins Gesicht. Es schien ihr nichts auszumachen.

„Ich habe sie nicht gezählt", sagte sie und hickste. Sie sah über ihre Schulter und sah einen Moment lang verloren aus. „Ähm, ich sollte wieder hereingehen und meinen Freunden sagen, dass ich gehe."

Ihr Handy war in ihrer Hand, und ich nahm sie am Handgelenk und hob ihre Hand, damit sie es sehen konnte. „Warum schickst du ihnen nicht einfach eine Nachricht, während du im Taxi sitzt?"

„Du bist klug", sagte sie kichernd, bevor sie erneut hickste. „Hat dir das jemand schon einmal gesagt?"

„Ja." Ich schnippte mit den Fingern, ein Taxi hielt vor uns, und ich half ihr hinein.

„Fünfzehn fünfzehn Blue Ridge Trail bitte." Ich gab der Fahrerin zwei zwanzig Dollar Scheine und fügte hinzu: „Bitte sorgen Sie dafür, dass sie gesund und munter dort ankommt, okay?" Die Tatsache, dass die Fahrerin eine Frau in den Fünfzigern war, flößte mir Vertrauen ein, dass dem Mädchen in ihrem Zustand nichts zustoßen würde.

„Ja", sagte die Fahrerin lächelnd.

Das Mädchen strich mir mit der Hand über die Wange. „Du bist mein Held. Ich sollte dich nach deiner Telefonnummer fragen."

„Nein. Aber tu dir selber einen Gefallen und trink etwas Wasser, wenn du nach Hause kommst. Und pass das nächste Mal auf, wie viel du trinkst – wenn dir schwindelig wird, ist es Zeit aufzuhören. Und wenn du anfängst zu lallen, dann bist du schon betrunken. Verstanden?" Ich wusste, dass sie sich wahrscheinlich an keines meiner Worte mehr erinnern würde, aber ich sagte es trotzdem.

„Okay." Sie warf mir einen Handkuss zu. Sie hatte keine Ahnung, wie schlecht ihr Atem roch. „Danke, Held."

Ich schloss die Tür und winkte ihr, bevor ich wieder hineinging. Einer der Rausschmeißer nickte mir zu, als ich wieder hinein ging. „Das war nett. Ich sehe nicht oft gute Taten wie diese."

„Nun ja, ich bin Arzt, und ich konnte einfach nicht mit ansehen, wie sich das Mädchen noch einen Drink holt." Schulterzuckend ging ich an ihm vorbei. Ich fühlte mich überhaupt nicht wie ein Held. Ich fühlte einfach, dass es das Richtige gewesen war.

Vielleicht war es auch nur die Tatsache, dass ich einen Zehnjährigen zu Hause hatte und mir die ganzen Leute um mich herum plötzlich wie kleine Kinder vorkamen. Mit siebenundzwanzig war ich nicht viel älter als die meisten hier, aber ich fühlte mich älter – und auch weiser.

Ein lautes Geschrei zog meine Aufmerksamkeit auf eine andere Bar. Eine Kellnerin lag auf der Bar und eine Schlange Männer stand davor und wartete darauf, Schnaps aus ihrem Nabel zu trinken. Nicht einen davon kümmerte es, dass seine Lippen genau dieselbe Stelle berühren würden, die noch vor Sekunden ein anderer abgeleckt hatte. Davon abgesehen, dass es einfach widerlich war, war es auch ekelig. „Igitt."

Rocco trat von hinten an mich heran und klopfte mir auf die Schulter. Er deutete mit dem Kopf auf die Männer, die ich gerade beobachtete. „Denkst du darüber nach, dich anzustellen?"

„Um nichts in der Welt würde ich über so etwas nachdenken, Rocco. Und als dein Arzt und bester Freund kann ich dir nicht erlauben, auch nur für eine Sekunde selber darüber nachzudenken. Hast du eine Ahnung wie viele Bakterien sich auf der Haut der Frau tummeln?"

„Der Alkohol tötet die Bakterien, Doktor Price. Es ist absolut sicher und außerdem sexy.", sagte er kopfschüttelnd.

„Du bist genauso verrückt wie die anderen" Ich schob meine Hände in meine Taschen, bevor mein Blick noch auf etwas anderes fiel, was mir den Magen umdrehen würde. „Ich könnte einen Drink vertragen. Und nicht das, was du mir gegeben hast. Ich frage mich, was für Wein sie hier haben."

„Du machst Witze", schnaubte Rocco. „Trink zumindest ein Bier, Kane. Scheiße, manchmal verhältst du ich echt wie ein alter Snob."

Er hatte wahrscheinlich recht, und ich wusste es. Aber das war nichts, was ich an mir ändern wollte. Ich war in erster Linie Vater und stolz darauf, dass ich mich auch wie einer verhielt. Aber er hatte recht mit dem Wein hier. „Dann hole ich mir eben ein Bier. Ich will deinen Ruf als Bad Boy nicht verderben, indem ich mich wie ein Snob verhalte." Ich sah eine Kellnerin, die nicht weit von mir weg war. „Kann ich bitte ein Bier haben?", rief ich ihr zu.

Sie hielt kurz inne, bevor sie sich durch die Menge zwängte. Ich wusste, dass sie mich gehört hatte – sie war ja auch stehen geblieben. Ich folgte ihr, um ihre Aufmerksamkeit zu erlangen und bemerkte die Rundungen ihrer Hüften, ihre Taille und ihre langen Haare, die zu einem Zopf geflochten waren, der ihr über den Rücken fiel. Dunkelblaue Strähnen zogen sich hindurch. Normalerweise machte ich mir nichts aus unnatürlichen Farben in Frauenhaaren. Doch aus irgendeinem Grund mochte ich es an ihr.

Als ich fast schon bei ihr war, stellte sie das Tablett mit den leeren Gläsern auf der Bar ab und verschwand dahinter, ging direkt durch eine Tür nach hinten.

Enttäuschung stieg in mir auf. Ich wollte einfach ihr Gesicht sehen.

„Was möchtest du?", fragte mich der Bartender.

„Ein Bier", sagte ich, meine Augen immer noch auf die Tür geheftet, durch die sie gegangen war. Ich drückte meine Daumen, hoffte, sie würde wieder auftauchen, bevor ich wegging.

„Was für eines?", fragte er mich und zog damit meine Aufmerksamkeit von der Tür weg.

Ich warf einen Blick auf die Karte. „Michelob Ultra."

Eine andere Kellnerin trat neben mich, stellte leere Gläser ab. „Zwei Gin Tonic, einen Blauen Spruce und Drei Bloody Mary", ratterte sie runter.

Der Kellner stellte das Bier vor mir ab. „Macht sieben fünfzig." Er sah die blonde Kellnerin stirnrunzelnd an. „Was zur Hölle ist ein Blauer Spruce, Taylor?"

„Ich habe keine Ahnung." Sie zuckte mit den Schultern. „Der Typ hat gesagt er möchte einen. Ich dachte, du wüsstet es."

„Ich muss nachschauen, nehme ich an." Der Bartender machte sich an die Arbeit, und die Kellnerin sah mich an.

Ich hob mein Glas und prostete ihr zu. „Auf dich, und alle anderen schwer arbeitenden Frauen in dieser Bar", sagte ich.

„Danke." Ihr Lächeln war sexy. „Amüsierst du dich gut?"

„Würde ich dich beleidigen, wenn ich sagen würde, dass ich das nicht tue?" Ich nippte an dem kalten Bier und musterte sie. Sie erinnerte mich mit ihren blass blauen Augen, die verschmitzt funkelten, und dem zurückgeschnitten blonden Haaren mit den verschiedenfarbigen Enden, an eine Elfe – klein, mit feurigem Blick.

„Nicht mich persönlich." Sie legte eine Hand in die Hüfte. „Aber darf ich dich fragen, was deine Nacht verbessern würde?"

„Zuhause mit meinem Sohn zu sein, Cartoons anzuschauen oder Videospiele mit ihm zu spielen", sagte ich glucksend.

Sie legte ihren Kopf schief. „Warum tust du das dann nicht?"

„Er ist über das Wochenende verreist." Ich sah Rocco und nickte in seine Richtung. „Mein Freund hat mich dazu gebracht, heute hierherzukommen. Ich bin wahrscheinlich nicht die beste Begleitung."

Sie sah zu Rocco, als gerade ein Mädchen auf ihn zukam. „Scheint, als hätte er allein auch genug Spaß." Ihr Blick richtete sich wieder auf mich. „Ich habe gleich Pause. Vielleicht kann ich deine Nacht etwas angenehmer gestalten. Hinten im Aufenthaltsraum, wo uns niemand sehen kann."

Was war das denn für eine Scheiße!

Ich verschluckte mich fast an meinem Bier und schüttelte meinen Kopf. „Nein, danke."

„Bist du verheiratet?", fragte sie mit hochgezogener Augenbraue.

„Nein." Ich fasste es nicht, dass sie dachte, der einzige Grund dafür, dass ich ihr großzügiges Angebot ablehnte, war ein Eheversprechen. „Ich vögle nur nicht gern Frauen, die ich nicht kenne, das ist alles."

„Schade." Sie nahm das Tablett mit den Getränken und zwinkerte mir zu.

„Es gibt keinen Drink namens Blauer Spruce, also habe ich dem Idioten irgendwas Blaues zusammengemischt." Der Bartender beobachte, wie sie wegging. „Gut, dass du nicht darauf eingegangen bist."

„Meinst du?", fragte ich, nahm noch einen Schluck und beobachte, wie sie mit voller Absicht mit dem Hintern wackelte und versuchte, mich dazu zu bringen, meine Meinung zu ändern.

„Ja, sie ist ein liebes Mädchen, aber sie wechselt ständig die Männer." Er ging wieder an die Arbeit, und ich nickte.

Ja, das merkte man!

Ich wartete an der Bar, bis ich mein Bier leer hatte und war enttäuscht, dass die Frau, hinter der ich her war, nicht wieder aufgetaucht war. Ich stellte das leere Glas ab, und der Bartender kam zu mir. „Noch eines?"

„Nein. Was ich wirklich gern wissen würde, ist, wer die Kellnerin ist, die vor ein paar Minuten durch diese Tür gegangen und noch nicht wieder aufgetaucht ist." Ich fasste es nicht, dass ich das sagte. Normalerweise lief ich Frauen nicht hinterher. Aber nun tat ich es doch.

Er sah auf die Tür und schüttelte seinen Kopf. „Ich habe keine Ahnung, wer das war. Aber eines kann ich dir sagen. Wenn sie dort hinten ist, seit du hier sitzt, dann gehört sie dem Boss. Falls du verstehst, was ich meine."

„Oh." Jetzt war ich wirklich enttäuscht. „Ich gehe dann mal. Sie war die Einzige, die mein Interesse geweckt hat, und wenn sie nicht frei ist, dann verschwende ich hier nur meine Zeit."

„Ja, wenn sie schon so lange dort hinten ist, dann ist die Wahrscheinlichkeit sehr hoch, dass sie vergeben ist", sagte er nickend.

Mit den Händen in der Tasche musste ich mich dazu zwingen, den Kopf hoch zu halten, als ich zu Rocco ging, um ihm zu sagen, dass ich gehen würde.

Meine Woche musste tatsächlich ziemlich schlimm gewesen sein, wenn es mich derart herabzog, dass ich nicht das Gesicht einer Kellnerin sah.

Was zur Hölle stimmte denn nicht mit mir?

7

ZANDRA

I ch beobachtete Kane durch den Spiegel hinter der Bar und verstand nicht, warum er dort saß und wartete, anstatt zu dem Typen zurückzugehen, mit dem er gekommen war. Ich erkannte in dem Mann seinen alten Schulfreund Rocco. Die Art wie er auf die Tür starrte, durch die ich gegangen war, schickte mir Schauer über den Rücken.

Weiß er, dass ich es bin?

Nachdem Kane die Bar mit einem enttäuschten Gesicht verlassen hatte, kam ich heraus. „Hat der Typ irgendetwas zu dir gesagt?", fragte ich Patrick, den Bartender.

„Welcher, Zee? Hier sind heute unglaublich viele Typen", sagte er neunmalklug.

„Der Typ mit den dunkelblonden Haaren. Schwarzer Anzug, grüne Augen." Ich seufzte leise, es kam mir vor, als ob er sogar noch besser ausgesehen hatte als das letzte Mal, dass ich ihn gesehen hatte.

„Ah, der Biertrinker, der sich nach der Bedienung erkundigt hat, die nach hinten verschwunden ist. Der Typ. Jetzt verstehe ich. Warst du diejenige, die nach hinten gegangen ist, Zee?" Er gab einer Frau ihr Wechselgeld, die sich die Scheine in ihren BH stopfte.

„Ja, das war ich. Hat er nach mir gefragt oder was?" Mein Herz begann laut zu klopfen bei dem Gedanken, dass er mich nach all der Zeit erkannt hatte.

Es war mir nicht in den Sinn gekommen, dass Kane und ich aufeinander treffen könnten. Ich wusste nicht warum. Wir beiden waren in Charleston aufgewachsen. Ich nehme an, ich war einfach davon ausgegangen, dass er mehr erreichen wollte, als er in unserer kleinen Heimatstadt finden konnte.

Das war wohl ein Fehler gewesen.

Und jetzt hat er mich gefunden.

„Er hat tatsächlich nach dir gefragt."

Mir blieb das Herz stehen. „Hat er meinen Namen gekannt?"

Ein leichtes Lachen kam ihm über die Lippen. „Nein."

„Gut." Ich seufzte vor Erleichterung. „Also was hat er dann gefragt?"

„Er wollte wissen, wann du wieder rauskommst." Er ging zu einem Kunden. „Was darf es für dich sein, Kumpel?"

„Jack und Coke."

Ich ging hinter Patrick her, als er anfing den Drink zu mixen, damit ich mehr erfahren konnte. „Hat er gesagt warum?"

„Er sagte du wärst die Einzige, die ihn geil macht, oder irgend so eine Scheiße. Er hat mir gesagt, dass er geht." Er lächelte mich hintergründig an. „Ich habe ihm gesagt, dass du wohl mit dem Boss zusammen bist, wenn du so lange nach hinten verschwunden bist. Also – mit dem Boss. Verstehst du, was ich sage, Zee?"

„Er denkt, dass ich bei Rob war?" Ich war entsetzt. „Himmel, nein!"

Er sah mich amüsiert an. „Also warst du gar nicht beim Boss?"

„Himmel nein!" Mit langen Schritten ließ ich Patrick stehen und ging zu meinen Kunden. Da ich jetzt wusste, dass Kane gegangen war, konnte ich mich wieder an die Arbeit machen. Mich vor ihm zu verstecken hatte mich zurückgeworfen, und ich war sicher, dass das Trinkgeld wohl nicht mehr so großzügig ausfallen würde.

Ich hatte mich nicht nur vor ihm versteckt, sondern ihn vorher auch einige Zeit lang von weitem beobachtet. Als er seine Arm um das betrunkene Mädchen gelegt hatte, war mir ganz heiß geworden vor Eifersucht. So etwas war mir noch nie passiert.

Ich hatte mich durch die Menschenmenge geschlichen und war den beiden bis zum Ausgang gefolgt. Ich glaubte nicht, dass er sich einfach ein Mädchen schnappte und sie mit nach Hause nahm. Sie sah allerdings so aus, als würde ihr das gefallen.

Ich konnte nicht hören, was sie sagten, da die Musik zu laut war. Aber ich konnte sehen, dass er sie nach draußen brachte. Dann schnippte er mit den Fingern, und ein Taxi hielt vor ihm.

Ich konnte nicht einmal atmen, als er die Taxitür öffnete. Als das Taxi ohne ihn fortfuhr, wurde mir klar, dass er einfach nur sicherstellen wollte, dass das betrunkene Mädchen sicher nach Haus kam.

Himmel, vielleicht war sie die Schwester eines Freundes. Es musste einen Grund geben. Ich meine, niemand war so verdammt nett, ohne Grund dafür zu sorgen, dass eine betrunkene Fremde den Klub verließ und sicher nach Hause kam.

Außer wenn er irgendein Heiliger war.

Taylor sah mich dann und kam zu mir. „Wo zur Hölle hast du gesteckt?"

„Ich habe mich versteckt." Ich ging zu meinen Kunden. „Es war ein Typ hier. Du hast mit ihm an der Bar gesprochen. Ich kenne ihn aus der Vergangenheit."

„Ich habe mich mit einer Menge Kerlen hier unterhalten." Sie grinste mich an. „Du musst schon etwas genauer werden."

„Dunkelblond, grüne Augen, toller Körper." Ich nahm die leeren Gläser von dem Tisch voller Mädchen. „Nochmal dasselbe, Ladies?"

„Ja!", kam ihre enthusiastische Antwort. „Mehr!"

„Oh, der Typ." Bei dem Anblick ihrer funkelten Augen fühlte ich Enttäuschung in mir aufsteigen. „Kennst du ihn?"

„Ja." Auf dem Weg zurück zur Bar sah ich wie mir ein paar Leute ihre leeren Gläser hinhielten und nahm sie ihnen ab. „Ich bin sofort mit neuen zurück."

„Ich mache gerade Pause", sagte Taylor. „Ich helfe dir."

„Danke." Ich brauchte ihre Hilfe im Moment. Mein Kopf war nicht ganz klar, nachdem die Vergangenheit bei mir angeklopft hatte.

Sie sammelte weitere leere Gläser ein, als sie zusammen mit mir durch die Bar lief. „Er hat sich hier nicht wohl gefühlt. Er wollte lieber zu Hause bei seinem Sohn sein, der aber gerade nicht in der Stadt ist. Ich habe keinen Ring an seinem Finger gesehen, und er hat auch gesagt er sei nicht verheiratet, aber ich wette, dass er das ist. Wollte es wahrscheinlich nur verbergen, während er ausgeht."

„Er hat einen Sohn?" Wieder spürte ich einen eifersüchtigen Stich.

„Das hat er gesagt. Und als ich ihm angeboten habe, seine Nacht etwas aufregender zu machen, während ich Pause habe, hat er abgelehnt." Sie stellte die leeren Gläser auf die Bar und ging dahinter, um sie in den Geschirrspüler zu laden, während sie Patrick sagte, was ich alles brauchte.

„Seine Nacht etwas aufregender machen, hm?", murmelte ich. Ich wusste, was sie damit meinte. Taylor war noch genauso direkt wie ich immer. Ich hätte das wissen sollen. „Es wäre schön, wenn du ihm das nächste Mal nicht einen deiner Gefallen anbieten würdest, Taylor. Mir liegt etwas an ihm."

„Warte mal." Sie bohrte ihren Blick in mich. „Ist er ...?"

Ich wollte nicht, dass irgendjemand wusste, dass Kane der Vater von dem Jungen war, den ich hergegeben hatte. „Nein. Das ist nicht er. Er war nur jemand, mit dem ich mal kurz zusammen war, das ist alles. Und wenn ihr zwei was miteinander hättet, dann würde ich mich ärgern." Diese Lüge kam mir so leicht über die Lippen, dass es mir Angst machte.

„Ich verstehe." Sie schien sich nicht wirklich sicher zu sein, was sie sagen sollte. „Er war sowieso nicht an mir interessiert. Und ich bezweifle, dass er jemals wieder herkommen wird."

Ich betete darum. „Das wäre schön. Falls er verheiratet ist und Kinder hat, dann will ich das auch nicht wirklich wissen."

„Ich wüsste nicht warum nicht." Taylor nahm eines der vollen Tabletts, während ich mir das andere schnappte.

„Es ist einfach besser, wenn ich mich so an ihn erinnere, wie er war. Single, jung und immer noch höllisch heiß."

Ich stellte die Getränke der Mädchen auf deren Tisch, und ich fühlte, wie mir das Tablett aus der Hand rutschte.

Die Gläser krachten auf den Tisch, und die Flüssigkeiten spritzten zusammen mit Glassplittern nach allen Seiten. Das alles passierte so schnell, dass ich gar nicht reagieren konnte. Taylor deutete auf mich. „Deine Hand!"

Ich sah nach unten, und mein Blick fiel auf ein paar kleine Schnitte und einen großen auf meiner Handfläche. Blut quoll daraus hervor. Mir wurde schwindelig, dann wurde es plötzlich schwarz vor meinen Augen.

~

„HEY, Zandy, wach auf." Taylors Stimme drang in mein Bewusstsein. Es gab keine Geräusche im Hintergrund, und ich hatte keine Ahnung, wo ich mich befand. Ich öffnete meine Augen und sah Taylor und Rob, die auf mich herabsahen. „Was ist passiert?"

„Du bist ohnmächtig geworden, als du das Blut gesehen hast", sagte Taylor.

„Du solltest das nähen lassen", fügte Rob hinzu. „Das ist ein ziemlich tiefer Schnitt. Der Klub zahlt die Rechnung. Mach dir darum keine Sorgen."

Ich hob meine linke Hand und sah ein weißes Handtuch, das darum gewickelt war. Es war nur ganz leicht rosa verfärbt. „Ich komme schon in Ordnung."

Seufzend ging Rob davon. „Nun, ich kann dich nicht dazu zwingen, in die Notaufnahme zu gehen, aber ich kann dich dazu zwingen, nach Hause zu gehen. Bis Montag. Hoffentlich mit genähter Hand."

„Du schickst mich weg?" Ich setzte mich auf, und mir wurde schwindelig, also legte ich mich wieder auf die Couch, auf die sie mich gelegt hatten.

„Ja", sagte er nickend. „Geh heim. Komm am Montag wieder."

Taylor sah besorgt aus. „Soll ich dich fahren?"

„Nein, das schaffe ich schon." Ich stand auf. Das fiel mir leicht bei dem Gedanken daran, was sich wohl alles auf Robs Sofa befand. „Ich sehe dich später zu Hause, Taylor. Bis Montag, Boss."

Die Fahrt nach Hause verging wie im Nebel, da meine Gedanken alle bei einem einzigen Mann waren.

Kane Price.

Er war hier. In Charleston. Und er war wahrscheinlich verheiratet. Es hatte auch einen Sohn – so viel wusste ich mit Sicherheit.

Einen Sohn.

Was würde er tun, wenn ich ihm sagte, dass er mehr als nur einen Sohn hatte? Er hatte einen Sohn, den ich weggeben musste. Er hatte einen Sohn, und ich hatte keine Ahnung, wo sich dieser Sohn befand. Er hatte einen Sohn, aber ich konnte ihm nicht sagen, ob es diesem Sohn gut ging – denn ich kannte die Antwort darauf selbst nicht.

Nein. Wenn ich Kane jemals wieder über den Weg laufen sollte, dann würde ich ihm auf keinen Fall von seinem Sohn erzählen.

Das Apartment war dunkel, als ich eintrat. Ich ließ es so, ging am Lichtschalter vorbei in mein Schlafzimmer und in das angrenzende Bad. Ein schönes Bad würde mir helfen meine angeschlagene Hand und die Nerven zu beruhigen.

Nachdem ich meine Hand verbunden hatte, ließ ich mich in die Wanne gleiten. Und während ich das so lag, kam die Erinnerung an jene Nacht zurück ...

„Hey, bist du nicht in meinem Chemiekurs?", fragte Kane mich mit einem sexy Grinsen auf seinem gutaussehenden Gesicht. Seine dunkelblonden Haare hingen in Wellen bis auf seine breiten Schultern. Seine grünen Augen funkelten, ließen meine Knie weich werden.

„Ja." Ich wandte den Blick ab, um nach dem Mädchen Ausschau zu halten, wegen dem ich hier war. „Hast du Ann irgendwo gesehen?"

„Nein." Sein Zeigefinger fuhr über meinen nackten Arm, jagte angenehme Schauer über meinen Rücken. Hitze mischte sich mit Kälte – es war atemberaubend. Und die Art, wie meine untere Hälfte zu pulsieren anfing, erregte mich.

„Ich sollte mich nach ihr Umschauen." Langsam sah ich zu ihm auf, und sein Zeigefinger wanderte zu meinem Kiefer, den er langsam nachzeichnete.

„Warum?", fragte er und sah mir tief in die Augen. „Was ist daran so schlimm, kurz mit mir zu reden?"

Alles.

„Nichts, nehme ich an." Schüchtern sah ich zur Seite.

Mit einem Finger drehte er meinen Kopf wieder zu sich. „Ich habe dich immer schon hübsch gefunden, Zandra. Wusstest du das?"

Ich versuchte zu sprechen, aber mir steckte ein Kloß im Hals. „Wie könnte ich?" Er hatte noch niemals mehr als ein paar Worte an mich gerichtet, während der ganzen Zeit, die wir gemeinsam an der High-School waren.

Das Lächeln, das er auf seinem Gesicht trug, verblasste. „Ja, woher solltest du das auch wissen?" Er strich meine Haare aus meinem Gesicht zurück. „Man hat es mir nicht direkt angemerkt, nicht wahr?"

Ich schüttelte meinen Kopf. „Nein, du bist noch niemals auf mich zugekommen." Ich auch nicht auf ihn. Ich war in den Kerl verliebt, seit ich in der siebten und er in der achten Klasse war.

„Na dann werde ich das jetzt nachholen." Seine Hand wanderte auf meine Schulter. „Ich mag dich."

„Du kennst mich gar nicht, Kane." Ich sah auf meine Füße und biss mir auf die Lippe. Ich war mir nicht sicher, warum ich das gesagt hatte, aber das hatte ich.

„Nicht gut." Er nickte und beugte sich dann vor, um mir etwas ins Ohr zu flüstern. „Aber ich würde dich gern kennenlernen."

„Ich dich auch." Ich dachte in dem Moment, dass ich noch niemals etwas mehr gewollt hatte.

Als seine Lippen meine berührten, spürte ich, wie sich meine ganze Welt veränderte. Keine Schüchternheit mehr. Keine Hemmungen mehr. Nichts.

Als er den Kuss beendete, der mich an einen Ort geführt hatte, von dem ich gar nicht wusste, dass er existierte, nahm er meine Hand und brachte mich die Treppe hoch in ein Schlafzimmer. Ich stellte keine Fragen; ich ließ ihn mich einfach berühren, mich küssen, und mich dazu bringen, dass ich mich nach ihm verzehrte.

Ohne dass es mir wirklich bewusst war, zog er mir meine Sachen aus. Und dann seine. Nackt lagen wir auf dem Bett und sahen uns an. Als er mit seiner Hand zwischen meine Brüste fuhr, über meinen Bauch, hinunter zu meiner pochenden Scham, versteifte sich mein Körper. „Es ist okay, Zandra." Seine Lippen pressten sich wieder auf meine, unsere Zungen spielten miteinander, und ich ließ es zu, dass er mich weiter erforschte.

Ein Finger glitt in mich, und ich keuchte bei dem seltsamen Gefühl auf. Es tat nicht weh, aber es fühlte sich gut an – sehr gut. Ich hatte gar nicht gewusst, dass sich etwas so gut anfühlen konnte wie sein Finger, der immer wieder in mich fuhr. Sein Daumen rieb kreisend über meine Klitoris, die vor Verlangen anschwoll.

Mein Körper erhitzte sich, als er damit spielte. Stöhnen kam aus meinem Mund, als er seinen Finger in mir bewegte. Seine Lippen lösten sich von meinen, und er lächelte mich an. „Kann ich dich dort unten küssen?", flüsterte er.

Mein Körper konnte gar nicht mehr heißer werden, und ich glaubte kaum, was da aus meinem Mund kam. „Ja." Es war zu spät, um es zurückzunehmen; nicht dass ich es gewollt hätte.

Unsere Blicke blieben aneinander hängen, und dann zog ein Lächeln seine Mundwinkel nach oben. „Es wird dir nicht leid tun, Zandy." Seine Augen blieben auf meinen als er eine Brustwarze küsste und dann spielerisch hineinbiss.

„Kane?" Ich biss mir auf die Unterlippe, als ich daran dachte, was ich sagen wollte.

„Ja?" Er machte damit weiter an meiner Brust zu knabbern.

„Ich bin eine Jungfrau. Ich wollte nur, dass du das weißt." Aus irgendeinem Grund schämte ich mich. Ich spürte wie meine Wangen rot vor Scham wurden.

Er kam wieder nach oben, und seine Lippen trafen erneut auf meine. „Danke, dass du mir das gesagt hast." Er küsste mich auf den Hals, während er mit einer Brust spielte, meinen Körper dabei so zurechtrückte, dass ich unter ihm lag. „Willst du mir deine Jungfräulichkeit geben, Zandra?"

„Ja." Ich fasste es nicht, was ich da sagte. Aber ich meinte es ernst.

Er stöhnte aufreizend und biss mir dann in den Hals. „Gut."

Ich krallte mich in seine Bizeps, bog den Rücken durch und spürte, wie sich sein harter Schwanz an meine Scham drückte. Ich wollte ihn einfach nur in mir spüren – seinen Schwanz in mir spüren. Ich konnte an nichts anderes denken.

„Langsam, Baby. Ich will, dass du dich immer gern daran erinnerst." Er hob den Kopf, um mir in die Augen zu schauen. „Entspann dich einfach und lass mich machen, okay?"

Ich nickte. „Okay."

Seine grünen Augen sahen mich einen Augenblick lang ernst an. „Soll ich ein Kondom benutzen?"

Ich schüttelte meinen Kopf. „Nein."

Ein Wort reichte aus, um mein Leben zu verändern. Ein verdammtes Wort würde mich für immer verändern. Was für eine verdammte Närrin ich doch gewesen war.

8

KANE

„Hallo?" Ich setzte mich auf, als das Handy klingelte. „Scheiße." Es war fünf Uhr früh am Morgen, der Sonntag nach meiner Nacht in Klub, und auch wenn ich relativ zeitig nach Hause gekommen war, stand ich etwas neben mir. Ich nahm das Handy und sah, dass es ein anderer Arzt aus dem Krankenhaus war, in dem ich arbeitete. „Hey, Jack. Was gibt es?"

„Mich. Mit meiner kranken Tochter. Sie kotzt die ganze Zeit, und ihre Mutter ist nicht in der Stadt. Ich habe heute die Tagesschicht in der Notfallaufnahme, aber ich muss zu Hause bleiben und auf die Kleine aufpassen. Meinst du, du kannst meine Schicht heute übernehmen?"

„Ja." Ich war schon immer jemand gewesen, der anderen geholfen hatte. „Ich mache es. Pass du nur auf dein kleines Mädchen auf, Jack."

„Danke. Du bist der Beste." Er legte auf, und ich rollte mich aus dem Bett.

Nach einer heißen Dusche, einem kalten Blaubeermuffin und einer heißen Tasse Kaffee war ich auf dem Weg ins Krankenhaus. Es standen keine Autos auf dem Parkplatz. An Sonntagen war gewöhnlicherweise nichts los. Ich machte mir keine Sorgen, dass ich zu viel zu tun bekommen würde.

Ich ging durch die Glastür, an der Schwesternstation vorbei. „Lass mich rein", sagte ich zu der Blondine am Schreibtisch.

„Guten Morgen, Dr. Price. Ich dachte Dr. Friday wäre heute dran", sagte sie, bevor ich durch die Tür war.

Ich griff nach der Türklinke und zog sie nickend auf. „Ja, das war er. Sein Kind ist krank geworden, und er hat mich gebeten seine Schicht zu übernehmen. Wie läuft es?", fragte ich.

„Es ist ruhig. Ein typischer Sonntag." Sie widmete sich wieder ihrem Buch, und ich ging nach hinten.

Hier gab es ein Büro für die Ärzte, die Dienst hatten. Ich ging hinein und benutzte meinen Schlüssel, um die Tür zu öffnen. Der Geruch von Reinigungsmitteln stach mir in der Nase. Ich sollte mittlerweile eigentlich daran gewöhnt sein, aber ich denke, es wird immer in der Nase stechen. Der Geruch war so penetrant.

Ich ging direkt zur Kaffeemaschine, setzte eine Kanne auf, bevor ich den Computer einschaltete, um zu sehen, was in der Nacht passiert war. „Schusswunde. Stichwunden. Tollwut?" Ich musste zweimal hinschauen. „Ihr macht wohl Scherze."

Ich holte die Berichte hervor und fand den Mann, der mit einer Bisswunde von seinem Haustier gekommen war.

Wer zur Hölle besaß eine Fledermaus als Haustier?

Ich sah, dass einige der Patienten noch zur Überwachung im Krankenhaus lagen, und der Mann mit der möglichen Tollwut war einer von ihnen. Ich musste den Kerl sehen.

Ich ging zu den Zimmern, und traf unterwegs auf den Mann, der in der Wäscherei arbeitete und einen schweren Wagen den Gang entlangschob. „Hey, Gerald. Wie läuft es heute?"

„Geht schon, Doc. Und bei Ihnen?" Er blieb stehen, als wir zum Fahrstuhl kamen. Ich entschloss mich, bei ihm mitzufahren.

„Ich bin auf dem Weg zu einem Mann, der von seiner Fledermaus gebissen wurde", antwortete ich, nachdem wir den Fahrstuhl betreten hatten. „Er macht sich Sorgen wegen Tollwut."

„Echt?" Er lachte und schüttelte den Kopf. „Was die Menschen so alles anstellen."

„Ja." Der Patient befand sich im dritten Stock. „Ich muss hier raus."

„Ich denke, ich steige hier auch aus und fange damit an, die schmutzige Wäsche in diesem Stock einzusammeln", sagte Gerald grinsend. „Ich muss einen Blick auf diesen Gentleman werfen."

Wir gingen zu Zimmer 352, und ich versuchte mein Gesicht neutral zu halten. Ich wollte nicht laut loslachen oder irgend so etwas. Ein leichtes Klopfen an die Tür und Mr. Jim Jones krächzte: „Ich bin auf. Kommen Sie rein."

Ich öffnete die Tür weit und machte mich darauf gefasst einen wild aussehenden Mann zu sehen. Zu meiner Überraschung saß ein normal aussehender, älterer Man im Bett um mich zu empfangen.

Gerald war mit seinem Wäschewagen direkt hinter mir. „Nun, Sie sind nicht wirklich das, was ich erwartet hatte."

Der alte Mann lachte. „Ja, ich weiß. Wer hat schon eine Fledermaus als Haustier? Und eine Vampirfledermaus noch dazu."

„Eine Vampirfledermaus?", fragte ich und wunderte mich, woher er die wohl hatte. „Ist das überhaupt legal?"

Der alte Mann zuckte mit den Schultern. „Keine Ahnung. Ich nehme an, dass das Krankenhaus mich nicht verraten wird, oder?"

Ich hatte keine Ahnung. „Ich hoffe nicht. Stellen Sie sich einmal vor, wie viel Strafe Sie zahlen müssten. Nun, egal. Ist die Fledermaus, ähm ..." Ich hatte keine Ahnung, wie ich es ausdrücken sollte. Am Ende war es ja sein Haustier.

„Tot?", fragte er mich.

„Ich finde kein besseres Wort, ja", sagte ich.

„Ja, ich musste Herman umbringen." Er hob eine Hand hoch in die Luft und ließ sie dann nach unten sausen. „Ich habe meinen Schuh genommen und WAP! Direkt auf den Kopf. Es ging schnell."

Ich sah keinen Verband an ihm. „Und wo ist der Biss?"

Als seine Wangen sich rot färbten, fing ich an, mich zu wundern. Als er die Decke zurückwarf, wunderte ich mich noch mehr. Als ich die Ausbeulung unter seinem Krankenhauskittel sah, wusste ich, dass das keine leichte Verletzung war. „An meinem Geschlecht, Doktor." Er zog den Kittel nach oben und saß dann nackt da, außer dem Verband um der Spitze seines Penis. „Ich weiß, wie das aussieht."

„Ja", sagte Gerald. „Sie haben die Fledermaus Ihren Schwanz lecken lassen, und sie hat Sie gebissen, nicht wahr?"

Der alte Mann schüttelte den Kopf. „So war das nicht. Und es war keine männliche Fledermaus. Es war ein Weibchen. Aber es ist nicht so, wie Sie denken. Ich war auf dem Lounger eingeschlafen." Er hatte am Anfang wie ein normaler alter Mann ausgesehen, doch jetzt stellte sich heraus, dass er tatsächlich etwas abgefahren war. Er schien sich nicht ein bisschen zu genieren, das alles Fremden zu erzählen – ich konnte verstehen, dass er all das einem Arzt erzählte, aber es schien ihm auch Spaß zu machen, dass Gerald dabei war.

„Und was ist ein Lounger?", fragte Gerald. „Ist das irgendeine Art von Sexsessel oder so?"

Ein Lachen entkam mir, bevor ich es unterdrücken konnte. „Gerald! Bitte stell unserem Patienten nicht solche Fragen!" Ich klopfte ihm auf den Rücken. „Lass mich das tun, okay?"

Er nickte. „Sicher, Doc. Machen Sie weiter. Fragen Sie ihn wegen dem Lounger, und wofür er ist."

Mr. Jones fuhr mit eine runzeligen Hand über sein Gesicht. „Ich bezeichne meinen alten Sessel als Lounger, in dem ich sitze, wenn ich Fernsehen schaue. Ich habe grade die Wäsche gemacht. Und wenn ich Wäsche wasche, dann wasche ich alles mit einem Mal. Das bedeutet, dass ich alles ausziehe, was ich anhabe."

„Ich verstehe", sagte Gerald. „Sie haben also einfach so dagesessen, als diese weibliche Fledermaus kam und Sie in Ihr Geschlecht gebissen hat. Sie sind also doch nicht irgendein seltsamer Typ!" Er sah mich an. „Gott sei Dank. Ein paar Minuten lang wollte ich mir schon Sorgen machen."

Mr. Jones sah mich direkt an. „Ich bin im Sessel eingeschlafen, und die Tür von Hermans Käfig war wahrscheinlich nicht richtig geschlossen. Sie ist raus gekommen und hat mich aus irgendeinem Grund in die Spitze meines Penis gebissen. Ich bin aufgewacht, habe sie dort gesehen, wie sie das Blut aufleckte, und bin aufgesprungen, habe meinen Schuh genommen und sie an Ort und Stelle erschlagen." Er zog seinen Kittel nach unten und die Decke nach oben um sich wieder zuzudecken. „Es ist mir nicht leicht gefallen, das zu tun. Aber sie hat mich noch niemals zuvor gebissen und deshalb dachte ich, sie hätte Tollwut oder irgend so etwas."

Ich nickte zustimmend und wusste nicht, was ich sagen sollte. Aber Gerald wusste es. „Wenn sie ein Mädchen war, warum haben Sie sie dann Herman genannt?" Er stemmte seine Hand in die Hüfte und sah immer noch sehr skeptisch aus. Auch wenn er etwas anderes behauptete, so sah ich doch, dass Gerald immer noch dachte, der alte Mann sei verrückt.

Mr. Jones erläuterte die Dinge etwas näher. „Als ich die Fledermaus gefunden habe, dachte ich, es sei ein Männchen. Ich habe sie Herman genannt, nach dem Kerl der diese Fernsehshow „The Munsters" hatte. Sie wissen schon, den Vampir?"

„Aaaah!" sagte Gerald und sein Finger schoss in die Höhe. „Herman Munster war kein Vampir. Er war ein Frankenstein. Es war der Großvater, der ein Vampir war. Und auch Hermans liebreizende Ehefrau Lily. Ihr Sohn Eddie war ein Werwolf und ihre Nichte Marilyn war die Einzige, die normal war."

Das ging jetzt alles ein bisschen weit. „Okay, Gerald. Nimm die Schmutzwäsche und geh arbeiten, während ich Mr. Jones Verbände und die Wunde überprüfe."

Die Geschichte hatte mich interessiert, aber ich hatte keine Ahnung gehabt, wie verrückt dieser Tollwutfall war.

Die Wunde war klein und sauber, ohne ein Anzeichen von Entzündung. „Sie haben die Impfung bekommen, und wir warten jetzt auf die Testergebnisse. Die Impfung sollte den Rest erledigen und sobald wir die Testergebnisse haben, können Sie heimgehen, Mr. Jones. Es ist gut, dass Sie gleich hergekommen sind. Haben Sie noch weitere Fledermäuse zu Hause?"

„Nein", sagte er breit grinsend. „Aber ich habe im Garten eine Schlange gefunden. Ich nenne sie Thelma und habe sie im Haus. Sie wohnt in der Badewanne. Ich benutze sie nie. Ich dusche mich draußen, so wie Gott es gewollt hatte."

„Ein kleiner Ratschlag", sagte ich. „Vielleicht sollten Sie keine weiteren wilden Tiere mehr in Ihr Haus bringen. Und diese Schlange wird auch nicht in der Badewanne bleiben."

„Scheiße!", rief er und setzte sich auf.

„Was?", fragte ich und hatte keine Ahnung, was ich als nächstes hören würde.

„Sie haben recht, Doc!" Er blickte sorgenvoll. „Ich wette, es war Thelma, die Herman aus dem Käfig gelassen hat."

Ich ging zur Tür. „Ja, wahrscheinlich. Bis später Mr. Jones."

Als ich wieder auf dem Weg in die Notaufnahme war, klingelte mein Handy. Ich sah, dass es meine Tante Nancy war und hob ab. „Hallo."

„Hi, Kane. Wir sind fast da. Ich wollte dir nur Bescheid geben", sagte sie.

„Ah. Ich habe die Schicht in der Notfallaufnahme übernommen. Ich habe vergessen, euch eine Nachricht zu schicken." Ich fühlte mich schlecht, weil ich vergessen hatte, dass Fox nach Hause kam.

„Dad, kann ich vorbeikommen und bei dir bleiben?", hörte ich ihn im Hintergrund fragen.

„Er hat mich scheinbar gehört." Ich liebte es, wenn er mit mir zusammen zur Arbeit ging. „Sicher kannst du das, Kumpel. Könnt ihr ihn hier abliefern, Tante Nancy?"

„Ja", sagte sie. „Wir sind in ein paar Minuten da. Ich rufe dich an, wenn wir ihn reinschicken, damit du ihn am Empfang abholen kannst."

„Okay." Ich hörte, wie mein Name über die Lautsprecher ausgerufen wurde und legte auf.

Ich eilte in die Notfallaufnahme, wo bereits eine Krankenschwester auf mich wartete. „Hey, Dr. Price. Wir haben eine sechsundzwanzigjährige Frau in Zimmer 1. Sie hat einen tiefen Schnitt an ihrer rechten Hand. Ungefähr zwei Zentimeter lang und ziemlich tief. Sie sagt, sie hat sich das letzte Nacht auf Arbeit zugezogen."

„Letzte Nacht?", fragte ich.

„Ja", erwiderte sie nickend. „Sie möchte, dass es genäht wird, aber ich habe ihr gesagt, dass wir das nicht tun können weil es dafür zu spät ist."

„Wo liegt dann das Problem?" Ich setzte mich in meinen Sessel und dachte, dass es für mich wahrscheinlich keinen Grund gab, diese Patientin überhaupt zu sehen.

Sie stemmte ihre Hände in die Hüften. „Das Problem ist, dass sie mit einem Arzt sprechen will."

„Und Sie haben sich die Wunde angeschaut, nicht wahr? Wenn Sie der Meinung sind, dass es zu spät ist, dann gehen Sie wieder zu ihr und sagen sie ihr, der Arzt hätte gesagt, dass eine Wunde sofort genäht werden muss. Dann verbinden wir die Wunde und gut ist." Ich öffnete den Computer, um mich weiter über die Fälle von letzter Nacht zu informieren.

„Das werde ich, Dr. Price." Sie verließ das Büro, und ich schaute auf den Monitor.

Keine fünf Minuten später rief mich meine Tante an und sagte mir, dass Fox in der Lobby auf mich wartete. Ich sprang auf, um meinen Sohn abzuholen, froh, dass er wieder zurück war und den Tag mit mir zusammen verbringen würde,

Als er mich sah, kam er auf mich zugerannt. „Dad!"

„Hey, du!" Ich ging zu ihm, hob ihn hoch und drückte ihn, bevor ich ihn wieder auf den Boden stellte. „Junge, du hast ein bisschen Farbe bekommen." Mehrere kleine Sommersprossen waren auf seiner Nase aufgetaucht und auch ein paar auf seinen Wangen.

„Ja. Wir haben gestern den ganzen Tag lang Ball am Strand gespielt. Es hat Spaß gemacht." Er folgte mir zurück ins Büro. „Und ich habe auch einen Hai gesehen."

„Hast du das?", sagte ich enthusiastisch. „Von nahem?"

„Nein." Er wedelte mit der Hand in der Luft. „Er war ziemlich weit weg. Und es war nur die Flosse. Onkel James sagt, dass es wahrscheinlich ein Delphin war, aber ich bin mir ziemlich sicher, dass es ein Hai war. Ich bin aus dem Wasser gegangen, nur um sicher zu gehen."

„Gut. Besser sicher, als dass es dir dann leid tut. Das sage ich immer." Wir kamen um die Ecke zur Notfallaufnahme, und ich öffnete die große Tür.

„Das weiß ich." Er lachte. „Das habe ich allen gesagt, als sie gelacht haben. Ich habe gesagt, besser in Sicherheit als das es einem dann leid tut. Was, wenn es tatsächlich ein Hai ist? Ich wette, dann würde keiner lachen!"

„Das war schlau." Ich bemerkte eine junge Frau vor mir am Schwesternschreibtisch. Sie war nach vorn gebeugt und sah aus, als würde sie ein paar Papiere unterschreiben. „Was war denn noch so in Florida los, Fox?" Ich konnte den Blick nicht von der jungen Frau abwenden.

„Nun, ich bin am Strand spazieren gegangen und habe viele Muscheln gefunden." Er zog an meiner weißen Jacke, damit ich ihn ansah. „Keine Sorge. Ich habe sie alle nach Hause gebracht. Für unsere Muschelsammlung."

„Großartig." Ich wandte meinen Blick wieder der jungen Frau zu. „Wir können sie heute Abend, wenn wir nach Hause kommen, in den Garten legen. Klingt das gut?"

„Ja." Er zog wieder an meiner Jacke, und ich sah zu ihm herab. „Können wir vielleicht auch Hotdogs machen? Ich wollte das ganze Wochenende lang einen Hotdog und Tante Nancy hat mich keinen haben lassen. Sie sagt, sie sind eklig, und sie würde mir kein ekliges Essen geben."

„Nun, einige sind tatsächlich eklig. Aber die, die ich kaufe, sind es nicht. Wir brutzeln ein paar Hotdogs draußen." Ich sah wieder zu der Frau, die sich jetzt aufgerichtet hatte und ihr Haar schüttelte.

Lange dunkle Haare fielen ihr über den Rücken. Dunkelblaue Strähnen zogen sich hindurch.

Sie ist es.

Es musste die Bedienung aus der Bar sein.

Sie sprach mit der Schwester und hob ihre Hände, als sie etwas sagte. Ein Verband lag um ihrer linken Hand.

Die Patientin mit der Schnittwunde. Die Hand, die sie sich am Abend geschnitten hatte.

Sie musste es sein.

„Dad, die Tür ist dort drüben!", rief Fox, als ich abwesend daran vorbeilief.

Die Frau drehte sich beim Klang von Fox Stimme um. Die Welt um mich herum schien stehen zu bleiben, als sich unsere Augen trafen.

Zandra Larkin!

9

ZANDRA

Ich starrte Kane an wie ein Reh im Scheinwerferlicht.

DAS KANN NICHT WIRKLICH PASSIEREN!

DAS MUSSTE EIN TRAUM SEIN. Oder um genauer zu sein, ein Alptraum.

ICH WOLLTE diesen Mann eigentlich niemals wiedersehen. Nicht nach all dem, was ich wegen ihm durchgemacht hatte.

NICHT DASS ES seine Schuld gewesen wäre. Ich war diejenige, die ihm gesagt hatte, dass er kein Kondom benutzen sollte, auch wenn ich keinerlei Verhütungsmittel genommen hatte. Ich habe Kane niemals die Schuld gegeben, oder mir selbst, was mit dem Kind, das wir gemacht hatten, passiert war.

IHN WIEDERZUSEHEN, zu sehen, wie erwachsen er geworden war, jagte mir einen Schauer über den Rücken. Ich sah seine Muskeln bei jeder noch so kleinen Bewegung, die er machte.

Kane Price stand vollkommen still, starrte mir in die Augen, und ich konnte mich weder bewegen noch blinzeln.

MEINE GEDANKEN WANDERTEN ZURÜCK zu der Nacht, die mein Leben verändert hatte.

SEIN BLICK HATTE sich in meinen gebohrt, als er seinen harten Schwanz in meine jungfräuliche Muschi gestoßen hatte. Ich keuchte auf, Schmerz durchzuckte mich. Und dieser Scherz würde für immer in mir sein – nicht in meinem bebenden Körper, aber in meinem Herzen.

EIN PAAR WINZIGE Tränen liefen mir über die Wange. Er küsste sie weg, bedeckte mich mit seinem Körper und flüsterte mir ins Ohr. „Ruhig, Zandra. Der schwierige Teil ist gleich vorbei. In einer Minute wird es sich gut anfühlen, warte nur ab. Du kannst mir vertrauen, Baby."

NIEMAND HATTE mich jemals zuvor Baby genannt. So wie er es sagte, löste sich etwas in mir. „Ich vertraue dir, Kane."

„GUTES Mädchen." Er bewegte sich langsam, zog seinen Schwanz fast ganz wieder aus mir heraus, bevor er in einer einzigen glatten Bewegung wieder zustieß.

Ich biss mir auf die Lippe und versuchte das weißglühende Feuer in meinem sensiblen Körperteil zu ignorieren. Ich verlor mich in den grünen Tiefen seiner tollen Augen. „Kane, hat dir schon jemand gesagt, wie gut du aussiehst?"

Seine Lippen verzogen sich zu einem sexy Lächeln, das mein Herz zum Klopfen brachte. „Nein, niemand. Und dir? Hat dir schon einmal jemand gesagt, wie hübsch du bist?"

„Nein." Ich strich mit meiner Hand über seinen Rücken, ertastete die Muskeln dort. „Sagst du mir gerade, dass du mich hübsch findest, Kane Price?"

Seine Lippen berührten kaum die meinen, als er flüsternd antwortete. „Du bist mehr als nur hübsch. Ich finde nicht die richtigen Worte, um dich zu beschreiben, Baby."

Ich wollte nicht daran denken, mit wie vielen Mädchen Kane schon zusammen gewesen war, aber er war nun einmal als Flirter bekannt. „Ich wette, das sagst du zu allen Mädchen."

Er hob den Kopf, seine Lippen zu einer schmalen Linie zusammengepresst. Er bewegte seinen Schwanz nur wenig, und ich fühlte jetzt mehr Lust als Schmerz. „Zandra, ich habe eine andere Meinung von dir als von den anderen Mädchen. Du bist anders."

.　.　.

ICH SCHÄMTE mich und schloss meine Augen. „Ich weiß das."

ER STRICH MIT seinen Lippen über meine Wange. „Auf eine gute Art.
Eine großartige Art." Er küsste mich innig, und ein wohliger Schauer
durchzuckte mich. Irgendwie heizte mein Körper sich noch mehr
auf, und wir bewegten uns jetzt gemeinsam, mein Körper gewöhnte
sich langsam an seine Größe.

AUCH WENN ICH noch niemals mit jemandem intim gewesen war,
bewegte ich mich auf eine Art und Weise, von der ich nicht gewusst
hatte, dass sie existierte. Mein Körper wusste instinktiv, was zu tun
war. Meine Beine schlangen sich um ihn, drückten ihn an mich.
Meine Hände wanderten überallhin, um ihn zu berühren.

ER LÖSTE seinen Mund von mir, küsste meinen Hals entlang bis zu
einem empfindlichen Punkt hinter meinem Ohr. Seine Zähne knab-
berten an meinem weichen Fleisch, sanft und dann fester, als er sich
schneller bewegte.

ICH HATTE KEINE AHNUNG, dass ein kleiner Biss an dieser Stelle so viel
in mir auslösen konnte, und stöhnte, wie toll sich das alles anfühlte,
während er seinen harten Schwanz immer wieder in mich stieß.

„KANE!", keuchte ich, als mein Körper anfing zu zittern. „Ich denke
ich ..."

„TU ES BABY", sagte er knurrend. „Ich will es fühlen, wenn du
kommst. Ich sehne mich danach, zu spüren, wie sich deine Muschi

um meinen harten Schwanz zusammenzieht. Gib mir alles, Zandra. Ich will alles. Jeden Tropfen. Und dann gebe ich dir meines."

ICH SCHRIE AUF – der zweite Orgasmus, den er mir in dieser Nacht gegeben hatte –, ich ließ alles heraus, genau wie er mir gesagt hatte. In diesem Moment hätte ich ihm alles gegeben, was er wollte. So lange er mich wollen würde, würde ich ihm gehören. Er hatte mich in seinem Besitz.

ICH HATTE KEINE AHNUNG GEHABT, wie sehr er mich besaß – oder wie viel meiner Vergangenheit ihm gehören würde. Keine Ahnung, was mir bevorstand, und dass wir gerade dabei waren, einen kleinen Jungen zu zeugen.

BEI DEM GEDANKEN an den kleinen Jungen, den ich weggegeben hatte, verblassten meine Erinnerungen.

AN KANES linker Seite stand ein Junge. Dunkle Haare bedeckten seinen Kopf, und grüne Augen starrten mich an.

KANES AUGEN.

ICH SAH ZU, wie die beiden näher kamen, während ich wie festgewurzelt dastand.

„BIST DU DAS WIRKLICH?", fragte Kane.

. . .

ALLES, was ich tun konnte, war nicken. Ein Kloß hatte sich in meiner Kehle geformt, der es mir unmöglich machte, auch nur ein Wort herauszubringen. Meine Augen wanderten zu dem Jungen, der neben ihm herging.

„HI, ich bin Fox." Er winkte mir, als sie auf mich zukamen.

KLEINE SOMMERSPROSSEN VERTEILTEN sich auf seiner Nase, genau wie bei mir, bevor ich angefangen hatte Sonnencreme zu verwenden, um meine Haut frei von Sommersprossen und hoffentlich auch Falten zu halten. Der Junge erinnerte mich an jemanden, aber ich wusste nicht an wen.

ICH SCHLUCKTE DEN KLOß HINUNTER, um nicht wie eine Idiotin auszu-sehen, und versuchte den Jungen anzulächeln, der in ungefähr dem gleichen Alter sein musste wie der, den ich weggegeben hatte.

„HALLO FOX. Das ist ein toller Name." Ich sah Kane an. „Ist er deiner?"

ER NICKTE. „Ja."

NUN, er war eine gute Fortpflanzungsmaschine. Scheinbar hatte er zum selben Zeitpunkt wie mich noch ein anderes Mädchen geschwängert. Und so wie Fox aussah, musste seine Mutter mir ähnlich sein. Scheinbar war ich doch nicht so etwas Besonderes gewesen in jener Nacht – offenbar stand er auf einen bestimmten Typ.

. . .

BEVOR KANE in jener Nacht eingeschlafen war, hatte ich ihn in meinen Armen gehalten. Er hatte mir gesagt, dass er mich nicht gehen lassen würde. Aber als er eingeschlafen war, war ich aufgestanden, hatte mich angezogen und hatte ihn in dem Bett gelassen, das seinem besten Freund Rocco gehörte. Das Bett, in dem wir unseren Sohn gezeugt hatten. Der Sohn von dem er keine Ahnung hatte, dass er existierte.

„DU HAST ihm einen wirklich coolen Namen gegeben, Kane." Ich dachte noch einmal darüber nach, was ich gesagt hatte. „Oder vielleicht war es deine Frau?"

„Mein Dad ist nicht verheiratete. Er war niemals verheiratet." Fox sah zu seinem Vater auf. „Es sind nur ich und er. So ist es schon, seit ich denken kann."

KANE LEGTE seine Hand auf die Schulter des kleinen Jungen. „Nun, nicht wirklich nur du und ich. Wir haben Tante Nancy und Onkel James."

„ABER SIE WOHNEN NICHT BEI UNS", sagte Fox kopfschüttelnd.

KANE SAH MICH WIEDER AN. „Ich habe dich gestern Abend im Mynt gesehen. Zumindest deinen Rücken. Die blauen Strähnen in deinen Haaren haben dich verraten."

„HAST DU?", fragte ich, als ob ich es nicht wüsste. „Warum hast du nicht hallo gesagt?" Ich fühlte mich etwas schuldig, weil ich log, aber ich wusste nicht, was ich tun sollte. Ich konnte ihm nicht sagen, dass ich ihn auch gesehen und mich vor ihm versteckt hatte.

. . .

„Ich hatte keine Ahnung, dass du es warst." Kane verlagerte sein Gewicht auf den anderen Fuß und verschränkte die Arme vor seiner Brust. Ich sah die Wölbung von ein paar ziemlich eindrucksvollen Bizeps und fühlte wie sich die Hitze zwischen meinen Beinen sammelte.

„Nicht?", fragte ich, als ob ich das nicht bereits wüsste. „Nun, dann wundert es mich nicht, dass du nichts gesagt hast."

„Aber ich wollte." Er lächelte mich an, und Verlangen nach ihm überkam mich plötzlich.

Wenn ich doch nur eine weiter Nacht mit diesem Mann haben könnte!

„Wolltest du?", fragte ich und verschränkte meine Hände ineinander, um das Zittern zu unterdrücken. „Und warum?"

Sein Lächeln wurde plötzlich sexy, und ich war mir sicher, er könnte Millionen damit verdienen, wenn er anderen beibringen würde, wie man das tat. „Irgendetwas an dir hat mein Interesse auf dich gelenkt. Aber du bist nach hinten gegangen, hinter die Bar, und bist nicht wieder herausgekommen. Ich habe gewartet und gewartet und dann schließlich den Barkeeper gefragt, wohin du gegangen bist. Er sagte, dass du wohl etwas beim Manager zu tun hast, wenn du immer noch hinten bist. Also mit dem Manager." Er hielt kurz inne und musterte mich von oben nach unten, und ich spürte diesen Blick von Kopf bis Fuß. „Hast du?"

Sein herzerweichendes Lächeln wurde breite. „Mit dem Manager?"

„Um Himmels willen, nein." Ich schüttelte meinen Kopf. „Er ist nicht mein Typ."

DU KENNST MEINEN TYP, *Kane. Du bist mein Typ.*

„NEIN?", fragte er und nickte dann. „Gut zu wissen. Was hat dich denn nun wieder nach Charleston gebracht? Und wo warst du die ganze Zeit? Und warum bist zu überhaupt weggegangen?"

ICH WUSSTE, dass er mir diese ganzen unangenehmen Fragen stellen würde!

„LANGE GESCHICHTE." Mein Kopf tat weh, als ich darüber nachdachte, was ich antworten sollte. „Ein anderes Mal, vielleicht."

„DEFINITIV", sagte er nickend. „Komm mit uns in mein Büro. Lass uns ein bisschen reden. Und du kommst hier nicht weg, ohne mir deine Nummer gegeben zu haben."

ER WILL MEINE NUMMER!

„ICH WEISS NICHT." Ich blickte zu der Glastür, die mich hinausbringen würde.

ICH SOLLTE WIRKLICH ZUSEHEN, dass ich wegkam, bevor ich mein Geheimnis ausplaudern würde, das ich vor ihm und allen anderen für nahezu 11 Jahre gehütet hatte.

· · ·

„Aber ich." In einer für ihn typischen Geste griff er nach mir, nahm meine Hand und zog mich mit sich. „Dieses Mal kommst du mir nicht so leicht davon."

Fox trabte neben uns her. „Woher kennst du meinen Dad?"

Ich hatte keine Ahnung, was ich antworten sollte, sah Kane an, der mir half. „Von der Schule, Fox."

„Oh, ich verstehe. Du bist mit Dad zur Schule gegangen." Fox nickte und sah für seine jungen Jahre viel älter und weiser aus. „Hast du meine Mutter gekannt?"

Kane klopfte seinem Jungen auf den Rücken. „Nicht jetzt, Fox. Nicht im Moment."

Kane hatte ein anderes Mädchen genau zu der Zeit geschwängert wie mich. Ich wusste das ohne Zweifel. Und scheinbar war sie in dieselbe Schule gegangen wie wir.

Jetzt hatte ich keine Lust mehr, ihm von unserm Sohn zu erzählen.

Wie erniedrigend!

· · ·

„Hat seine Mutter an seinem Leben teil?", flüsterte ich Kane zu, als wir durch die Tür den langen Gang betraten.

Er schüttelte seinen Kopf. „Nein."

Ich fand diese Antwort ziemlich vage. Aber wie konnte ich deshalb etwas sagen, wenn ich doch nicht viel besser war? „Oh."

Fox öffnete eine der vielen Türen auf dem Gang. „Hier ist das Büro, das die Ärzte nutzen, wenn sie hier arbeiten. Dad arbeitet eigentlich in der Klinik nebenan."

„Ich fasse es nicht, dass du Arzt bist, Kane. Das ist toll. Und du bist noch so jung." Ich war wirklich beeindruckt und auch ein bisschen neidisch.

Was wäre aus mir geworden, wenn meine eigenen Eltern mich anders erzogen hätten? Mich nicht jeden Tag einen teuflische Sünderin genannt hätten und mich dazu gezwungen hätten, unseren Sohn aufzugeben?

Kane deutete auf einen Stuhl, und ich setzte mich. „Nun, mein Sohn hat mich dazu motiviert. Er kam in mein Leben, als ich noch sehr jung war, und ich wollte so schnell wie möglich Karriere machen. Somit konnte ich gut für ihn sorgen, so wie er es verdient."

· · ·

„ICH HATTEN KEINE AHNUNG, dass du Arzt geworden bist." Ich schlug meine Beine übereinander und wippte mit dem Fuß, um meine Nervosität abzubauen.

DAS HÄTTE NIEMALS PASSIEREN SOLLEN. Und doch war ich jetzt hier, saß in seinem Büro, sah auf den kleinen Jungen, den er mit jemand anderen gemacht hatte – und den er auch behalten und großziehen durfte.

ER HÄTTE der Vater unseres Sohnes sein können. Aber meine verdammten Eltern hatten uns beiden das genommen. Er hatte die Verantwortung dafür übernommen, ein Baby zu haben. Und er hatte außerdem etwas aus sich gemacht.

WIR WAREN BEIDE BERAUBT WURDEN, auch unser Sohn. Und alles nur wegen meiner gottverdammten Eltern, weil sie dachten, dass das, was wir getan hatten, böse, unrein und eine der größten Sünden überhaupt war.

DAS TRUG NUR DAZU BEI, dass ich sie noch mehr hasste, als ich es schon tat.

„HAST DU KINDER?", fragte mich sein Sohn, als er auf dem Sofa saß und mich anlächelte.

„NEIN", sagte ich schnell.

KANE ÜBERNAHM DAS FRAGEN STELLEN. „Verheiratet?"

· · ·

„Nein." Ich zuckte mit den Schultern. „Niemand hat mich jemals gefragt."

„So, niemals verheiratet." Kane nickte und lehnte sich nach vorn, nur drei Zentimeter von mir entfernt. Mein Körper reagierte darauf. Jeder Teil von mir wollte ihn.

„Nein. Und hast du jemals vorgehabt zu heiraten?", fragte ich, während ich versuchte ihn nicht von oben nach unten zu mustern, war mir der Tatsache bewusst, dass ich ihn nicht so begehrlich vor seinem Sohn anschauen sollte.

„Nein." Seine Antwort gab mir die Hoffnung, dass ich seinen Körper wieder auf meinem spüren würde. Wie würde er sich jetzt anfühlen, wo er den Körper eines Mannes hatte?

„Niemals?", fragte ich und ließ meine Augen über ihn wandern.

Himmel, ich wollte ihn!

„Nein, niemals." Er nahm mein Kinn in seine große Hand. „Bleibst du länger in Charleston?"

Jetzt wo ich wusste, dass er noch hier wohnte, war mir nicht ganz klar, ob es eine so gute Idee sein würde, noch länger hier zu bleiben. „Ich weiß nicht. Ich ziehe immer weiter."

. . .

SEINE ZUSAMMENGEZOGENEN BRAUNE ließen ihn nur noch heißer aussehen. „Und warum?"

WEIL ICH IN deiner Nähe eventuell die Wahrheit ausplaudere, und du mich dann hassen wirst, darum.

ABER ICH WÜRDE das niemals laut aussprechen. „Weiß nicht. Ich mag es einfach, neue Orte zu sehen, denke ich", sagte ich stattdessen.

DAS MIT DEM umherziehen war nicht wahr. Ich war die meiste Zeit in Chicago gewesen. Ich hatte nur in einem Klub gearbeitete, Underground. Ich hatte keine Ahnung, warum ich ihm diese Lüge auftischte.

ABER DIE WAHRHEIT klang so erbärmlich; ich wollte ihm einfach nicht von dem bemitleidenswerten Leben erzählen, das ich die letzten acht Jahre lang geführt hatte. Ein Leben, das das Resultat der heißen Nacht war, als ich ihm meine Jungfräulichkeit geschenkt hatte und er mir ein Baby, das ich niemals kennenlernen durfte.

ICH HÄTTE von meinen Eltern weglaufen sollen. Direkt zu Kane Price.

10

KANE

Zandra Larkin saß nur ein paar Zentimeter von mir entfernt, und ich konnte es kaum glauben.

Unser Sohn sah uns von der Couch aus an, komplett ahnungslos, dass die Frau vor ihm seine Mutter war. Unsicher darüber, was ich tun sollte, falls sie Fox ihren Namen sagen würde, entschloss ich mich dazu abzuwarten und zu sehen, was passierte.

Fox kannte den Namen seiner Mutter. Aber wie würde er reagieren, wenn er herausfand, dass diese Frau seine Mutter war?

Sein Wohlergehen war mir am wichtigsten. „Wo hast du denn überall schon gelebt?", fragte ich. Ich wollte wissen, ob Zandra Larkin zu einer Person geworden war, die nicht in Fox' Leben involviert werden sollte.

Ich merkte, dass ich mich immer noch zu ihr hingezogen fühlte. Das Verlangen nach ihr köchelte unter der Oberfläche, drängte mich dazu, zu ihr zu eilen, sie in meine Arme zu ziehen und in mein Bett zu holen. So wie sie mich ansah, schien sie dasselbe zu empfinden.

Ihre blauen Augen flackerten hin und her, sagten mir, dass die Antwort ihr schwer fiel, was ich seltsam fand. „Ich habe nur in Chicago gewohnt. Ich weiß nicht, warum ich gesagt habe, ich wäre ruhelos. Das bin ich nicht. Ich nehme an, dass du mich nervös machst, Kane."

Die Antwort erinnerte mich so sehr an die Zandra aus meiner Erinnerung, dass meine Gedanken zu jener Nacht zurückwanderten.

Ich beobachtete sie inmitten all der wilden Teenager und mochte die Art, wie Zandra von ihrem Bier nippte. Ihre süße kleine Nase krauste sich bei jedem Schluck. Ich wusste, dass sie das Glas niemals austrinken würde.

Zwei andere Mädchen standen bei ihr, plauderten und sahen sich ab und zu um. Eine von ihnen sagte etwas, das alle zum Lachen brachte. Zandras Lachen war melodisch und bezaubernd. Ihr süßes Lächeln ließ mein Herz schneller schlagen.

Ich wusste nicht viel über das Mädchen, außer, dass ihre Eltern den Gerüchten zufolge die strengsten Menschen auf dem Planeten waren. Aber Zandra war ausgegangen. Ich hatte gehört, dass sie nur hier war, weil ihre Freundin ihren Eltern gesagt hatte, dass sie sich die Kirche ihrer Großmutter in Beaufort anschauen wollten, einer Stadt die ein paar Stunden von uns entfernt lag.

Scheinbar hatte Zandra kein Problem damit, eine kleine Lüge zu erzählen, um etwas Spaß haben zu können, und das sagte mir, dass sie eventuell auch dem nicht dem abgeneigt sein würde, was ich von ihr wollte.

Ich sah das Bobbie Franklin auf das Mädchen zuging, das ich mir für den Abend bereits ausgesucht hatte, und war entsetzt über die Eifersucht, die in mir aufstieg.

„Hey Zandy, wie bist du entwischt?"

Ihre schönen blauen Augen richteten sich sofort auf den Boden, ihre Schüchternheit übernahm die Kontrolle. „Das sage ich lieber nicht, Bobby."

Aber ihre Freundin hatte kein Problem damit es ihm zu erzählen. „Sie hat ihre Eltern das erste Mal in ihrem Leben angelogen."

Zandras Wangen wurden leuchtend rot. „Sei still, Stacy." Sie hob das Glas an ihre Lippen und nahm einen weiteren Schluck, zog die Nase wieder kraus. „Ich will nicht, dass alle denken, ich sei eine Lügnerin."

Bobby stieß sie mit seiner Schulter an, und für ein oder zwei Sekunden lang sah ich rot.

Mein Mädchen.

Er flüsterte ihr etwas ins Ohr, und ich hatte keine Ahnung was. Aber die Röte auf ihren Wangen vertiefte sich, und glühende Eifersucht stieg in mir auf und vernebelte mir den Blick.

Zeit, dass du was unternimmst, Kane.

Ein Zupfen an meinem weißen Kittel holte mich aus meinen Gedanken.

„Hey, Dad. Kann ich in die Schwesternstation gehen und schauen, ob sie etwas zu essen für mich haben? Sie haben dort immer Kuchen oder irgend so was."

„Ja." Ich sah Zandra an. „Willst du, dass er dir etwas mitbringt? Der Kuchen ist immer gut."

Sie schüttelte ihren Kopf. „Nein, danke." Ihre Augen wanderten zu Fox, und sie folgte ihm mit ihrem Blick, als er das Büro verließ und uns allein ließ. Sie sah wieder zu mir, nachdem er die Tür hinter sich geschlossen hatte. „Es ist schön dich zu sehen, Kane."

„Dich auch." Es juckte mir in den Händen, sie zu berühren. Aber ich wagte es mich nicht, nicht hier. „Ich würde dich irgendwann gern ausführen."

„Nein." Ihre Antwort kam zu schnell. Ihre Haare flogen um ihre Schultern, als sie ihren Kopf schüttelte. „Ich kann nicht."

„Warum?" Ich nahm ihre Hand in meine. „Jetzt musst du aber eine gute Ausrede haben. Du bist in jener Nacht einfach davongelaufen. Ich glaube, du schuldest mir ein oder zwei Dates. Oder vielmehr schulde ich sie dir. Ich habe dich niemals vergessen – ich möchte, dass du das weißt." Das war nicht gelogen. Ich hatte oft an sie gedacht.

„Kane, die Dinge haben sich verändert." Sie versuchte ihre Hand wegzuziehen, aber ich hielt sie fest. „Ich habe mich verändert." Ihr Blick bohrte sich in meinen. „Ich bin nicht mehr das gleiche schüchterne Mädchen, das du damals gekannt hast. Ich bin erwachsen geworden. Und ich habe meine Leichen im Keller. Man könnte sagen, dass ich beschädigte Ware bin."

Glucksend zog ich sie hoch. Als sie vor mir stand und mich anschaute, unsere Körper nur Zentimeter voneinander entfernt, wurde mein Schwanz steif.

„Ich bin Arzt. Ich verdiene mein Geld damit, beschädigte Menschen zu heilen. Wenn du Probleme hast, dann bin ich die perfekte Wahl, um dir damit zu helfen." Ich zog ihre Hand an meine Lippen und beobachtete, wie sie leicht erzitterte, als ich ihren Handrücken küsste. „Gib mir eine Chance Zandra."

Ein Teil von mir war immer wütend gewesen, weil sie einfach weggelaufen war, weil sie mir niemals gesagt hatte, dass sie schwanger war und weil sie ihn weggeben hatte. Aber der größte Teil von mir wollte sie einfach. Warum das so war, würde ich mich später fragen.

Jetzt wollte ich sie einfach. In meinen Armen, meinem Bett, in meinem Leben. Und das bedeutete auch in Fox' Leben.

Irgendwann musste ich ihren Namen sagen. Sie wusste nicht, wer er war, aber er würde sofort wissen, wer sie war, und er würde definitiv etwas sagen.

Doch erst einmal wollte ich die Katze im Sack lassen. Ich wusste fast gar nichts über Zandras Leben und ihre Ansichten. Ich hatte keine Ahnung, wie sie auf die Neuigkeit reagieren würde, dass ich unseren Sohn seit seiner Geburt bei mir hatte.

Wie wird sie das aufnehmen?

Als ich ihr in die Augen sah, sah ich dort wesentlich mehr Stärke als noch vor elf Jahren. Sie war kein kleines Mädchen mehr, sie war eine Frau. Eine erwachsene Frau, die eine Menge durchgemacht hatte und davon stärker geworden war.

„Ich will nicht geheilt werden, Kane. Ich will nicht deine Patientin werden."

Der Gedanke, Doktor mit ihr zu spielen, kam mir in den Sinn und ließ meinen Schwanz noch härter werden. „Oh, das könnte aber Spaß machen, Zandra." Ich zog sie in meine Arme, strich ihre Haare aus ihrem Gesicht und sah ihr tief in die Augen. „Komm schon, gib mir, was ich will. Sag ja. Ich weiß, dass ich dich dazu überreden kann. Lass mich nicht betteln, Baby."

Ihr Körper bebte, als ich sie hielt. Mein Schwanz pulsierte an ihrer Muschis und ließ ihre Wangen rot werden. „Kane, bitte", stöhnte sie.

Ich brachte meinen Mund näher an ihren. „Gib mir, was ich will, und ich lasse dich gehen."

„Das kann ich nicht", murmelte sie. „Bitte."

„Nein." Meine Lippen berührten ihre, neckten sie. „Ich will dich immer noch."

„Oh Gott", flüsterte sie und beugte sich dann zu mir.

Der Kuss weckte die Erinnerungen an die eine magische Nacht, als sie unter mir gelegen hatte. Als ich so heftig geatmet hatte, dass ich dachte, ich würde ohnmächtig werden. Der Sex war unglaublich toll gewesen. Wir hatten wie wilde Tiere gefickt nach unserem ersten, sanften Mal, als ich ihr zum ersten Mal gezeigt hatte, wie man sich liebt.

Wenn ich nicht darauf warten würde, dass Fox wieder ins Büro kam, würde ich ihren Hintern auf den Schreibtisch setzen und sie um ihren Verstand vögeln. Aber er würde wiederkommen und wahrscheinlich ziemlich bald.

Er durfte uns so nicht sehen. Ich löste meinen Mund von ihr und musste lächeln als ich das Verlangen auf ihrem wunderschönen Gesicht sah. „So, ich will eine Verabredung. Kann ich sie jetzt bekommen?"

Ihre Brust hob und senkte sich an meiner. „Ich kann wirklich nicht."

„Falsche Antwort, Zandra." Ich griff mir eine Handvoll Haare an ihrem Hinterkopf, zog ihn zurück und küsste sie erneut. Fester, fordernder. Ich wollte, dass sie mir nachgab, wie sie es getan hatte, als sie jung war.

Ich spürte wie ihr Herz in ihrer Brust hämmerte. Ihre Zunge tanzte mit meiner. Ihre Hände klammerten sich an meine Arme. Als ich meinen Mund von ihrem löste, atmete auch ich schnell. „Sag mir was ich hören will."

„Er wird bald wieder hier sein, Kane. Du willst doch nicht, dass

dein kleiner Junge uns so sieht." Sie suchte meine Augen, als sie fortfuhr. „Ich kann nicht mit dir ausgehen. Es tut mir leid."

„Ich bin kein Mann, der ein nein akzeptiert, wenn ich genau sehe,
dass du dasselbe willst wie ich." Mein Blut kochte, als es mir durch
die Adern rauschte. „Sag mir, dass du mich nicht willst, und ich lasse
dich in Ruhe."

Ich starrte ihr in die Augen, und sie wagte es nicht, mich anzulü-
gen, „Du weißt, dass ich das will. Aber ich kann mich nicht auf dich
einlassen."

Ich ließ sie los und ging frustriert von ihr weg. Ich hätte alles
einfach ausspucken können – sie wissen lassen, dass ich ihr
Geheimnis kannte. Ihr von dem Geheimnis erzählen, das ich vor ihr
hatte.

Du bist die Mutter meines Sohnes!

Es wäre heraus, und wir würden sehen, was passierte. Ich könnte
ihr sagen, dass ich ihr verziehen habe, dass sie mir nicht die Wahrheit gesagt hatte. Und sie könnte mir sagen, was zur Hölle damals
passiert war.

Warum hatte sie zugelassen, dass ihre Eltern sie dazu gezwungen
hatten, ihren Sohn aufzugeben? Und warum verdammt noch mal
hatte niemand von ihnen es für nötig gehalten, meine Familie zu
informieren?

Stattdessen holte ich tief Luft, als Fox wieder in das Büro kam
und einen Brownie in die Höhe hielt. „Siehst du, sie hatten etwas."

Zandras Hand fuhr über ihr Shirt, sie glättete es mit gesenktem
Blick. „Nun, ich denke ich sollte gehen. Du musst arbeiten, Kane. Es
war schön, dich nach all den Jahren wiederzusehen. Da wir beide in
Charleston leben, nehme ich an, dass wir uns ab und zu über den
Weg laufen. Es war nett dich kennenzulernen, Fox", rasselte sie
herunter und ging zur Tür.

Fox setzte sich auf das Sofa, aß seinen Kuchen und ignorierte uns.
Während er abgelenkt war, ging ich zur Tür und stellte mich vor sie.
„Ich habe nicht viel zu tun. Bitte bleib noch etwas. Lass uns reden."

Sie lächelte mich mit erhobener Augenbraue an. „Haben wir das
nicht schon getan?"

„Verbal", flüsterte ich. „Ich will nicht, dass du schon gehst."

„Ich weiß, was du willst." Sie zwinkerte. „Tut mir leid, Kane. Ich kann das nicht."

„Doch." Ich lehnte mich gegen die Tür. „Und du wirst auch."

Es war lange her, seit ich jemanden so sehr begehrt hatte. Aber jetzt, wo ich sie hatte, war mein Hunger nach ihr größer als jemals zuvor. Ich würde ihren süßen Hintern wieder unter meinem haben und wenn es das Letzte wäre, was ich jemals in meinem Leben tat.

Fox stand auf, um seine Serviette in den Abfalleimer zu werfen. „Was macht ihr zwei dort?" Er kam zu mir und sah mich verwirrt an. „Klingt, als würdet ihr euch streiten."

„Wir streiten nicht", sagte Zandra, sah zu ihm herab und fuhr ihm mit der Hand über den Kopf. Diese Reaktion ließ mich den Atem anhalten, und ich fragte mich, ob sie irgendeine Ahnung hatte, dass das der Junge war, den sie 9 Monate lang in ihrem Bauch getragen hatte. „Dein Vater ist nur albern."

Fox sah mich überrascht an. „Du bist albern?"

Ich war normalerweise nicht albern, und Fox wusste das. „Nein, ich bin nicht albern. Ich habe sie nur um ein Date gebeten."

Jetzt wurden seine Augen groß. „Ein Date?" Er sah Zandra an. „Du solltest ja sagen, denn mein Dad geht niemals zu Dates." Dann sah er mich wieder an. „Du musst sie wirklich lieben, Dad." Er versuchte das leise zu sagen, aber ich war mir sicher, dass selbst die Menschen am anderen Ende des Krankenhauses ihn gehört hatten.

Zandra schluckte und trat zurück, legte ihre Hand an ihren Hals, während sie auf den Boden starrte. „Ich kann einfach nicht. Ich kann nicht."

Ich tätschelte den Kopf meines Sohnes. „Erwachsene sprechen nicht gern so schnell von Liebe, aber ich würde diese junge Dame gern zum Abendessen ausführen und vielleicht etwas trinken und tanzen. Natürlich nur, wenn sie nichts dagegen hat. Gentlemen drängen sich einer Dame niemals auf. Denk immer daran, Fox."

Zandra war plötzlich im Vorteil, da sie sah, dass ich sie vor meinem Sohn nicht zu etwas nötigen würde, so wie ich es vorher versucht hatte – und sie würde das ausnutzen. „Schön zu hören, dass du so denkst Kane. Also verstehst du, dass ich mit dir nicht ausgehen kann. Es tut mir leid."

„Mann, Dad. Sie liebt dich nicht." Fox schüttelte seinen Kopf. „Tut mir leid, Dad. Das tut wahrscheinlich weh."

„Oh, das tut es." Ich legte meine Hand auf mein Herz. „Nur eine winzige Verabredung ist alles, um was ich dich bitte."

Fox drehte sich zu ihr um. „Bitte, Lady. Ich habe meinen Dad noch niemals so gesehen. Er verhält sich so – ähm – seltsam. Es ist nur Abendessen, Getränke und Tanzen. Komm schon. Bitte." Dann setzte mein Sohn sein bemitleidenswertestes, flehendes Gesicht auf. „Bitte. Können Sie das für mich tun?"

Mein Herz setzte aus, als ich sah, wie Zandra ihn ansah. Ihre Augen glänzten etwas, und ich sah, dass sie ihre Tränen zurückdrängte. Vielleicht dachte sie an den Jungen, den sie weggegeben hatte.

Sie hatte keine Ahnung, dass sie dasselbe Kind anschaute.

„Ihr zwei macht es mir sehr schwer." Sie sah zu mir auf. „Kane, wenn ich denken würde, dass es eine gute Idee ist, dann würde ich ja sagen. Ich bin mir sicher, dass so ziemlich jede Frau in dieser Stadt gern mit dir ausgehen würde. So war es zumindest damals in der Schule."

„Aber ich frage keine von ihnen – ich frage dich." Ich verschränkte meine Arme vor meiner Brust und sah sie grinsend an. „Komm schon, sag schon ja."

Fox ging zu ihr und legte ihr seine Hand auf den Arm. „Bitte? Bitte nur eine Verabredung mit ihm. Ich habe ihn noch niemals so gesehen."

Sie legte ihre linke Hand, die mit dem Verband, über seine. „Ich kann einfach nicht, Fox."

Er schnappte ihre Hand und sah etwas. „Hey, du hast meinen Geburtstag tätowiert!"

Heilige Scheiße!

11

ZANDRA

Wirklich? Er hatte sogar denselben Geburtstag? Ich hätte nicht gedacht, dass das Leben noch grausamer werden konnte, als es schon war, wenn es um meinen Sohn ging, aber scheinbar lag ich falsch. Bei dem Gedanken, dass Kane einen Sohn, ganz ähnlich dem unseren, aufgezogen hatte, während der, den wir gezeugt hatten, bei Fremden aufwuchs, verspürte ich einen Schmerz in meiner Brust, von dem ich glaubte, er würde nie wieder verschwinden.

Kanes kleiner Junge schaute mir direkt in die Augen. „Wie heißt du?"

Ich sah zu Kane, versuchte den Schmerz zu verbergen, von dem ich sicher war, dass man ihn mir ansah, und sah, wie er seine Hand über den Mund geschlagen hatte und sich sein Blick in den Hinterkopf seines Sohnes bohrte. Jeder langsame Schritt brachte ihn näher zu uns. Aber er sagte kein Wort.

Ich sah wieder zu Fox und sagte: „Mein Name ist Zandra Larkin."

Er ließ mein Handgelenk los und machte ein paar Schritte zurück. Sein Vater hielt ihn von hinten fest, umarmte ihn. „Das ist deine Mutter, Fox." Er sagte die Worte so leise, dass ich mir sicher war, dass ich mich verhört hatte.

„Ich weiß", sagte der kleine Junge erstickt. „Mama, du bist es. Du bist es wirklich." Tränen strömten aus seinen Augen, bevor er sich wieder zu seinem Vater umdrehte, seine Arme um ihn schlang und ihn fest drückte, während er weinte. „Wir haben sie gefunden, Dad! Wir haben sie endlich gefunden!"

Ich hatte keine Ahnung, was ich sagen oder tun sollte, mir wurde schwindelig, an den Rändern meines Blickes wurde es schwarz. „Was zur Hölle passiert hier?", fragte ich atemlos, fühlte mich, als ob jemand mir die ganze Luft aus den Lungen gesogen hatte.

Kane kam schnell zu mir, hielt immer noch seinen Sohn fest und stützte mich, bevor ich umkippen konnte.

„Setzen wir uns doch alle auf die Couch."

Er half uns dabei, uns hinzusetzen, und ich spürte die Hitze von Tränen, die mir in den Augen brannten. „Kane, ich verstehe das alles nicht. Bitte hilf mir", sagte ich, hörte die Verzweiflung in meiner Stimme, aber es war mir egal.

Ich hätte mir in einer Million Jahren nicht träumen lassen, dass er von meiner Schwangerschaft wusste. Ich hatte keine Ahnung gehabt, dass er wusste, dass wir einen Sohn hatten. Und nicht ansatzweise hätte ich vermutet, dass unser Sohn die ganzen Jahre über bei ihm war. Mein Kopf schwirrte nur so von Fragen, aber mein Mund schien nicht zu funktionieren, während ich hier mit offenem Mund saß.

Kane holte tief Luft, bevor er mir alles erzählte. „Deine Nachbarin hatte gehört, wie deine Eltern dich angeschrien hatten, und sie hat mich aufgesucht und mir gesagt, dass sie gehört habe, dass du schwanger bist. Sie war auch auf der Party gewesen und hat uns zusammen weggehen sehen. Sie hatte eine Ahnung, dass ich der Vater war und so hat sie mir erzählt, was passiert war."

Ich sah ihn an, während Fox weinte, ihn noch umarmte, sein Gesicht an der Schulter seines Vaters vergraben. Den Anblick konnte ich fast nicht ertragen, also konzentrierte ich mich auf Kanes Augen. „Woher wusstest du, dass es deines war?"

„Komm schon, Zandra", sagte er lächelnd. „Ich wusste es. Und nachdem das Baby geboren worden war, haben wir einen DNA Test gemacht, um sicherzugehen, damit wir irgendwann in der Zukunft keine Probleme bekommen würden."

„Wie hast du ihn adoptiert?" Ich wusste, dass mir immer noch einige Puzzleteile fehlten. „Du warst nicht einmal achtzehn, als er geboren wurde, nicht wahr?"

„Meine Tante und mein Onkel haben ihn adoptiert. Sie haben deine Familie verfolgt. Sie haben die Adoptionsagentur gefunden, bei der du registriert warst, und haben dafür gesorgt, dass sie ausgewählt wurden, um das Baby zu adoptieren." Kane fuhr mit seiner Hand über Fox' Kopf. „Aber vom ersten Tag an war ich sein Vater gewesen."

Fox hob seinen Kopf von der Schulter seines Vaters, wischte sich mit dem Handrücken über die Augen und drehte sich dann zu mir um. „Kann ich dich etwas fragen?"

Ich sah ihm in die Augen – die Augen meines Sohnes. Mein Herz fühlte sich an, als würde es mir aus der Brust springen. „Sicher", sagte ich nickend.

„Wolltest du mich?" Er schniefte, als er mich aus verweinten Augen ansah.

Ich spürte, wie mein Herz erneut entzwei brach, genau wie es das getan hatte, als die Schwestern ihn mir aus dem Arm genommen hatten. Ich hielt mich zurück nach ihm zu greifen. Ich wollte ihn so sehr umarmen, dass es weh tat.

„Mehr als ich jemals etwas wollte, Fox." Dann öffneten sich die Schleusen, und alles sprudelte aus mir heraus. „Meine Eltern haben mich dazu gezwungen. Sie haben mich weggebracht, haben mich aus der Schule genommen. Sie haben mich hinter Schloss und Riegel gehalten, mir mein Telefon weggenommen, damit ich niemanden kontaktieren konnte. Dann haben sie mich sogar bei den Hausaufgaben beobachtet, damit ich niemanden über das Internet erreichen konnte. Ich habe ihnen niemals deinen Namen genannt, Kane. Ich wollte niemals, dass du weißt, was los ist. Ich habe mich geschämt. Und habe mich so schuldig gefühlt. Ich wusste, dass es meine Schuld war. Ich wollte nicht, dass du für meine Lüge bezahlen musst."

Kane streichelte mir über das Haar. „Wir können uns über all das später unterhalten. Alles, was Fox und ich jemals wirklich wissen wollten, war, ob du ihn gewollt hast oder nicht."

„Das habe ich. Ich wollte ihn so sehr. Ihr habt ja keine Ahnung." Ich knetete meine Hände in meinem Schoss. „Ich wollte ihn gar nicht weggeben, als ich ihn hatte. Er war das Schönste, was ich jemals gesehen hatte."

„Es war meine Tante, die ihn dir abgenommen hat", sagte Kane, und ich setzte mich auf, mein Kiefer klappte nach unten.

„Das war sie? Ich dachte, es wäre eine Krankenschwester."

Kane nickte. „Das war Tante Nancy. Sie war bei der Geburt dabei. Sie hat ihn mitgenommen und Onkel James gezeigt, und sie haben ihn noch ein paar Tage lang im Krankenhaus gelassen. Haben den DNA Test gemacht. Und als die Resultate gezeigt haben, dass es meiner ist, haben sie ihn nach Charleston gebracht, wo wir uns alle um ihn gekümmert haben. Meine Eltern, meine Tante, mein Onkel und ich."

„Er wurde die ganze Zeit geliebt." Ich brach wieder in Tränen aus, fühlte die Erleichterung wie ein großes Gewicht, das mir von den Schultern genommen worden war. „Ich habe mir deswegen immer Sorgen gemacht. Mich immer gefragt, ob es ihm gut geht. Mich gefragt, ob er geliebt wird. Und jetzt zu erfahren, dass er die ganze Zeit bei seiner Familie war – das ist einfach zu schön, um wahr zu sein." Ich streckte die Arme nach Fox aus, und er kam zu mir. Endlich. Ich atmete seinen Geruch ein, atmete meinen Sohn das erste Mal tief in meine Lungen ein. „Ich habe dich die ganze Zeit geliebt, Fox. Auch wenn ich dich nicht gekannt habe, habe ich dich immer geliebt."

„Das weiß ich." Er hob seinen Kopf von meiner Schulter und sah mich scheu an. „Darf ich dich Mama nennen?"

Das Gefühl, wie mir das Herz anschwoll, war so seltsam, ich schwöre, ich konnte spüren, wie sich das Loch darin schloss. Nach all dieser Zeit wurde das Loch geschlossen. „Natürlich kannst du das. Ich würde mich darüber riesig freuen."

Fox sah seinen Vater an, dem auch die Tränen in den Augen standen. „Ich habe jetzt eine Mama."

„Das hast du." Kane nahm meine Hand. „Deine Familie ist komplett, Kleiner."

„Kane ich habe keine Ahnung, wie man Mutter ist." Ich spuckte das aus, bevor ich noch darüber nachdenken konnte. Es war wahrscheinlich nicht gut, das vor dem Kind zu sagen – zuzugeben, dass du keine Ahnung hast, was du tust.

Fox lachte, als er von meinem Schoss kletterte, und holte ein paar Taschentücher aus dem Schreibtisch. „Keine Sorge. Dad kann dir das beibringen. Er ist ziemlich gut. Meistens jedenfalls."

„Meistens?", fragte Kane grinsend. „Ich denke, ich bin öfter ziemlich gut. Eigentlich immer, um genau zu sein."

„Also, ich muss Spinat essen", fuhr Fox fort, als er ein Taschentuch herausgeholt hatte und mir die Box gab. „Bitte. Und ich muss auch zeitig ins Bett gehen. Das scheinen alle Eltern so zu machen."

Ich musste Kane anlächeln. „Klingt nach einem tollen Vater." Nachdem ich mir die Tränen weggewischt und mir die Nase geputzt hatte, stand ich auf, um das Taschentuch wegzuwerfen.

„Das denke ich auch." Kane nahm ein Taschentuch, um sich seine eigenen Tränen wegzuwischen, auch wenn sie nicht geflossen waren wie Fox und meine. Er ging hinter mich, um sein Taschentuch wegzuwerfen. „Klingt, als ob das Leben für uns drei jetzt richtig interessant wird, nicht wahr?"

„Ja", sagte Fox fröhlich und kam, um uns beide zu umarmen. „Ich habe jetzt beide Eltern! Wow, warte bis Pax und Jake das erfahren. Sie werden ausflippen!"

Kane nahm meine Hand und sah mir in die Augen. „So, wegen dem Date. Der Grund, aus dem du mir einen Korb gegeben hast, hat nicht zufälligerweise etwas mit dem kleinen Geheimnis zwischen uns zu tun?"

„Doch. Aber da die Katze jetzt aus dem Sack ist, kann ich dein Angebot wohl annehmen", gab ich nickend zu.

„Oh, kannst du das?" Er lächelte und nahm auch meine andere Hand. Er lehnte seine Stirn an meine. „Ich bin froh, dass du wieder in meinem Leben bist, Zandra. Du hast keine Vorstellung, wie oft ich an dich gedacht habe."

Fox umarmte mich von hinten. „Wir werden eine glückliche Familie sein, nicht wahr ihr zwei?"

„Das hoffe ich doch." Ich hatte keine Ahnung, was die Zukunft uns bringen würde. Keine Ahnung, was sie mir und Kane bringen würde.

Kane schien sich sicher zu sein. „Es wird eine schöne Zukunft." Es war, als könnte er meine Gedanken lesen.

Wir beide kannten uns überhaupt nicht. Klar, wir hatten ein gemeinsames Kind, aber wir hatten uns niemals wirklich kennengelernt. Und mit elf Jahren der Trennung, die zwischen uns lagen, war ich mir nicht so sicher wie er, was die Zukunft anbelangte. Zumindest nicht, wenn es um uns beide ging.

Aber egal was kommen würde, ich wusste, dass ich meinen verloren geglaubten Sohn nicht mehr gehen lassen würde, jetzt wo ich eine zweite Chance bekommen hatte, ihn in meinem Leben zu haben. Zu wissen, dass Fox zu mir gehörte, ließ mein Herz anschwellen, aber Kane wiederzusehen hatte bisher nichts anderes mit mir angestellt, als mein Höschen nass zu machen und meinen Puls zum Rasen zu bringen. Aber so war es schon immer gewesen.

Ich befand mich in einem Raum mit zwei Fremden, die innerhalb von Sekunden zu meiner Familie geworden waren. Oder zumindest zu einer Art von Familie. Kane und ich hatten einen gemeinsamen Sohn, einen Sohn, um den er sich die letzten zehn Jahre gekümmert hatte. Zehn Jahre lang Vater zu sein, hatte ihn auch verändert, scheinbar. Er war jetzt ein verantwortungsvoller Arzt, der sich großartig um sein Kind kümmerte. Und das brachte mich zu etwas anderem, das ich nicht von ihm wusste. „Ist Fox dein einziges Kind, Kane?"

Fox lachte. „Ich habe dir doch gesagt, dass Dad nicht ausgeht. Und ich weiß, dass ihr zwei auch nie miteinander ausgegangen seid, aber im Moment ist er nur mein Dad."

Irgendwie bezweifelte ich, dass Kane Price seit unserer gemeinsamen Nacht im Zölibat gelebt hatte, aber das Gespräch würde ich ein andermal mit ihm frühen, privat. Auch wenn Fox eine Menge über Fortpflanzung zu wissen schien, war ich der Meinung, dass er keinen weiteren Unterricht im Moment brauchte. „Verstehe. Also gibt es nur uns, hm?"

„Nur uns", sagte Kane mit einem hintergründigen Lächeln. „Mama."

Mama?

„Wow, daran muss ich mich erst noch gewöhnen." Ich musste mich wieder auf die Couch setzen. Beide setzen sich zu mir. Einer auf meine linke und einer auf meine rechte Seite. Ich nahm jeweils eine ihrer Hände und hielt sie an mein Herz. „Aber ich denke, das wird recht schnell gehen."

Fox grinste, kräuselte seine Nase. „Ich hoffe es. Dad, kann sie mit mir zur Schule gehen und meine Lehrer kennenlernen?"

Panik schoss mir durch den Körper. Jeder wird von meiner Schwangerschaft erfahren!

Kane legte den Kopf schief. „Wenn sie dazu bereit ist, dann können wir darüber sprechen." Er strich mir mit dem Handrücken über die Wange. „Sie war gezwungen, dieses Geheimnis lange für sich zu behalten, weißt du. Geben wir ihr eine Chance, das alles erst einmal zu verarbeiten, okay Kumpel?"

Wieder einmal konnte der Man scheinbar meine Gedanken lesen.

Nickend stimmte Fox zu. „Ja. Das habe ich schon ganz vergessen." Er zog seine Hand aus meiner, legte seinen Arm um mich und seinen Kopf auf meine Schulter. „Du wirst dich bald daran gewöhnen. Ich hoffe, dass du dann meine Mama sein kannst. Du kannst zu meinen Baseballspielen kommen und mich anfeuern – dann wird jeder wissen, dass ich dein Kind bin. Mann, das wird so toll!"

„Du spielst Baseball?", fragte ich und fuhr ihm durch seine seidigen Haare. „Du bist genauso wie dein Dad, hm? Ein Sportler."

„Ja, ich bin wie er." Er hob den Kopf, um mich anzuschauen. „Und worin warst du gut? Ich frage mich, worin ich dir ähnlich bin."

„Ähm – ich hatte ganz gute Noten." Ich hatte keine Ahnung, worin ich damals gut gewesen war. Meiner Meinung nach war ich niemals bei irgendetwas wirklich erfolgreich gewesen.

Aber dann meldete sich Kane zu Wort. „Erinnerst du dich daran, dass ich dir erzählt habe, dass deine Mutter wirklich gut darin war, Geschichten zu schreiben, Fox?"

„Oh, ja!" Fox klopfte mir auf den Rücken. „Dad hat gesagt, dass der Deutschlehrer eine der Geschichten vorgelesen hat, die du geschrieben hast. Es war eine Kurzgeschichte über Elfen und Drachen, und sie war wirklich gut gewesen, hat er gesagt."

Ich sah Kane überrascht an. Ich erinnerte mich daran, dass ich die Geschichte geschrieben hatte, jedoch nicht, dass der Lehrer sie vorgelesen hatte. „Wann war das?"

Kane lächelte. „Nachdem du weg warst. Mrs. Stubbing, wie auch alle anderen Lehrer und Schüler, fand es komisch, dass du plötzlich nicht mehr aufgetaucht bist. Die Lehrer sagten, dass du dich einge-schrieben hattest und waren genauso überrascht wie der Rest von uns, als du niemals wiedergekommen bist. Niemand wusste, wohin du verschwunden warst. Niemand, außer dieser Nachbarin, und sie hat nur mir erzählt, was passiert war. Und ich habe es nur meiner Familie erzählt."

Eine Moment lang war ich verwirrt. „Wer weiß denn nun alles, dass ich Fox' Mutter bin?"

Kane und Fox sahen sich an und dann mich. „Jeder", sagte Fox.

Ich zwinkerte und fühlte mich, als würde ich gleich in Ohnmacht fallen. Ich lehnte mich zurück und wedelte mir mit der Hand Luft zu. „Mein Geheimnis war die ganzen Jahre lang dort draußen und ich habe mich grundlos in Chicago versteckt? Himmel, mein Leben ist vollkommen anders, als ich angenommen habe."

Fox lachte. „Ja, das ist es. Also vielleicht ist es doch keine so schlechte Idee, zu mir in die Schule zu kommen und meine Lehrer kennenzulernen, Mom."

Mom.

Mann, das fühlte sich komisch an. Aber auf eine gute Art und Weise. Ich wuschelte Fox Haare und musste lächeln. „Ja, das scheint gar keine so schlechte Idee zu sein. Ich sollte vielleicht über meinen Schatten springen. Es war die Idee meiner Eltern, davor wegzulaufen und niemanden wissen zu lassen, in welche Schwierigkeiten ich mich gebracht hatte. Mir hat es niemals so viel ausgemacht wie ihnen."

Kane sah mich ernst an. „Deswegen. Wie ist dein Verhältnis zu ihnen, Zandra?"

„Angespannt." Ich zuckte mit den Schultern. „Kaum existent." Ich strich über Fox Wange. „Ich hasse sie für das, was sie mir angetan haben."

Seine Lippen zogen sich auf einer Seite nach oben. „Dad sagt, dass es nicht gut ist, jemanden zu hassen."

„Das ist es nicht", stimmte ich zu. „Trotzdem hasse ich sie. Es hat weh getan, als ich dich weggeben musste, Fox. Und es war ihre Schuld, dass ich es tun musste." Ich konnte nicht aufhören ihn anzustarren, wollte ihn besser kennenlernen – mein Fleisch und Blut. Er war genauso wunderschön, wie ich ihn mir immer vorgestellt hatte.

„Ja", sagte er nickend. „Aber ich bin ja zu meiner Tante, meinem Onkel und meinem Dad gekommen, also ist ja alles okay."

Er hatte recht. Aber das war alles ein riesiger Zufall gewesen. Meine Eltern konnten nicht gewusst haben, dass alles so verlaufen würde, und ich war mir nicht einmal sicher, ob sie es erlaubt hätten, dass Fox zu Kane und seiner Familie kam, wenn sie es gewusst hätten. „Ich arbeite daran. Aber nur für dich, Fox."

„Gut." Er legte seinen Kopf wieder an meine Schulter. „Denn eines Tages möchte ich sie gern kennenlernen, Mom."

„Oh, ich weiß nicht." Ich sah zu Kane, versuchte ihm mit meinen Augen zu verstehen zu geben, dass das eine schlechte Idee war.

Wir würden uns darüber unterhalten müssen, über meine Eltern und ihre altmodischen Ansichten. Ihrer Meinung nach war unser Kind eine Abnormität vor den Augen Gottes. Er war eine schreckliche Sünde, die niemals hätte passieren dürfen. Sie würden niemals die liebenden Großeltern sein, die Fox mit Sicherheit gewöhnt war.

Kane streichelte meinen Arm. „Darüber müssen wir uns an einem anderen Tag unterhalten. Heute hast du deine Mutter bekommen, Fox. Lass das erst einmal alles zur Ruhe kommen und lerne sie kennen. Und sie muss uns auch kennen lernen. Wir sind noch alle ganz fremd, weißt du. Wir brauchen Zeit, um diese kleine Familie auf die Beine zu stellen."

Ich hatte keine Ahnung, wie lange es dauern würde, bis ich mich an diese neue Situation gewöhnt hatte. Da mein Sohn jetzt in meinem Leben war, machte ich mir Sorgen um meinen Job als Bedienung. Es schien nicht das Mütterlichste zu sein. Ich musste einige Veränderungen anstreben, wenn ich die Mutter sein wollte, die der Junge verdiente.

Sein Vater war ein Arzt. Ich wollte nicht, dass er sagen musste, dass seine Mutter eine Bedienung in einem Nachtklub war.

Veränderungen hatten in der Luft gelegen, und jetzt überfielen sie mich von allen Seiten. So sehr, dass ich kaum atmen konnte.

12

KANE

Die überwältigenden Gefühle bei Fox' und Zandras Wiedervereinigung hatte mir dabei geholfen, die Situation mit meinem Steifen wieder unter Kontrolle zu bekommen. Bei all dem Weinen und den herzergreifenden Worten war es einfach unmöglich, einen Steifen zu behalten.

Der Tag war endlich gekommen, an dem Zandra und Fox wieder zusammen waren.

Ich muss zugeben, dass ich das nicht vorhergesehen habe. Ich hatte niemals wirklich geglaubt, dass wir sie jemals wiedersehen würden.

Meine Gefühle diesbezüglich waren sehr durchwachsen gewesen, bevor ich sie wiedergetroffen hatte. Jetzt war mir klar, dass ich wollte, dass sie ein Teil von Fox und meinem Leben werden sollte. Aber ich muss zugeben, dass ich die Frau nicht kannte, die da neben mir saß.

Ich musste die Dinge langsam angehen. Für meinen Sohn. Ich musste aufpassen, was ich tat und wie weit ich Zandra involvierte. Die Lust, die ich ihr gegenüber immer empfunden hatte, war noch da, brannte mir ein Loch in meine Hose. Aber ich hatte jetzt ein Kind. Und das Kind war meine höchste Priorität.

Sie ließ sich auf eine Verabredung ein und wir würden uns

endlich besser kennenlernen, auf eine Art und Weise, auf die wir zuvor niemals eine Chance hatten. Es war ein toller Anfang und einer von dem ich hoffte, dass er uns nah genug bringen würde, damit wir unseren Sohn gemeinsam aufziehen konnten.

Mein Schwanz war hart für sie. Ich wusste, dass er wahrscheinlich das bekommen würde, was er wollte. Aber ich war mir nicht klar, wie es mit meinem Herzen aussah. Darüber was es wollte und was es bekommen würde.

Vielleicht hatte Zandra ein paar abstoßende Angewohnheiten, mit denen ich mich eventuell nicht anfreunden konnte. Mir war bereits klar, dass ich von ihrem Job nicht sonderlich begeistert war. In diesem Job trank sie viel und war oftmals nachts lange weg. Sie arbeitete schließlich in einer Bar.

Ihr Lebensstil würde es uns schwer machen, das wusste ich. Gab es noch andere Dinge in unseren Leben, bei denen wir nicht zusammenpassten?

„So, Zandra, arbeitest du in der Bar, während du zum College gehst?"

Sie fuhr kopfschüttelnd mit ihrer Hand über Fox' Kopf, der auf ihrer Schulter lag, und Fox hatte scheinbar schon Vertrauen zu ihr gefasst. „Nein. Ich sollte ehrlich dir gegenüber sein, Kane. Ich habe niemals daran gedacht, mit dem Kellnern aufzuhören. Mein Leben war ... leer seit ich den Kleinen hier aufgeben musste."

Also war ihr Leben nicht wirklich gut gewesen, seit sie das Baby gehabt hatte. Das lag wahrscheinlich auch an der Art, wie ihre Eltern die Schwangerschaft schlecht geredet hatten und wie sie sie von allem und jedem weggebracht hatten und sie dann dazu gezwungen hatten, das Kind aufzugeben, das seit neun Monaten ein Teil von ihr gewesen war.

Solche Umstände konnten jemanden ganz schnell ganz nach unten bringen. Es war nicht überraschend, dass sie sich danach wie betäubt gefühlt hatte.

„Du solltest dich in eine Therapie begeben." Ich strich ihr mit meiner Hand über die Schulter, die, an der Fox lehnte. „Was du durchgemacht hast, ist nicht leicht. Ich werde dafür sorgen, dass du Hilfe bekommst."

Sie blinzelte ein paar Mal. „Ich glaube ich komme damit zurecht. Und jetzt, da Fox wieder in meinem Leben ist, wird alles gut werden."

Also akzeptierte sie nur ungern Hilfe. Das würde es mir als dickköpfigen Mann nicht leicht machen. „Okay. Lass uns die Dinge einfach schön langsam angehen. Und falls du der Meinung bist, dass dir eine Therapie helfen könnte, dann komm bitte zu mir. Ich kenne eine Menge großartiger Therapeuten, und es würde mir nichts ausmachen, sie zu bezahlen, wenn es dir hilft. Fox geht jeden Monat einmal zu jemanden, um über dich zu sprechen."

Ihre Augen wurden schmal. „Du schickst ihn zur Therapie?"

„Ja", antwortete Fox für mich und setzte sich wieder auf. „Und ich mag Doktor Parsons. Er ist nett, und wir reden über alle möglichen Dinge. Ich kenne ihn schon mein ganzes Leben lang."

Bei Fox Worten öffneten sich ihre Augen wieder, und sie streichelte ihn weiter, strich mit der Hand über seinen Rücken. Ich bemerkte, dass sie es nicht fertig brachte, ihre Hände von ihm wegzunehmen, und das machte mich glücklich.

„Nun, solange es dir gefällt, ist alles gut." Sie sah mich an. „Wie du dir sicher vorstellen kannst, mag ich es nicht, wenn Eltern ihre Kinder zu etwas zwingen, worauf sie keine Lust haben."

Ja, ich konnte sehen, dass Zandra von dem, was ihre Eltern getan hatten, einen seelischen Schaden davongetragen hatte. Jetzt, wo ich mehr erfuhr, konnte ich mir vorstellen, dass in ihrer Kindheit nichts einfach gewesen war. Und doch war sie nicht bereit, Hilfe anzunehmen um darüber hinwegzukommen.

Das wird nicht leicht werden.

Fox lachte und sah zu ihr auf. „Dad bringt mich dazu eine Menge Dinge zu tun, die ich nicht mag. Ich muss mein Bett machen, auch wenn wir ein Hausmädchen haben, das zweimal die Woche kommt. Ich muss auch den Müll rausbringen. Und ich muss gute Noten schreiben oder ich muss zum Nachsitzen, bis ich gut genug bin. Es gibt so viele Dinge, zu denen er mich zwingt."

Gott sei Dank lachte sie und zerzauste seine Haare. „Ja, darauf wette ich. Aber sie klingen alle wie Dinge, die ein guter Vater dich tun lassen sollte. Da muss ich ihm zustimmen." Sie sah auf den Boden. „Aber er ist derjenige, auf den du hören solltest, Fox, nicht auf mich. Ich weiß nicht einmal, ob ich legal überhaupt deine Mutter bin."

Auch wenn ich begeistert war, dass Fox seine Mutter jetzt in seinem Leben hatte, war ich mir nicht sicher, ob ich im Moment legal etwas ändern wollte. „Wir werden sehen, wie alles läuft, Zandra. Ich will dich nicht in etwas hineindrängen. Das hier ist letztendlich zwischen dir und mir. Meine Tante und mein Onkel sind nicht mehr an das Ganze gebunden. Er gehört mir und nur mir allein. Also, du weißt schon was ich meine. Auf dem Papier gehört er mir. Nur mir." Ich sprach leise, versuchte das nur zwischen mir und Zandra zu halten. Leider hatte Fox gute Ohren.

Aber er überraschte mich, indem er aufstand und mir fest in die Augen sah. „Dad! Sie ist meine Mom! Ich will nicht abwarten, wie es läuft. Ich will, dass du sie zu meiner richtigen Mutter machst."

Mein Kind kam nicht davon, indem es einen Aufstand probte, auch nicht, wenn es um ernsthafte Themen ging. Ich stand auf und deutete auf den Stuhl. „Dorthin, jetzt."

„Dad, ich meine das ernst", sagte er ein bisschen leiser.

„Ich auch. Sofort, Sohn." Ich zeigte auf den Stuhl.

Zögernd setzte er sich, und ich sah, dass Zandra auf ihrer Unterlippe kaute. „Kane, bitte sei ihm nicht böse."

„Ich bin nicht böse, Zandra." Ich wandte mich meinem Sohn zu. „Fox Colton Price, darfst du deine Stimme auf eine so hässliche Art gegen jemanden erheben?"

Er verschränkte seine Arme vor seiner Brust und sah auf den Boden. „Nein."

„Sieh mich an." Ich zwang ihn dazu, mich anzusehen. „Ich verstehe, dass dir das sehr wichtig ist und dass du aufgeregt bist, deine Mutter kennenzulernen. Aber ich bin dein Vater, und ich entscheide, was gut für dich ist. Verstehst du mich?"

Mit großen Augen schüttelte er seinen Kopf. „Nicht wenn es um sie geht. Das ist meine Mutter. Und niemand und nichts kann daran etwas ändern."

„Oh, Kane." Zandra stellte sich hinter Fox, legte ihre Arme um ihn. „Ich bin sicher, dass er nicht so laut sein wollte. Sag ihm, dass es dir leid tut, Fox. Sag ihm, dass du ihn nicht noch einmal anschreien wirst."

„Tut mir leid, Dad." Er sah zu Zandra. „Es tut mir leid, dass ich geschrien habe, aber es tut mir nicht leid, was ich gesagt habe. Niemand kann dich mir wegnehmen. Niemand. Nicht einmal Dad."

Seine Worte legten sich eisig auf meine Seele. Ich wollte ihn nicht von seiner Mutter fernhalten, aber der Junge hatte immer zu mir gehört. Nur zu mir. Sicher, meine Eltern und meine Tante und mein Onkel hatten mir geholfen ihn aufzuziehen, aber es waren immer nur er und ich gewesen. Er gehörte mir allein, seit meine Tante und mein Onkel das Sorgerecht auf mich übertragen hatten.

Das fühlte sich überhaupt nicht gut an.

Fox hatte jetzt seine Mutter. Eine Frau, die keiner von uns beiden wirklich kannte. Und das, was ich bisher von ihr erfahren hatte, klang nicht sonderlich großartig.

Aber ich konnte jetzt sehen, dass ich aufpassen musste, was ich vor meinem Sohn sagte. Und ich hatte eine Seite an ihm gesehen, die ich vorher nicht gekannt hatte – eine Seite, die von seiner Mutter stammen musste, denn meine Seite der Familie reagierte nicht so.

Ihre Eltern waren ziemlich streng gewesen. Konnte mein Sohn dazu in der Lage sein, so sehr zu kämpfen, wie sie es getan hatten, um das Geheimnis zu bewahren?

Noch vor ein paar Minuten hatte die Zukunft so hell ausgesehen, aber jetzt bekam ich den Hauch einer Ahnung davon, was für eine Herausforderung es sein würde.

Zandras Blick traf auf meinen. „Kane, wir müssen eine Menge verdauen. Vielleicht sollten wir uns jetzt erst einmal verabschieden und das Ganze sich etwas setzen lassen. Ich könnte auch einen Drink vertragen."

Und da war es. Sie wollte bereits ihren Sohn verlassen, um sich einen Drink zu genehmigen. Und es war gerade mal fünf Uhr abends.

Nun, fünf Uhr fingen wahrscheinlich diese ganzen Happy Hours an, also ging der durchschnittliche Mensch wahrscheinlich davon aus, dass es okay war, sich um diese Zeit einen Cocktail zu genehmigen. Aber ich verurteilte sie dafür – sie war keine durchschnittliche Person, sie war die Mutter meines Sohnes, und ich würde alles tun, um ihn zu beschützen.

„Ja, ich nehme an, du brauchst einen." Ich konnte nicht abstreiten, dass ihr Tag kein normaler gewesen war.

„Ich könnte wetten du auch", neckte sie mich, als sie zur Tür ging.

„Nein." Ich folgte ihr. „Hey, wir sollten unsere Telefonnummern austauschen. Gib mir deine Handynummer."

„Oh, ja." Sie griff in ihre Tasche, holte ihr Handy hervor und gab es mir.

Fox kam hinzu und umschlang sie wieder. „Geh nicht. Bitte. Ich habe dich doch gerade erst bekommen. Bitte."

Sie sah etwas verwirrt aus. „Ähm, Fox, ich kann nicht den ganzen Tag hier im Büro sitzen. Ich muss nach Hause."

„Warum?", fragte er mit bemitleidenswertem Gesicht.

Ich gab ihr das Handy zurück und versuchte ihm die Dinge zu erläutern. „Weil sie wahrscheinlich ein paar Dinge zu Hause hat, um die sie sich kümmern muss." Dann fiel mir noch etwas ein, was ich gern haben wollte. „Wie wäre es, wenn du mir deine Adresse gibst, Zandra?"

„Oh, sicher." Sie ging zum Schreibtisch, fand ein Blatt Papier und schrieb sie auf. „Bitte." Sie tätschelte Fox den Rücken. „Ich habe morgen frei. Wenn es deinem Dad recht ist, dann sehen wir uns dann."

„Ich muss zur Schule", sagte Fox mürrisch. Dann sah er mich lächelnd an. „Kann sie mich zur Schule bringen?"

„Oh, ich weiß nicht." Ich sah sie an. „Ist das etwas, was du gern tun würdest, Zandra?"

„Ähm ... ich ..." Sie sah wieder aus wie ein Reh im Scheinwerferlicht.

„Ich glaube, wir haben sie damit etwas überfallen." Ich gluckste und schüttelte meinen Kopf. „Ich glaube, wir lassen ihr noch etwas Zeit, bevor wir so etwas tun. Wir wissen ja noch nicht einmal, ob sie ein Auto hat, um dich zur Schule zu bringen."

„Natürlich habe ich ein Auto, Kane." Sie sah etwas angefressen aus. „Finanziell geht es mir wirklich gut, jetzt wo ich im Mynt arbeite. Ich kann ihn bringen. Um welche Uhrzeit soll ich dich abholen, Fox? Und von welcher Adresse?"

Mir kam es plötzlich in den Sinn, dass die Schule Regeln hatte, wer die Kinder hinbringen und abholen durfte. „Das habe ich ganz vergessen, Fox. Sie ist nicht auf der Liste. Wir müssen sie erst einmal auf die Liste setzen."

„Kannst du das morgen tun?", fragte er und sah mich traurig an. „Ich hätte wirklich gern, dass sie mich hinbringt und auch manchmal abholt."

Wie konnte ich meinem Kind klarmachen, dass ich keine Ahnung hatte, ob seiner Mutter eine solche Verantwortung zuzutrauen war? Wie konnte ich ihm klarmachen, dass ich keine Ahnung hatte, was für ein Charakter sie war, oder ob sie überhaupt in der Lage dazu war, ihn abzuholen oder in die Schule zu bringen?

Und wie konnte ich das tun, wenn sie direkt daneben stand?

„Ich sage dir was, Fox. Lass mich heute Abend diese ganzen Details mit der Schule besprechen und dann rufe ich deine Mutter an, um den Rest zu klären."

Das sollte für den Moment ausreichen.

„Okay, danke Dad." Er wedelte mit seinem Finger vor Zandra herum. „Kann ich einen Kuss auf die Wange haben, bevor du gehst?"

Sie lachte und beugte sich dann zu ihm, um ihn zu küssen. „Du wirst noch eine richtige Mutter aus mir machen, nicht wahr?"

„Das werde ich." Er strahlte sie an, sah so stolz auf sich selbst aus, als er ihr die Tür öffnete. „Ich bringe dich zum Auto. Ich will nicht, dass dir irgendwas passiert, Mom."

„Ich begleite euch." Ich ging an ihre andere Seite, als Fox ihre Hand nahm. „Scheinbar mag er dich sehr, Zandra", flüsterte ich ihr über seinen Kopf hinweg zu.

Ich musste zugeben, dass mir das Verhalten meines Sohnes etwas Sorgen machte. War ich eventuell eifersüchtig, dass er sich so schnell so sehr an seine Mutter hängte?

Ich schüttelte das Gefühl ab. Wir würden die ganzen Details ausarbeiten. Ich musste immer daran denken, dass Zandra vollkommen aus dem Nichts überfallen worden war, mehr noch als Fox oder ich selbst.

Himmel, sie hatte ja nicht einmal gewusst, dass ich den Jungen hatte oder dass ich überhaupt wusste, dass er existierte. Das musste sie ganz schön umhauen. Mir würde es genauso gehen, wenn ich an ihrer Stelle wäre.

Als wir nach draußen gingen, deutete sie auf den glänzenden roten Mustang. „Das da drüben ist meiner."

„Der Sportwagen?", fragte Fox. Als sie nickte, fügte er hinzu: „Das ist cool! Meine Mom ist eine von den coolen Moms." Er stieß seine Faust in die Luft. „Yeah!"

Für mich als Arzt war das nicht wirklich die Art von Mutter, die ich für meinen Sohn haben wollte. Ich wollte, dass sie eine Mutter war, die man respektierte – eine, die verantwortungsvoll war. Eine coole Mutter war nicht das, was ich mir für ihn erträumt hatte.

Ihre langen Beine beugten sich anmutig, als sie in das niedrige Auto einstieg. „Danke Jungs, dass ihr mich rausgebracht habt." Sie setzte eine Ray-Ban auf, die sie noch schöner aussehen ließ, und ja, ich musste zugeben, auch cooler. „Ich freue mich darauf, später von dir zu hören, Kane."

„Ich rufe dich an, sobald ich alles geklärt habe. Es wird nach neun sein, nachdem ich Fox ins Bett gebracht habe." Ich schloss die Tür für sie, und sie winkte uns beiden zu.

Fox sah zu mir auf und klopfte an die dunkel getönte Scheibe. „Hey, warte."

„Was ist denn jetzt los?", fragte ich ihn und legte ihm meine Hand auf die Schulter.

„Wirst du schon sehen." Er sah seine Mutter an, als diese das Fenster runter rollte.

„Ja?", fragte sie ihn.

„Warum kommst du nicht einfach zu uns, und Dad kann uns etwas grillen?" Er sah zu mir auf. „Sie könnte über Nacht bleiben, wir können alle gemeinsam zur Schule gehen, und dann kannst du sie gleich morgen früh auf die Liste setzen. Bitte, Dad."

„Ähm ... ich-" Er machte es mir wirklich schwierig.

Sie sah mich auch an, aber die dunkle Sonnenbrille verbarg den Ausdruck ihrer Augen. Ich hatte keine Ahnung, wie sie darüber dachte.

Aber als verantwortungsbewusster Vater brachte man nicht einfach Fremde ins Haus. Und man ließ sie auch nicht über Nacht dableiben. So viel dazu.

„Dad, warum brauchst du so lange, um mir zu antworten?", drängte Fox. „Sag schon ja. Bitte."

„Ich muss dazu leider nein sagen, Kumpel. Zandra muss eine Menge verdauen. Gib ihr etwas Raum und Zeit. Tut mir leid." Die Art, wie er mich ansah, ließ mich fast nachgeben. Also fast. Ich war ein Vater, und Väter gaben nicht so schnell nach.

Eines Tages würde er Vater sein, und dann würde er es verstehen. Aber bis dahin war er nur ein kleiner Junge, der endlich seine Mutter gefunden hatte, und er war nicht glücklich über meine Entscheidung.

„Schön!" Er stolzierte zum Krankenhaus zurück.

„Oh", sagte Zandra. „Also, wir sprechen uns dann später."

Sie setzte das Auto für meine Begriffe etwas zu schnell zurück. Ihre Räder drehten durch, als sie den Parkplatz verließ, und ich bewunderte sie als Mann, während der Vater in mir das Ganze zeitgleich ablehnte.

Wo zur Hölle war ich da bloß hineingeraten?

13

ZANDRA

Das Lenkrad fühlte sich seltsam an in meinen Händen, als ich von Kane wegfuhr, nachdem unser Sohne wütend auf seinen Vater davonstolziert war.

Ich hatte meinen Sohn zurück!

Innerhalb von ein paar Minuten war ich die Mutter eines zehnjährigen Jungen geworden. Es war kaum vorstellbar. Und auch nicht ausdenkbar.

Wie hoch war die Wahrscheinlichkeit, dass Kanes Tante und Onkel uns nach unserem Umzug gefunden hatten. Die Wahrscheinlichkeit, dass sie die Adoptionsagentur ausfindig gemacht hatten, bei der meine Eltern verzeichnet waren. Die Wahrscheinlichkeit, dass Kane ein guter Vater war.

·   ·   ·

ABER TROTZ ALLEM hatte sich alles zu unserem Guten entwickelt. Es ergab für mich keinen Sinn. Wahrscheinlich weil ich nicht daran gewöhnt war, dass mir gute Dinge passierten.

Mein Leben hatte mir das immer wieder gezeigt, und meistens waren mir schlechte Dinge widerfahren. Wie zum Beispiel Jungfrau zu sein und beim ersten Mal gleich schwanger zu werden – und das mit gerade mal sechzehn. Oder die Tatsache, dass ich von Eltern gezeugt worden war, die mich dazu zwangen, den Jungen, den ich so sehr liebte, aufzugeben. Obwohl mir die Arbeit als Kellnerin dabei geholfen hatte, meine Freiheit zu erlangen, war der Job nicht leicht, und ich hatte viele schlimme Nächte gehabt und war mehr als nur einmal in einer beschissenen Situation gelandet.

ES WAR DEFINITIV EIN JOB, den ein schüchternes Mädchen, wie ich es war, nicht tun sollte. Nun, nicht wenn es nicht hart auf hart kam und ich keine andere Wahl hatte.

ICH HIELT vor dem Apartmentkomplex und sah Taylors BMW. Froh darüber, jemanden zum Reden zu haben, hoffte ich darauf, dass sie wach war. Mein Kopf war voll, und ich dachte mir, dass es helfen würde, mit ihr zu reden.

ALS ICH DIE WOHNUNG BETRAT, roch ich verbrannten Toast. „Ich bin zu Hause!", rief ich.

„GUT." SIE KAM um die Ecke von ihrem Schlafzimmer. „Ich habe versucht, dir etwas Toast zu machen und habe ihn im Ofen vergessen. Ich wollte irgendwo essen gehen, wollte aber nicht allein hin." Sie nahm ihre Tasche und sah auf meine Hand. „Haben sie sie im Krankenhaus genäht?"

. . .

„NEIN." ICH ZOG den Verband von meiner Hand. „Ich habe einen neuen Verband bekommen. Also das und einen Sohn." Ich wartete darauf, dass sie auf das, was ich sagte, reagierte, beobachtete die Reaktion in ihrem Gesicht.

SIE BLIEB STEHEN und legte ihre Hand in ihre Hüfte. „Sag das letzte bitte noch einmal, ja?"

„ICH HABE MEINEN SOHN GEFUNDEN, Taylor. Den, den ich weggeben musste. Das Baby von dem ich dir erzählt habe. Ich habe ihn gefunden." Mein Herz hämmerte, als ich das das erste Mal laut aussprach. „Ich habe ihn wieder, Taylor." Die Dämme brachen, und Tränen strömten mir über die Wangen, und ich schluchze ein paarmal.

TAYLOR NAHM mich sofort in die Arme, drückte mich und weinte auch. „Oh, Zandy! Das ist wunderbar! Du musst dich hinsetzen und mir alles erzählen. Ich will alle Einzelheiten erfahren, Mädchen."

„WEIN. ICH BRAUCHE WEIN", keuchte ich.

NACHDEM SIE MICH auf dem Sofa platziert hatte, ging sie in die Küche, um zu holen, was ich wollte. „Scheiß auf Wein. Ich mache uns ein paar Mimosas. Das sind Neuigkeiten, die Champagner verdienen. Und da ich ihn nicht pur mag, mische ich ihn mit Orangensaft."

ICH VERSUCHTE, mich zusammenzureißen und meine Tränen zu stoppen. „Danke, Taylor. Das ist ein Grund zu feiern." Ich ging in das Badezimmer, nahm etwas Klopapier, um mir die Nase zu putzen, und noch etwas mehr, um meine Tränen zu trocknen.

. . .

ALS ICH IN den Spiegel starrte, sah ich meine rotgeränderten Augen und sah noch etwas, was vorher noch nicht da gewesen war. Ich konnte es nicht genau benennen, aber ich würde sagen, es war so etwas wie Freude.

ES WAR SCHWER ZU SAGEN. Ich hatte mich noch niemals in meinem Leben so glücklich gefühlt. Aber etwas war definitiv anders.

„KOMM SCHON, ZANDY", rief Taylor. „Ich habe die Drinks und sterbe vor Neugier!"

ICH GING WIEDER HINAUS, nahm das Champagnerglas, das sie auf den Couchtisch gestellt hatte, und nahm eine großen Schluck, hoffte, meine Nerven etwas zu beruhigen. „Okay, der Typ, der mich geschwängert hat, ist jetzt Arzt. Kane Price, um genau zu sein. Und du hast ihn bereits kennengelernt."

„ICH WUSSTE ES!" Sie zeigte auf mich. „Du hast mich angelogen. Es war der Typ von letzter Nacht. Du unmögliche Nuss!"

„ICH WEISS." Ein weiterer Schluck half mir fortzufahren. „Es tut mir leid. Ich habe keine Ahnung, warum ich nicht wollte, dass du erfährst, dass er es war. Aber das ist jetzt auch egal. Die ganze Stadt weiß, dass ich ein Baby hatte. Die ganze Stadt weiß, dass Kane der Vater ist."

„WOHER?", fragte sie mich verwirrt.

. . .

„ER HAT MIR GESAGT, dass eine meiner Nachbarinnen den Streit mit meinen Eltern gehört hatte. Meine Eltern hatten laut geschrien, also überrascht es mich nicht wirklich. Sie ist zur Schule gegangen und hat Kane davon erzählt. Sie war sich ziemlich sicher, dass er der Vater war, da sie uns auf der Party zusammen gesehen hatte." Ich nahm einen weiteren Schluck und leerte mein Glas. „Mist."

„ICH HABE eine ganzen Liter davon gemacht." Taylor deutete mit dem Kopf auf die Küche. „Auf der Theke."

ICH STAND AUF, um mein Glas wieder zu füllen. „Prima. Diese Neuigkeiten sind ein bisschen viel."

„DAS KANN ich mir gut vorstellen." Sie stellte ihr Glas ab und sah mich an. „Okay, also irgendwie hat der Kerl es geschafft herauszufinden, wo du bist, ohne dass du es wusstest, und er hat es geschafft, das Baby zu bekommen, das du gezwungen warst wegzugeben?"

„ALSO EIGENTLICH WAR es nicht er – oder zumindest nicht allein. Er sagte, es waren seine Tante und sein Onkel, die die Nachforschungen betrieben und Fox offiziell adoptiert haben. Seine Tante war sogar bei der Geburt dabei. Sie hat ihn kurz nach der Geburt an sich genommen." Ich füllte mein Glas und sah es an. „Ich wette, die meisten Mütter trinken nicht so viel, wie ich es tue."

„WER WEISS", sagte Taylor und lachte. „Vielleicht trinken sie sogar mehr als wir. Ich meine, Liebling, wenn man Kinder hat, ist das Leben kein Picknick."

· · ·

SIE HATTE RECHT. Das Ganze zwischen mir und Kane und Fox war nicht gerade einfach. „Ja, ich nehme an, dass es kein Picknick ist."

„SO, der Name des Kindes ist Fox?" Sie nickte, als würde sie den Namen gutheißen. „Ziemlich cooler Name."

„FOX COLTON PRICE", murmelte ich. „Der Name meines Sohnes ist Fox Colton Price. Ich bin Mutter." Also das war wirklich seltsam. „Ob ich mich jemals daran gewöhne, Taylor?"

„WARUM ZUR HÖLLE solltest du nicht?" Sie beugte nach vorn, als ich an ihr vorbeiging, und hielt mir ihr Glas hin. Ich stieß mit ihr an. „Gratuliere, Zandra Larkin, dass du heute eine echte Mutter geworden bist. Und was hast du jetzt vor?"

ICH SETZTE mich wieder und dachte über die Frage nach. „Ich bin mir nicht sicher. Kane will mich. Ich weiß das. Fox will, dass ich bei ihm bin – das weiß ich auch. Was ich nicht weiß, ist, ob Kane mich auch um sich herum haben will."

EINE IHRER BRAUEN hob sich fragend. „Warte. Kane will dich. Das Kind will dich. Aber du hast das Gefühl, als würde Kane dich nicht um sich haben wollen? Verstehe ich nicht."

„ICH AUCH NICHT." Das war wahr. Ich verstand noch nicht alles. „Fox hat gefragt, ob ich ihn morgen früh zur Schule bringe. Kane hat das sofort abgelehnt."

. . .

„SEI DANKBAR." SIE NICKTE. „Der Verkehr am Morgen ist ein Alptraum. Nicht, dass ich jemals dringesteckt hätte, aber ich habe es gesehen."

„JA, STIMMT SCHÄTZUNGSWEISE", stimme ich zu. „Aber irgendwie hat Kane komisch geschaut, als Fox mich gefragt hat. Als ob er dachte, es wäre keine gute Idee. Und kurz bevor ich gegangen bin, hat Fox mich gefragt, ob ich zu ihnen nach Hause komme und dann über Nacht bleibe. Kane hat das auch abgelehnt. Und ich weiß nicht warum."

„ICH DACHTE, du hast gesagt, dass er dich will", sagte Taylor und nahm einen weiteren Schluck, während sie über meine Worte nachdachte. „Meintest du, dass er dich sexuell will?"

„DAS WILL ER. Bevor er mir gesagt hat, dass Fox mein Sohn ist, waren wir ein paar Minuten lang allein in seinem Büro, und Kane war voll auf mich fixiert. Er hat mich auch um ein Date gebeten." Mein Körper heizte sich auf, als ich daran dachte, wie sich seine Hände auf mir angefühlt hatten. „Erst habe ich es abgelehnt. Du weißt schon, wegen der ganzen Geheimniskrämerei um das Baby. Aber als ich alles erfahren hatte, hat er mich erneut gefragt, und ich habe ja gesagt. Also gehen wir irgendwann auf ein Date."

TAYLOR SCHIEN TIEF in Gedanken versunken zu sein. „Also will er sich mit dir treffen. Aber er will nicht, dass du zu ihm und seinem Kind nach Hause kommst. Das ist seltsam. Meinst du nicht, dass das seltsam ist?"

. . .

„SCHON IRGENDWIE." ICH dachte darüber nach. „Aber dann auch wieder nicht, verstehst du?"

„NEIN", sagte sie. „Nein, ich habe keine Ahnung, wovon du sprichst. Er will dich, aber er will dich nicht mit seinem Sohn teilen?"

„ICH DENKE, er ist nur vorsichtig." Ich stellte das Glas ab und sah dann auf das Tattoo auf meinem Handgelenk. „Er war niemals in meiner Liga, Taylor. Und das ist er immer noch nicht. Er ist Arzt, und ich bin nur eine Bedienung ohne Zukunft. Er hat mich gefragt, ob ich kellner, während ich auf dem College bin. Ich musste ihm sagen, dass ich nichts dergleichen tue, und habe die Enttäuschung in seinen schönen grünen Augen gesehen."

„DIESE AUGE SIND WIE SMARAGDE", sagte sie, und ihre Lippen verzogen sich zu einem verträumten Lächeln.

„HEY!" Ich brachte sie dazu, dass sie mich ansah. „Ich weiß, dass er nicht zu mir gehört, aber er ist mein Mann. Also denke nicht darüber nach, mit welchen Edelsteinen man seine Augen vergleichen kann. Und übrigens hat unser Sohn auch seine Augen. Er ist ein so gutaussehender kleiner Kerl."

„DARAUF WETTE ich." Sie kaute auf ihrer Unterlippe. „Der Mann ist auch gut gebaut. Oh Zandy, ich bin eifersüchtig."

„HÖR auf." Ich sah sie böse an. „Ich mag den Ausdruck nicht, den ich im Moment auf deinem Gesicht sehe."

. . .

LACHEND ÄNDERTE SIE IHREN GESICHTSAUSDRUCK. „Tut mir leid. Ich würde auch wütend sein, wenn jemand hinter dem Typen her wäre, mit dem ich zusammen bin."

„GUT. Also verstehen wir uns." Ich nahm mein Glas und trank einen Schluck. „Ich muss noch lernen, wie man eine Mutter ist. Wenn Kane das erlaubt, natürlich."

„GLAUBST DU WIRKLICH, er würde dir verbieten, eine Mutter für dein eigenes Kind zu sein?" Ihre Augen wurden schmal, als sie mich ansah. „Gibt es etwas, was du tun kannst, falls er versuchen sollte, dich von dem Jungen fernzuhalten?"

„Ich glaube nicht, dass ich etwas tun könnte. Ich habe meine Rechte auf ihn aufgegeben, als ich die Adoptionspapiere unterschrieben habe." Der Gedanke traf mich wie ein Schlag in die Magengrube. „Was ist, wenn Kane denkt, dass ich ein schlechter Einfluss für Fox bin? Was ist, wenn Kane ein Problem mit meinem Job oder meinem Leben hat? Was ist, wenn er mich nur hin und wieder flachlegen will und ich niemals mehr für ihn sein werde als ein gelegentlicher Fick?"

TAYLOR SCHÜTTELTE IHREN KOPF. „Nein. Du kannst es nicht erlauben, dass er dich so behandelt. Du musst dich bessern, Mädchen. Wir müssen eine Mutter aus dir machen. Wir kaufen dir ein paar Klamotten, die du anziehst, wenn du bei dem Kind bist – Dinge, die nicht so sexy und schlichter sind. Vielleicht tauschen wir den Mustang gegen einen Minivan. Macht das Kind Sport oder irgend so was?"

„JA, Baseball. Er ist ein Sportler, genau wie sein Vater." Der Gedanke an einen Minivan drehte mir den Magen um. „Aber ich will keinen

Minivan. Das geht zu weit, Taylor. Aber vielleicht etwas Sportliches, aber eher etwas, das auch eine Mutter fahren würde.“

Sɪᴇ ᴋʟᴏᴘꜰᴛᴇ mit dem Zeigefinger gegen ihr Kinn. „Mein BMW ist so was.“

„Jᴀ!“, stimmte ich enthusiastisch zu. „So was Ähnliches. Ich mag, wie du denkst.“ Aber dann dachte ich daran, dass ich meinen jetzigen Job behalten musste, um die Raten zu zahlen. „Oder vielleicht etwas, was ein bisschen billiger ist. Ich muss mich umsehen, vielleicht auch nach einem passenderen Job.“

Sɪᴇ ꜱᴄʜɴᴀʟᴢᴛᴇ ᴍɪᴛ ɪʜʀᴇʀ Zᴜɴɢᴇ. „Du weißt, wie hoch die Rechnungen hier sind, Zandy. Nicht jeder Job bringt genug ein.“

Sɪᴇ ʜᴀᴛᴛᴇ ʀᴇᴄʜᴛ ᴅᴀᴍɪᴛ. Es gab nicht viele Jobs, wo man so viel verdiente wie in dem Klub. Nicht für Leute, die nicht viel mehr als ein High-School-Diplom hatten.

Iᴄʜ ꜰᴜʜʀ mir mit der Hand durch die Haare und spürte, wie ich Kopfschmerzen bekam. „Ich sollte wirklich darüber nachdenken, eine Fortbildung anzustreben, wenn ich will, dass Kane mich als die Frau wahrnimmt, die eine passende Mutter für seinen Sohn sein könnte.“

„Eʀ ɪꜱᴛ ɴɪᴄʜᴛ ɴᴜʀ sein Sohn, Zandy.“ erinnerte sie mich. „Er ist auch deiner.“

· · ·

„Nicht auf dem Papier. Fox gehört nur ihm, die ganze Zeit schon. Ich frage mich wie es Kane geht, jetzt wo er ihn teilen soll."

„Oh Himmel", flüsterte sie. „Ich habe drüber nicht einmal nachgedacht. Du hast gesagt, es ist zehn Jahre her. Das ist eine lange Zeit. Ich wette, sie haben schon ihre feste Routine für alles. Und wie sollst du da bloß reinpassen?"

„Ich weiß." Ich nahm einen großen Schluck und dachte darüber nach, was die Zukunft mir bringen würde. „Vielleicht bringt mir das anstatt der Freude, die ich im Moment empfinde, nur noch mehr Schmerzen."

Mit einem traurigen Nicken stimmte sie zu. „Ja." Sie leerte ihr Glas und stand auf, um es erneut zu füllen. „Ich hasse es, dir das zu sagen, aber ich finde das alles nicht mehr ganz so gut."

Ich sah auf das Getränk in meiner Hand und dachte darüber nach, es auszuschütten. Wenn meine Depression mich überkam, dann machte Alkohol das Ganze nur noch schlimmer. Und ich wollte nicht gerade jetzt, wo ich meinen Sohn gefunden und den Mann wiedergetroffen hatte, der es bisher als Einziger geschafft hatte, mich sexuell zu erregen, wieder in dieses Loch stürzten.

14

KANE

Ich war nicht daran gewöhnt, dass mein Sohn wütend auf mich war, und die stille Fahrt nach Hause war recht unangenehm. „Also, was willst du zum Abendessen, Kumpel?"

„Ich wollte, dass du etwas grillst." Er sah aus dem Fenster, aber ich konnte immer noch das wütende Funkeln in seinen Augen sehen. „Ich wollte, dass meine Mom, die Person, von der du weißt, dass ich sie mein ganzes Leben lang schon haben wollte, zu uns kommt und mit uns isst. Jetzt ist es mir egal, was es zum Abendessen gibt. Von mir aus eine Schüssel Müsli."

„Okay, Fox. Ich werde jetzt sehr ehrlich zu dir sein. Diese Frau ist deine Mutter, ja. Aber wir kennen sie nicht. Alles, was ich weiß, ist, dass sie gerade wieder von Chicago hierhergezogen ist und dass sie ihr ganzes Leben lang in Bars gearbeitet hat und jetzt auch wieder in einer arbeitet." Ich dachte darüber nach, wie ich ihm meine Bedenken begreiflich machen konnte, als er mich mit einem Ausdruck in den Augen anschaute, als wüsste ich nicht, wovon ich spreche. „Okay, lass mich das deutlicher machen. Die Leute, die in Bars arbeiten, haben oftmals einen wilderen Lebensstil, als du und ich es gewohnt sind."

„Wild?", fragte er verwirrt. „Wie ein wildes Tier?"

„Wie eine wilde Person. Trinken Alkohol. Bleiben lange auf.“ Ich bremste mich, bevor ich zu weit ging und etwas sagte, was seine Mutter schlechtmachen würde. „Eine Menge Dinge. Und ich habe keine Ahnung, ob sie das alles tut oder nicht. Ich muss sie erst kennenlernen, bevor wir uns darüber klar werden, wie wir sie in unser Leben involvieren.“

„Das ist nicht fair!“, jammerte er. „Warum darfst du das tun und nicht ich?“

„Weil ich ein Erwachsener bin, der ein bisschen mehr über das Leben weiß als ein kleines Kind wie du, Fox.“ Ein dumpfer Kopfschmerz setzte ein, und ich wusste, dass das hier so schnell nicht vorbei gehen würde.

„Sie ist meine Mom!“, schrie er.

„Fox, kontrolliere deine Stimme, wenn du mit mir sprichst. Ich schreie nicht, und dir ist das auch nicht gestattet.“ Ich musste unsere Regeln aufrecht erhalten. Das war das erste Mal, dass er sich mir ernsthaft widersetzte. Aber ich konnte die Dinge nicht aus dem Ruder laufen lassen. „Und jetzt lass mich dir noch ein bisschen mehr erzählen. Vielleicht verstehst du mich dann besser.“

„Das bezweifle ich.“ Er schmollte.

„Nun, ich werde es trotzdem versuchen.“ Ich hielt inne und seufzte. Man diese Scheiße stank. „Da wir sie noch nicht kennen, haben wir auch keine Ahnung, ob sie eine gute Fahrerin ist. Und du wolltest, dass sie dich zur Schule bringt. Was ist, wenn ihr Fahrstil gefährlich ist? Du solltest wissen, dass sie mit durchdrehenden Reifen vom Parkplatz vor dem Krankenhaus weggefahren ist. Was, wenn sie schon einige Unfälle hatte?“

Sein Blick schoss nach vorn und traf im Rückspiegel auf meinen. „Sie lebt, nicht wahr?“

Ich hatte keine Ahnung, worauf er hinauswollte. „Und was bedeutet das?“

Er sah mich bockig an. „Es bedeutet, dass sie am Leben ist. Sie hat sich selber noch nicht in einem Autounfall ums Leben gebracht.“

Manchmal war das Kind wirklich neunmalklug. Mir war bereits klar, dass er auf alles eine Antwort haben würde. Meine Aufgabe würde schwierig werden, aber ich musste es tun. „Okay. Sie ist also am Leben. Aber wir haben keine Ahnung, ob sie in der Vergangenheit Unfälle gehabt hat, wo sie sich verletzt hat. Himmel, wir haben ja nicht einmal eine Ahnung, ob sie jemals in einen Unfall verwickelt gewesen ist, bei dem jemand ums Leben gekommen ist. So gut kennen wir sie also."

„Drama." Nach allem, was ich gesagt hatte, war dieses einzelne Wort seine ganze Antwort.

Ich seufzte noch einmal, und das Pochen in meinem Kopf verstärkte sich. Ich rieb mir die Schläfen und war noch niemals so froh gewesen unser Haus zu sehen. „Das ist kein Drama, Fox. Ich versuche nur ein verantwortungsvoller Vater zu sein. Und ganz gleich, wie dramatisch sich das alles für dich anhört, werde ich dennoch das tun, von dem ich glaube, dass es das Beste für dich ist."

Nachdem wir in der Garage waren, schnallte er sich ab, und wir stiegen beide aus. Er stampfte davon und schimpfte vor sich hin. „Und du denkst, es ist das Beste, dass du sie besser kennenlernst und ich nicht. Wirklich fair, Dad."

„Das Leben ist nicht fair, Junge." Ich knirschte mit den Zähnen, als mir der alte Spruch über die Lippen kam. Aber man konnte es nicht besser ausdrücken.

Das Leben war nicht fair. Menschen waren nicht immer gut. Kinder verstanden manchmal nicht, warum die Dinge so waren, wie sie waren. Es machte keinen Unterschied. Ein Elternteil musste tun, was Eltern nun mal taten.

Fox hämmerte den Sicherheitscode auf dem Nummernfeld ein und stellte damit das Alarmsystem ab und knallte die Tür hinter sich zu. Jetzt steckte er in Schwierigkeiten, und er sollte das eigentlich wissen.

Ich trat direkt hinter ihm ein. „Fox, du gehst jetzt wieder zu der Tür hinaus und kommst noch einmal ordentlich rein."

Er ignorierte mich und lief einfach weiter. In zehn Jahren hatte ich diese Seite meines Sohnes niemals kennengelernt.

Ich lief mit großen Schritten zu ihm und versuchte ruhig zu bleiben, auch wenn mein Kopf dröhnte wie eine Herde Elefanten, die dort oben Foxtrott tanzten. Ich legte eine Hand auf seine Schulter, was ausreichte, um ihn aufzuhalten, aber ich hatte nicht erwartet, was als nächstes kam.

Er drehte sich zu mir um, und das Gesicht meines kleinen Jungen war leuchtend rot. „Lass mich los."

Ich hatte Zandras Eltern niemals kennengelernt, auch wenn ich einiges über sie gehört hatte, zum Beispiel wie streng sie waren. Und ich wusste, dass sie ziemlich willensstark und aufbrausend gewesen sein mussten, um Zandra dazu zu bringen, ihr Baby aufzugeben. Aber ich hatte das Gefühl, dass ich nicht einmal die Hälfte davon wusste. Und ich konnte nur vermuten, dass diese neue Seite an Fox von ihnen stammte.

„Ich werde einen Termin mit Dr. Parsons für morgen ausmachen." Ich ließ seine Schulter nicht los, lockerte aber meinen Griff. „Ich weiß, dass du mich nicht verstehst und mir auch nicht zustimmst, aber du wirst mich und meine Entscheidungen respektieren. Und jetzt tu, was ich dir gesagt habe. Geh wieder zur Tür hinaus und komm wieder rein und schließe sie dieses Mal leise. Wenn du das nicht tust, dann kannst du in dein Schlafzimmer gehen, ein Bad nehmen und heute Abend ohne Abendessen ins Bett gehen."

Er schüttelte meine Hand von seiner schmalen Schulter und ging wortlos zur Tür hinaus und tat, was ich ihm aufgetragen hatte. Ich stand da und beobachtete ihn, sein Gesicht war noch genauso wutentbrannt wie zuvor. Und noch genauso rot und zornig.

Als er an mir vorbeiging, stampfte er nicht mehr auf.

„Wir essen in einer Stunde."

„Ich will nichts", sagte er und ging weiter. „Ich gehe duschen und dann ins Bett. Ich bin nicht hungrig."

Verdutzt stand ich da und sah zu, wie er von mir wegging. Innerhalb von einer Stunde hatte er herausgefunden, dass er eine Mutter in seinem Leben haben würde, und das schien zu bedeuten, dass ich ihm jetzt egal war.

Nachdem ich eine Weile lang einfach schockiert dagestanden hatte, ging ich zu meiner Bar. Eine Flasche Scotch stand darauf. Ich schenkte mir ein Glas voll ein und versuchte zu verstehen, was gerade passiert war.

Ich setzte mich in meinen Sessel, stellte die Sitzheizung und die Massagefunktion an, um mich zu entspannen und darüber nachzudenken, was heute alles passiert war.

Hat er recht, dass er so wütend auf mich ist? Sollte ich vorsichtiger dabei sein, ihm zu erzählen, wer Zandra war?

Hätte ich seine Mutter zumindest zum Abendessen kommen lassen sollen, so wie er es wollte?

Hätte ich sie die Nacht über hierbleiben lassen sollen, so wie er mich darum gebeten hat?

Ich schloss meine Augen und sah Zandra vor mir. Ihre langen dunklen Haare mit den dunkelblauen Strähnen, die ihr über den Rücken fielen, als sie von mir wegging. Die zwei Vertiefungen über ihrem Hintern zogen meine Aufmerksamkeit auf sich, als ich mein Blick über ihren Körper wanderte.

Dann drehte sie sich um, bat mich mit ihr zu kommen und winkte mit einem langen, schlanken Finger. „Ich bin kein Mädchen mehr, Kane."

Mein Schwanz wurde hart. „Nein, das bist du nicht. Und ich bin auch kein Teenager mehr, Zandra Larkin."

„Ich weiß." Ich roten Lippen öffneten sich, zeigten ihre weißen, perfekten Zähne. „Komm, zeig mir, was du mit mir tun kannst, jetzt, wo du erwachsen bist, Kane Price."

„Dad?" Die Stimme meines Sohnes riss mich aus meinen Gedanken.

Ich sah hinunter in meinen Schoss und sah eine ordentliche Ausbeulung dort. Glücklicherweise stand er hinter mir und konnte das nicht sehen.

Ich nahm die Zeitung von gestern vom Tisch und legte sie mir auf den Schoss, als ob ich lesen würde. „Ja?"

„Ich wollte sagen, dass es mir leid tut." Er kam um den Sessel herum nach vorn.

Er hatte ja keine Ahnung wie glücklich mich das machte. „Danke.

Man muss ziemlich stark sein, um sich zu entschuldigen, Fox. Ich finde es toll, dass du das getan hast."

„Gut." Er sank auf seine Knie, es sah aus, als würde er mich gleich um etwas anflehen, und ich sah bereits die Tränen in seinen Augen. „Dad, ich weiß, du willst nur das Beste für mich. Bitte lass es nicht zu lange dauern, bis ich meine Mutter bei mir haben darf."

Er hatte seine wirkliche Mutter sein ganzes Leben lang nicht gehabt. Er hatte zehn Jahre lang auf sie gewartet, und ich verstand, dass er sie endlich in seinem Leben haben wollte, jetzt, da wir sie gefunden hatten. „Ich tue mein Bestes. Das verspreche ich dir."

„Ich weiß, dass sie nicht so ist wie du. Aber das macht sie nicht zu einer schlechten Person." Er versuchte, mir die Dinge zu erläutern.

„Ich weiß das." Ich nahm einen Schluck von meinem Scotch und dachte ein Sekunde lang darüber nach, was ich meinem Sohn sagen sollte. *Unserem Sohn.* „Lass mich nur die grundlegenden Dinge klären. Ich werde heute Abend noch mit ihr sprechen. Ich werde ihr alle notwendigen Fragen stellen. Morgen, wenn wir uns treffen, werde ich länger mit ihr persönlich sprechen. Wir müssen abwarten, was sie von uns will, Fox." Ich wusste, dass er darüber noch gar nicht nachgedacht hatte. „Vielleicht will sie gar keine Mutter sein. Das ist nichts, was leicht ist."

„Sie kann das, Dad. Sie will es auch, das weiß ich. Sie braucht nur deine Unterstützung. Versprich mir, dass du ihr helfen wirst, Dad." Er legte seine Hand auf mein Knie. „Bitte." Seine Stimme brach bei dieser Bitte und brach mir ein bisschen das Herz.

„Ich verspreche, dass ich mein Bestes tun werde, um ihr dabei zu helfen, deine Mom zu werden." *Wie konnte ich auch etwas anderes sagen?*

„Danke Dad." Das Lächeln auf seinem Gesicht reichte aus, um mir Vertrauen zu geben, dass wir diese schwierige Zeit überstehen würden.

„So, wegen dem Abendessen.", sagte ich, dachte, dass seine Appetit jetzt, wo er zumindest teilweise das bekommen hatte, was er wollte, wieder zurück sein würde. „Wie wäre es wenn wir eine Pizza bestellen?"

„Wirklich?", fragte er und sprang auf. „Das machen wir so selten. Darf ich Peperoni haben?"

„Solange du auch einen Salat dazu isst", sagte ich und nahm mein Handy aus meiner Tasche. „Und auch ein Glas Milch dazu trinkst."

„Abgemacht." Und unser Streit war einfach so vorbei.

Kurze Zeit später saßen wir zusammen in der Küche und aßen die Pizza, die der Lieferservice gebracht hatte. Fox kaute auf einem Stück Peperoni Pizza, während ich meinen Salat aß. „Vergiss die Abmachung nicht, Fox. Du musst auch deinen Salat essen. Nicht nur die Pizza."

Er legte das Stück auf den Teller und nahm wie versprochen einen Bissen von seinem Salat. „Dad, wir haben ein großes Haus hier. Fünf Schlafzimmer."

Ich wusste schon, wo das hinführte. Und ich wusste auch, dass ich aufpassen musste, was ich sagte, oder wir würden wieder einen Streit haben. „Ja, das haben wir."

Er nahm einen Schluck von seiner Milch. „Wenn es dir nicht gefällt, dass Mom eine Bedienung in einer Bar ist, warum laden wir sie dann nicht ein, hier zu wohnen, damit sie nicht arbeiten muss?"

Und da waren wir wieder am Anfang von etwas, das hoffentlich nicht wieder in einen Streit ausarten würde. „Weißt du, Fox, ich denke, das ist etwas, worüber ich mit ihr reden kann." Das sollte für jetzt ausreichend sein.

„Okay." Er lächelte und stach mit seiner Gabel in den Salat. „Mach, dass sie her kommt, Dad."

Ich wusste nicht, ob ich im Moment wollte, dass sie hier bei uns einzog, aber ich würde es auch nicht wieder auf einen Streit ankommen lassen. „Ich sehe, was ich tun kann."

Als ob eine Glühbirne in seinem Kopf angegangen wäre, strahlte sein ganzes Gesicht. „Weißt du, was du tun solltest?"

In mein Schlafzimmer gehen und mich vor dir verstecken.

Wissend, dass ich das nicht tun konnte, fragte ich : „Was sollte ich tun?"

„Sie fragen, ob sie dich heiraten will", war seine blitzschnelle Antwort.

Ich verschluckte mich fast an dem Wasser, von dem ich gerade nippte. „Fox! Wir kennen uns nicht gut genug dafür."

Seine Augen wurden sofort traurig. „Ja. Ich dachte mir schon, dass du das sagst." Er sah mich mit einem schwachen Lächeln an. „Ich musste es aber versuchen. Ich will sie nur um mich haben, die ganze Zeit."

Mein Herz tat mir weh. „Natürlich willst du das." Ich fuhr mit meiner Hand durch seine dunklen Haare. Haare, die genau wie die seiner Mutter aussehen würden, wenn sie sie nicht gefärbt hätte. „Das ist verständlich. Und ich werde alles tun, was in meiner Macht steht, um sicherzustellen, dass du so viel Zeit wie nur möglich mit ihr verbringen kannst. Aber sie hat auch ein Leben. Du musst das auch verstehen. Sie war darauf nicht vorbereitet."

„Ich weiß." Er starrte traurig auf sein Essen. „Warum muss das Leben so schwer sein?"

„Ich wünschte, ich wüsste das." Aber dann dachte ich daran, wie gut es uns ging. „Aber du solltest dankbar für all die schönen Dinge in deinem Leben sein. Du hast eine Familie, die dich liebt. Du hast ein schönes Zuhause, ausreichend zu essen und eine tolle Privatschule, auf die du gehst."

Er nickte und biss von seiner Pizza ab. „Und auch einen tollen Dad. Und jetzt habe ich meine Mutter. Meine richtige Mutter. Ich dachte, dass du eines Tages jemanden kennenlernen würdest, heiratest und ich eine Stiefmutter hätte."

„Du weißt, dass das immer noch passieren kann." Ich musste es ihn einfach sagen.

Er sah mich überzeugt an. „Ich will keine Stiefmutter. Ich will meine Mom."

„Ich weiß, Kumpel." Ich merkte, dass es nicht der richtige Zeitpunkt war, um über Hochzeit und andere Frauen zu reden. „Wir sehen, wie sich die Dinge entwickeln, okay?"

„Okay." Er wandte sich wieder seiner Pizza zu. „Ich mag diese Pizza und den Salat. Danke."

„Gern." Ich zerzauste seine Haare. „Wie wäre es, wenn wir beide morgen nach der Schule zum Friseur gehen? Deinen Haare werden etwas lang, und du solltest versuchen gut für deine Mom auszusehen."

„Jetzt verstehen wir uns, Dad." Sein Lächeln zog sich von einem Ohr zum anderen. „Ziehen wir sie an Land!"

Ich hatte keine Ahnung, woher ein zehnjähriger diesen Ausdruck hatte, aber ich musste lachen. Ich hatte keine Ahnung, ob ich Zandra Larkin überhaupt an Land ziehen wollte. Ich betete, dass ich meinen Sohn nicht enttäuschen würde. Oder ihn wieder wütend auf mich machen, denn unser Streit hatte einen schlechten Geschmack in meinem Mund hinterlassen.

15

ZANDRA

Ich lag auf meinem Bett und starrte aus dem Fenster auf den aufgehenden Vollmond. In dem Versuch, nur einmal in meinem Leben klug und verantwortungsvoll zu sein, hatte ich nur zwei der Mimosas getrunken, die Taylor gemacht hatte. Ich dachte mir, dass es an der Zeit wäre, mich mehr wie eine Mutter zu benehmen. Und die einzige Mutter, an der ich mir orientieren konnte, war meine eigene. Sie hatte niemals getrunken. Und sie hatte nicht geflucht. Sie hatte auch kein Mitgefühl, eine ihrer Eigenschaften, von der ich mich fernhielt.

Mein Handy klingelte, holte mich aus meinem betäubten Mondstarren, und ich warf einen Blick auf das Display. Eine unbekannte Nummer. Ich sah, dass es zehn vor Neun war.

„Na gut. Lass mal sehen, wer der unbekannte Anrufer ist", sagte ich zu mir selbst, bevor ich abnahm. „Hallo?"

„Ist dort Zandra?", hörte ich die Stimme eines kleinen Jungen.

Ich wusste sofort, wer er war. „Ja. Und du bist Fox?"

„Ja." Er seufzte, und ich merkte, dass er sich freute, meine Stimme zu hören. „Mom, ich wollte dich nur anrufen und gute Nacht sagen, und von jetzt ab jeden Abend um diese Zeit, wenn dir das recht ist."

Mein Herz schwoll an und tat mir in der Brust weh. „Fox, das ist das Netteste, was jemals irgendjemand für mich tun wollte." Und dann dachte ich an meine Arbeitswoche. „Und Sonntags und Montags kannst du mich anrufen. An den anderen Tagen rufe ich dich an. Meistens bin ich um diese Zeit auf Arbeit, aber ich werde immer kurz Pause machen, um dich jeden Abend kurz vor Neun anzurufen."

„Danke, Mom", sagte er erleichtert. „Kannst du diese Nummer einspeichern? Es ist unser Festnetztelefon."

„Das werde ich." Ich drückte das Telefon auf eine Art an mich, wie ich es noch nie zuvor getan hatte, als ob ich irgendwie durchgreifen und ihn in den Arm nehmen könnte. „Wie sind die Dinge zwischen dir und deinem Dad gelaufen?"

„Schlecht", sagte er und machte eine kurze Pause. „Aber dann gut."

Erleichterung durchströmte mich, als ich hörte, dass sie sich geeinigt hatten. Es war mir klar gewesen, dass sie beide vollkommen unterschiedliche Ansichten darüber hatten, wie sie die Dinge handhaben wollten. „Gut. Fox, bitte streite nicht mit deinem Dad über irgendetwas, das mit mir zu tun hat. Mir würde es überhaupt nicht gefallen, wenn ich plötzlich zwischen euch stehe."

„Das wirst du nicht. Und ich werde es versuchen. Ich werde nur einfach so wütend, wenn es um dich geht. Komisch, hm?", fragte er mich.

Meine Gedanken wanderten zu meinen Eltern und dass auch sie ziemlich wütend werden konnten, wenn es um mich ging. Ich nahm an, dass ich einfach diesen Effekt auf Menschen hatte. Wie charmant.

„Nun, du solltest daran arbeiten, das unter Kontrolle zu halten, denn wütend ist nicht lustig. Dein Vater ist ein guter Mann. Er wird tun, was richtig ist. Ich weiß das." Zumindest hoffte ich, dass er das würde.

„Ja, ich denke, du hast recht." Es entstand eine kurze Pause am anderen Ende der Leitung, bevor er wieder sprach und mich mit seiner Frage schockte. „Hast du irgendetwas getan, von dem ich etwas wissen sollte?"

Ich hatte keine Ahnung, wovon er sprach. „Was zum Beispiel?"

„Einen Autounfall oder so. Menschen getötet ...“

Ich unterbrach ihn sofort. „Nein. Ich sehe, worauf du hinauswillst, Fox. Dein Dad hat wahrscheinlich etwas zu meinem Fahrstil gesagt, hm? Also gut. Ich habe in meinem Leben bisher zwei Strafzettel bekommen, beide für zu schnelles Fahren. Damals hatte ich einen Bleifuß. Aber das habe ich schon lange unter Kontrolle. Ich weiß, dass meine Reifen etwas durchgedreht haben, als ich von Parkplatz gefahren bin, und dass das deinen Dad vermutlich auf die Idee gebracht hat, dass ich eine unvorsichtige Fahrerin bin, aber das bin ich nicht. Das Auto hat einen V8 Motor und manchmal drehen die Reifen einfach durch, ohne dass ich es will.“

„Okay, gut.“ Ich hörte ein Trommeln, das klang, als ob es von einem Stift kam, der auf Papier klopfte. Vielleicht hatte er eine Liste von Dingen angefertigt, die er mich fragen wollte. Der Gedanke brachte mich zum Lächeln.

Mein Sohn wollte mich kennenlernen und für mich war das das Niedlichste auf der ganzen Welt. „Um dir noch mehr über mich zu erzählen, ich bin noch niemals verhaftet worden. Ich hatte noch niemals eine handgreifliche Auseinandersetzung. Ich habe noch niemals einen Hund getreten.“ Ich lachte. „Im Großen und Ganzen bin ich eine ziemlich gute Person. Aber ich muss dir eines gestehen, Fox.“

Er klang etwas besorgt. „Was?“

„Es ist lang her, seit ich jemanden in meinem Leben hatte, der mir wirklich etwas bedeutet hat. Ich weiß nicht, wie gut ich darin bin, eine Mutter zu sein.“ Ich atmete aus, als die Wahrheit mich überfiel. Ich hatte keine Ahnung, wie man eine gute Mutter war. Und ich hoffte bei Gott, dass ich nicht so wie meine Mutter sein würde.

„Aber du wirst es versuchen, nicht wahr?“, fragte er schüchtern.

Ich hatte nicht einmal gewagt zu träumen, dass mein Sohn wieder in mein Leben kommen würde. Aber jetzt, da er da war, wollte ich ihn nie wieder gehen lassen. „Ich werde mich unglaublich anstrengen, Fox. Ich werde so sehr daran arbeiten wie noch nie an etwas anderem in meinem Leben.“

„Gut. Du schaffst das, Mom. Ich weiß das.“ Sein Vertrauen in mich war auch etwas, das ich nicht gewohnt war. Niemand hatte jemals sein Vertrauen in mich gesetzt, vor allem nicht meine Eltern.

„Es ist jetzt neun. Du legst dich besser schlafen." Ich hörte wie sich eine Tür öffnete.

Dann drang Kanes Stimme aus dem Hintergrund an mein Ohr. „Es ist neun, Sportsfreund. Zeit, das Telefon wegzulegen und ins Bett zu gehen."

„Okay. Ich habe nur Mom angerufen, um ihr gute Nacht zu sagen", sagte Fox.

Einen Moment lang herrschte Stille. „Woher hast du ihre Nummer?", fragte Kane.

„Von deinem Handy", antwortete er. „Ich muss jetzt, Mom. Gute Nacht. Ich hoffe du hast schöne Träume."

Niemand hatte mir jemals schöne Träume gewünscht. Es fühlte sich so großartig an, dass ich dachte, ich müsse irgendwie seltsam sein, weil ich mich über diese schlichten Worte von meinem Sohn, von dem ich angenommen hatte, dass ich ihn seit langem verloren hatte, so freute. „Gute Nacht, Fox. Ich hoffe du hast auch schöne Träume."

„Ich hab dich lieb", sagte er schnell, so als müsste er es loswerden, bevor er den Mut verlor. Als ich tief Luft holte und wieder spürte, wie mir das Herz anschwoll, fragte er zögernd: „Ist das okay?"

Ich wusste nicht, was ich sagen sollte. Niemand hatte diese Worte jemals zuvor zu mir gesagt. Und wieder war es mein Sohn, der so was als erster aussprach. „Fox, natürlich ist das okay. Mehr als okay. Ich hab dich auch lieb." Die Worte glitten mir so leicht von der Zunge, als hätte ich sie schon tausendmal ausgesprochen.

„Ich hab dich auch lieb, Mom. Gute Nacht." Und dann legte er auf.

Ich saß da und hielt das Handy noch eine Weile an mich gepresst, war noch nicht dazu bereit, die Verbindung zu meinem Sohn wieder loszulassen. Schließlich legte ich es ab und schloss meine Augen. Alles veränderte sich so rasend schnell.

Ein Teil von mir fürchtete, dass das alles schlecht enden würde, so wie die meisten Dinge in meinem Leben. Doch der größere Teil von mir hoffte inständig, dass es gar nicht enden würde. Ich hoffte, dass alles wachsen würde und mein ganzen Leben in eine völlig neue Richtung brachte.

Nur kurze Zeit später klingelte mein Handy erneut. Dieses Mal erschien Kanes Name auf meinem Display. Mein Herz raste, als ich darauf sah. „Hallo", antwortete ich.

„Hi. Wie geht es dir?", fragte er. Ich hörte ein leises Klirren im Hintergrund, wie von Eiswürfeln in einem Glas.

„Sehr gut." Ich wollte nicht zugeben, dass Fox gerade so viele unglaublich schöne Dinge zu mir gesagt hatte wie noch nie jemand zuvor. Denn das erschien mir eher pathetisch.

Eine sechsundzwanzigjährige Frau, der noch niemals jemand diese drei kleinen Worte *Ich liebe dich*, gesagt hatte, erschien wirklich traurig. Ich wollte nicht, dass Kane mich als Tragödie sah.

„So, Fox hat mir gesagt, dass ihr zwei euer erstes gemeinsames Ritual habt, den Gute-Nacht-Anruf." Er gluckste. „Ich finde das schön. Aber wie kannst du anrufen, wenn du abends in der Bar arbeitest, Zandra?"

Ich wusste, dass er nur seinen Sohn beschützte und sicherstellte, dass ich keine Versprechungen machte, die ich nicht halten konnte.

„Du bist ein toller Vater, Kane Price. Damals hatte ich ja keine Ahnung, dass du dazu in der Lage sein würdest, ein solch guter Vater zu sein." Ich hielt kurz inne, wusste nicht, ob ich weiterreden sollte. Aber ich konnte diese ganzen Gedanken nicht mehr für mich behalten. „Wenn ich das alles schon vor Jahren gewusst hätte, dann wäre ich wahrscheinlich von meinen Eltern weg und direkt zu dir gelaufen."

Es wurde still am anderen Ende der Leitung. „Lass uns nicht über die Vergangenheit reden, Zandra. Wir können sie sowieso nicht ändern. Aber danke für das Kompliment."

Er hatte recht. Warum etwas nachhängen, das wir beide nicht ändern konnten? „Gern. Also, ich nehme an, du hast unzählige Fragen an mich. Fang ruhig an."

„Ich habe tatsächlich ein paar Fragen. Fox hat mir von deinen Fahrkünsten erzählt, also ist das schon einmal beantwortet." Er lachte wieder, und ich hörte, wie er etwas trank, bevor er fortfuhr. „Wie wäre es damit – hast du mich vermisst?"

Mein Körper erstarrte, wurde komplett steif. Meine Finger klammerten sich um das Telefon, und mir fiel keine passende Antwort ein.

Hatte ich ihn vermisst?

Wir waren nicht lange genug zusammen gewesen, um eine wirklich Verbindung aufzubauen, das hatte ich mir in den letzten Jahren immer wieder gesagt. Aber ich hatte oft an ihn gedacht. War das dasselbe wie ihn vermissen?

„Kane, du und ich haben uns nicht gut genug gekannt, damit ich jetzt behaupten könnte, ich hätte dich vermisst. Aber ich habe oft an dich gedacht." Ich dachte darüber nach, ihm die Wahrheit zu sagen, und nach einem kurzen Zögern tat ich das auch. „Und ich muss eines zugeben. Auch wenn du meine erste sexuelle Erfahrung warst, warst du bei weitem die beste."

Er seufzte. „Und du meine, Zandra."

Ich glaubte ihm nicht. „Niemals. Ich will nicht, dass du etwas sagst, nur um mich wieder flachlegen zu können, Kane."

„Das sage ich nicht einfach nur so." Seine Stimme wurde eine Oktave tiefer. „Das zwischen dir und mir in jener Nacht war intensiver als alles, was nach dir kam. Ich weiß nicht, was das über mich sagt, aber es ist die Wahrheit."

Falls es an der Zeit für Geständnisse war, dann konnte ich auch vollständig mit der Sprache rausrücken. „Kane, für mich war es etwas sehr Besonderes, als ich mit dir zusammen war. Und ich habe dich mit jedem Mann verglichen, mit dem ich jemals Sex hatte, und du hast immer gewonnen. Auch ich habe diese Verbindung nie zu jemand anderem verspürt als zu dir. Ich nehme an, dass sagt etwas über uns beide. Meinst du nicht auch?"

„Ja." Er trank noch einen Schluck und atmete langsam aus. „Aber wir müssen die Dinge langsam angehen. Sehr langsam."

Er hatte keine Ahnung, wie sehr ich die Dinge *nicht* langsam angehen wollte. Ich wollte direkt hineinspringen in das Leben mit ihm und Fox, und niemals wieder auftauchen. Aber ich verstand ihn. „Da du ein exzellenter Vater bist, stimme ich dem zu."

„Gut. Folge meinem Beispiel, Zandra, und die Dinge werden mit Sicherheit gut werden." Sein sexy Lachen jagte mir Schauer über den Rücken. „Ich spreche hier über Fox' Leben. Wenn es um mich geht, mein Bett, dann treffen diese Regeln nicht zu. Sag mir, was du anhast, Baby."

„Kane!" Ich nehme an, ich hätte das erwarten sollen, wenn man bedachte, wie er mich in seinem Büro angemacht hatte, aber ich quietschte überrascht auf, als er so direkt war. „Du bist so schlimm." Ich lachte. Er verwandelte mich in ein geiles Etwas – und dazu noch in Rekordzeit.

„Das bin ich. Und ich will es mit dir sein. Ich habe dich vermisst, Baby. Ich habe vermisst, wie sich dein Körper unter mir anfühlt. Ich habe es vermisst, wie sich deine enge Muschi um meinen Schwanz zusammenzieht. Wie deine Lippen schmecken und wie sich deine Zunge bewegt. Wie sich deine Titten anfühlen, wenn sie sich an meine Brust drücken."

„Verdammt." Ich setzte mich auf, biss mir auf die Lippe und ließ meine Hand zwischen meine Beine wandern. Meine Muschi pulsierte an meiner Handfläche.

„Bist du in deinem Schlafzimmer, Baby?"

„Hm-hmmm", war meine geflüsterte Erwiderung. Wie machte er das? Brachte mich dazu, alles zu tun, was er wollte, wenn ich doch eigentlich wusste, dass ich es nicht tun sollte?

„Bist du nackt?"

Das war ich nicht, aber ich schlüpfte schnell aus meiner Unterhose und zog das Nachthemd aus, das ich trug. „Hm-hmmm."

Ein dunkles Stöhnen drang an mein Ohr. „Gut. Lass deine Finger über deine großen Titten wandern. Stell dir vor, dass ich es bin, der dich anfasst."

Meine Brustwarzen waren hart, als ich mir mit den Händen über meine Brüste strich und so in meine Nippel hineinkniff, wie er das vor all diesen Jahren getan hatte. Ich konnte mich immer noch an alles, was er in jener Nacht getan hatte, erinnern. „Okay."

„Erinnerst du dich daran, wie ich deine Muschi geküsst habe?", fragte er und schickte Hitze durch meine Adern.

„Hm-hmmm." Ich konnte vor Geilheit kaum atmen.

„Meine Lippen waren das Erste, was dich dort berührt hat", flüsterte er. „Ich will dich wieder dort mit ihnen berühren. Ich will, dass du dir jedes Mal, wenn du dich berührst, vorstellst, dass es mein Mund an deiner heißen, süßen Fotze ist."

„Das tue ich schon." Ich schob einen Finger in mich und sah Kanes Gesicht vor mir. „Immer wenn ich masturbiere, denke ich an dich."

„Ich will dich ficken, Baby. Ich will dich nach vorn beugen und dich ficken, bis du mich anflehst aufzuhören. Aber ich werde nicht aufhören, bis ich spüre, wie deine Muschi pocht und pulsiert, und du meinen Namen schreist, während du kommst." Er stöhnte und ich war sicher, dass er masturbierte.

Ich zog meine Schublade neben meinem Bett auf und holte meinen Vibrator und die Gleitcreme heraus. Wenn er es tat, dann würde ich es auch tun. Ich stellte ihn an und ließ ihn das Geräusch hören. „Ich werde jetzt deinen harten Schwanz tief in meine Muschi stecken, Kane."

„Ja", flüsterte er. „Steck mich in dich, Zandra. Ich will so sehr in dir sein, dass es mich verrückt macht."

Ich schob den Vibrator in mich und stöhnte vor Lust. Der Mann selbst wäre besser gewesen, aber er war nicht hier. Zumindest war er am anderen Ende der Leitung. Viel näher als in den ganzen vergangenen Jahren.

„Dein Schwanz füllt mich vollkommen aus, Kane. Du bist in mir und fickst mich genauso, wie du es vor vielen Jahren getan hast." Ich stöhnte, stellte mir seinen harten Körper über meinem vor. Ich wölbte den Rücken auf und schob den Vibrator so tief ich nur konnte in mich.

Meine Beine bebten, und ein dünner Schweißfilm bedeckte mich, als ich mit dem Vibrator immer wieder in mich schob und mir vorstellte, wie es wäre, wenn er bei mir wäre. „Lass mich dich ficken, Zandra. Lass mich dich an einen Ort bringen, wo du noch niemals gewesen bist, Baby."

„Ja", stöhnte ich. „Nimm mich, Kane. Nimm mich in Besitz."

„Oh, Baby. Mein Schwanz explodiert gleich. Mach dich bereit", sagte er mit zusammengebissenen Zähnen und stieß dann ein langes, tiefes Knurren aus. „Ja, Baby. Ja!"

Es schien unmöglich, doch mein Körper kam im genau demselben Moment. Mein Orgasmus jagte durch mich hindurch, meine Säfte liefen aus mir heraus, und ich musste den Vibrator loslassen und mich in das Laken krallen. „Kane! Ja!", schrie ich.

Nach ein paar Augenblicken, in denen nichts außer unser schweres Atmen zu hören war, sprach er endlich. „Gute Nacht Baby. Ich sehe dich morgen", sagte er leise.

Morgen!

16

KANE

„Rocco, bist du schon im Restaurant?", fragte ich meinen besten Freund um zehn Minuten nach zehn am nächsten Morgen.

„Ja. Was ist los, Kane?", fragte er.

„Ich habe ein Problem." Ich wendete das Auto in seine Richtung. „Ich habe Zandra Larkin wiedergefunden."

„Du machst Scherze!"

Ich lachte. „Nein, das tue ich nicht. Und du wirst das niemals glauben."

„Was glauben?", wollte er wissen.

„Die Kellnerin im Mynt am Samstagabend, das war sie." Ich hielt an einer Ampel und tippte eine Nachricht für Zandra, bat sie mich in Roccos Restaurant „Die Lichter von Italien" zu treffen.

„Echt jetzt!", erwiderte er. „Wo liegt dann das Problem?"

Ich sah auf meinen Schwanz, der allein bei dem Gedanken, dass ich sie bald sehen würde, angeschwollenen war. „Ich bin immer noch geil auf sie."

„Und was ist daran verkehrt, wenn ich fragen darf?" Eine logische Frage, außer wenn man der Vater von einem leicht zu beeindruckenden jungen Sohn ist.

„Ich weiß nicht viel von ihr, außer dass sie eine Kellnerin in der Bar ist. Das ist das Problem. Ich muss die Dinge mit ihr langsam angehen lassen, wegen Fox. Muss sie kennenlernen. Ich habe sie ja niemals richtig gekannt, weißt du?", fragte ich, als die Ampel auf Grün umschaltete und ich losfuhr.

„Und ich will sie irgendwo treffen, wo ich etwas Unterstützung habe. Gestern ist es mir wirklich schwer gefallen, die Hände von ihr zu lassen. Wenn Fox nicht wieder ins Büro gekommen wäre, dann hätte ich sie direkt auf meinem Schreibtisch vernascht." Ich dachte an die letzte Nacht und entschloss mich, das hinzuzufügen. „Letzte Nacht hatten wir Telefonsex."

Er klang überrascht. „Verdammt, ihr wisst auch nicht, wie man abwartet, nicht wahr?"

„Scheinbar nicht!" Ich wusste, dass das alles kein Problem wäre, wenn da nicht mein Sohn wäre. „Aber ich muss meine Libido dieses Mal zügeln, und dafür werde ich wahrscheinlich deine Hilfe brauchen, Rocco. Lass mich sie in deinem Restaurant treffen heute Morgen, bevor ihr öffnet. So haben wir etwas Privatsphäre, aber nicht ausreichend, um aufs Klo zu rennen und das zu tun, was mich mit Sicherheit meine ganzen Vaterinstinkte und die Verantwortung meinem Sohn gegenüber vergessen lässt."

„Ah, jetzt verstehe ich." Er lachte. „Ja, kommt her. Das ist okay. Und ich werde versuchen, euch beide im Auge zu behalten."

„Danke." Ich bog in die Straße ein, wo das Restaurant war. „Ich bin fast da. Bis gleich."

Nachdem ich aufgelegt hatte, sah ich, dass Zandra mir eine Antwort geschickt hatte und sie gleich hier sein würde. Mein Schwanz wurde noch etwas größer, und ich sah ihn missmutig an. „Diesmal musst du warten, bis ich das Mädchen besser kenne. Du weißt, dass Fox es wert ist, du dickköpfiger Idiot."

Mit meinem Schwanz zu reden gehörte normalerweise nicht zu meiner täglichen Routine, aber diese Frau machte mein Hirn zu Mus, und plötzlich tat ich alle möglichen Dinge, die ich normalerweise nicht tat. Oder nicht mehr allzu oft tat. Das letzte Mal, das ich Telefonsex hatte, war in meinem ersten Collegejahr gewesen.

Vielleicht war es ihre sanfte Stimme, die mich dazu brachte. Ich wusste es nicht, ich wusste nur, dass ich das nicht vorgehabt hatte, als ich sie angerufen hatte. Es gab andere Dinge, über die ich mit ihr reden wollte. Stattdessen war ich geil geworden.

Sie brachte den unanständigen Jungen in mir zum Vorschein, ganz egal wie erfolgreich ich in den letzten Jahren gewesen war, diesen Teil von mir zu verdrängen. Ich hatte auch absolut keine Ahnung, was ich dagegen tun konnte.

In den Jahren, als mein Sohn noch jünger und sich des unziemlichen Verhaltens seines Vaters nicht bewusst gewesen war, hatte ich mich nie bemüht, jemand anders zu sein. Und damals war ich jemand, der Abwechslung mochte, regelmäßig etwas Neues brauchte.

Nach Fox' drittem Geburtstag hatte sich alles verändert. Nach der Party, die wie für ihn organisiert hatten, war meine Verabredung für den Abend aufgetaucht. Fox schien sich riesig zu freuen, dass ich eine Frau bei mir hatte. Und als er mich fragte, ob sie seine Mama wäre, wusste ich, dass ich von nun an vorsichtig sein musste, wen ich mit nach Hause brachte.

In jener Nacht hatte ich ziemlich wilden Sex mit der Frau und schwor mir dann, dass dies das letzte Mal sein würde, dass ich so etwas tat.

Natürlich war das leichter gesagt als getan. Ich habe sie ins Bett geholt, bin aber niemals wirklich mit ihnen zusammen gewesen. Und keine der Frauen hat mich wirklich interessiert. Es war nicht so, dass ich die ganze Zeit an Zandra dachte, aber all diese Frauen berührten mich nicht an der richtigen Stelle. Meinem Herzen.

Ich parkte das Auto und war aufgeregt Zandra gleich wiederzusehen. „Beruhige dich."

Rocco kam mir am Eingang entgegen, schloss die Tür auf und öffnete sie. „Guten Morgen, Romeo."

„Es ist ein guter Morgen", stimmte ich zu und ging hinein. „Und hilf mir dabei, den Romeo wegzustecken, bitte. Ich muss zugeben, dass ich allein bei dem Gedanken daran, dass ich sie gleich sehen werde, steinhart bin."

Er lachte und schüttelte seinen Kopf. „Scheiße, Mann!"

Ich deutete auf die leere Gaststube. „Kann ich irgendeinen Tisch nehmen?", fragte ich.

„Nimm den ganz hinten. Er ist der Küche am nächsten, und ich kann dich besser im Auge behalten." Er führte mich nach hinten in dem großen Raum. „Wie wäre es, wenn ich euch beiden was Leckeres zum Frühstück mache?"

„Das klingt toll." Ich setzte mich und fragte mich, ob ich so früh schon Wein trinken sollte. Ach, scheiß drauf. „Und wie wäre es mit einer netten Flasche Wein?"

„Natürlich." Er ging in die Küche, und ich starrte auf die Tür, wartete, dass sie hereinkam.

Ich hatte nicht vorgehabt, das Ganze zu einem Date werden zu lassen, aber es fing definitiv an, sich so anzufühlen und so auszusehen. Als Zandra das Restaurant betrat, ihre Ray-Ban von ihrem schönen Gesicht nahm und ihre dunklen Haare über ihre Schulter zurückwarf, bevor sie mir zuwinkte, wusste ich, dass es ein Date war.

Ich stand auf, ging ihr entgegen, nahm ihre Hand und sah sie an. „Verdammt, du bist hübsch." Ich küsste sie auf die Wange, auch wenn sich meine Lippen danach sehnten, ihre zu berühren. Meine Zunge wollte mit ihrer spielen. Aber ich zügelte mich. „Hier lang, bitte."

Sie ließ mich ihre Hand halten, als ich sie zu dem Tisch führte. „Ist das nicht das Restaurant der Familie deines Freundes?"

„Ja." Ich rückte ihr den Stuhl zurecht. „Und er ist hier, macht uns ein Frühstück."

Als sie sich hinsetzte, lächelte sie mich betörend und herzerweichend an. „Wie nett."

Ich setzte mich. „Ja, der Junge ist großartig." Ich sah sie über den Tisch hinweg an und konnte nicht widerstehen, sie ein bisschen zu necken. „Letzte Nacht war toll."

Ihre Wangen wurden rosa, und sie zog den Kopf ein. „Das war es."

Die Schüchternheit war immer noch da, nur unter der Oberfläche. „Du hast eine Menge deiner Schüchternheit abgelegt, aber nicht komplett, wie ich sehe." Ich wollte sie nicht beschämen, also sagte ich ihr, wie ich darüber dachte. „Ich finde das bezaubernd."

Sie hob ihren Kopf und sah mich überrascht an. „Tust du das?"

Ich nickte. „Ja." Dann legte ich meine Hand auf den Tisch und berührte sacht ihre Fingerspitzen. „Ich finde dich bezaubernd."

Wie gerufen öffnete sich die Küchentür, und Rocco kam heraus. „Schön, dich wiederzusehen, Zandra."

Sie lächelte ihn an. „Dich auch, Rocco. Kane hat gesagt, dass du uns Frühstück machst. Das ist furchtbar nett. Danke."

Er stellte zwei Weingläser auf den Tisch und füllte sie. „Gern geschehen. Ich habe Cannelloni im Ofen. Mit Frischkäsefüllung und einer leckeren Fleischsoße, darüber Ricotta und Mozzarella. Für den Anfang habe ich Pilze in einer Rotweinsoße, dazu grüne Bohnen, auf einem Bett aus frischem Salat. Ich bin gleich zurück." Er zwinkerte mir zu. „Gleich zurück, Kane." Dann fiel sein Blick auf die Hand auf dem Tisch.

Ich bewegte sie weg, wusste, dass er nur das tat, worum ich ihn gebeten hatte. „Danke."

Er ließ uns allein, und ich sah, wie Zandra an ihrem Wein nippte. „Lecker."

„Ich weiß, dass es noch ziemlich früh für Alkohol ist", sagte ich, als ich beobachtete, wie sie den roten Wein von ihren rosa Lippen leckte.

Sie sah mich verwirrt an. „Warum hast du ihn dann bestellt?"

Ich zuckte mit den Schultern. „Ich bin mir nicht sicher. Vielleicht um dabei zu helfen, die Spannung zwischen uns zu lockern."

„Bist du angespannt?", fragte sie und stellte das Glas ab.

„Ja." Ich nahm mein Glas und nippte daran.

„Bin ich daran schuld?", fragte sie und schien nun vollends verwirrt.

„Ja." Ich stellte das Glas ab. „Du spannst mich sexuell an."

Das kleine Lächeln, das ihre Lippen kräuselte, brachte mich dazu, sie sogar noch mehr zu wollen. „Ich verstehe. Und dir wäre es lieber, wenn du mich nicht so attraktiv finden würdest, wegen deinem Sohn. Stimmt's?"

„So in etwa." Ich hatte nicht erwartet, dass sie mich sofort durchschauen würde.

„Schon komisch, wie sehr dein Sohn daran schuld ist, dass wir es langsam angehen, nicht wahr?" Sie fuhr sich durch ihre Haare, und das Licht ließ ihre seidigen Strähnen glänzen. „Scheint ein bisschen spät dafür zu sein", sagte sie mit einem sexy, kehligen Glucksen.

Ich wollte ihr auch mit den Fingern durch die Haare fahren. „Ich wünschte, ich könnte das witzig finden. Stattdessen finde ich es frustrierend. Aber es ist notwendig."

An der Art wie ihre Augen funkelten, konnte ich sehen, dass sie ihre Wirkung auf mich mochte. „Ich bin sicher, dass du recht hast." Sie beugte sich nach vorn, ihre Brüste ruhten auf dem Tisch. „Also, wie machen wir das dann, Kane?"

„Ich wünschte, ich wüsste es." Ich sah zu Rocco, der mit den Salaten wieder herauskam.

Zandra lehnte sich zurück und lächelte Rocco an. „Die sehen gut aus, Rocco."

„Danke", sagte er und stellte sie vor uns ab. Er sah mich an. „Ich bin gleich wieder da."

Mit einem Nicken ließ ich ihn wissen, dass mir klar war, dass er uns beobachtete. „Danke."

Wir aßen ein paar Minuten lang schweigend, während ich darüber nachdachte, wie wir das alles handhaben wollten. „Ich möchte dich kennenlernen, Zandra", sagte ich schließlich.

„Gut." Sie wischte sich mit der Serviette über den Mund. „Ich möchte dich auch kennenlernen."

Auch wenn wir uns beide einige waren, was großartig war, wusste ich noch nicht, wie wir das anstellen sollten. „Okay. Also, lass mich anfangen, indem ich dich über dein Wohnverhältnis befrage."

„Ich habe eine Zimmergenossin. Taylor und ich arbeiten zusammen im Klub. Du hast sie kennengelernt. Sie ist die Blondine mit den Regenbogenhaaren." Ihre Augen trübten sich etwas. „Und nur damit du Bescheid weißt, ich weiß, dass sie dich angemacht hat. Und falls sie das jemals wieder tut, dann würde ich es gern erfahren, da ich sie gebeten habe, das nicht mehr zu tun."

Ich konnte den eifersüchtigen Funken in ihren Augen sehen, und er machte mich glücklicher, als er das tun sollte. „Ich verstehe. Ist es, weil du der Meinung bist, dass ich dir gehöre, Zandra?"

Sie schüttelte ihren Kopf, und die Röte überzog erneut ihre Wangen. „Ich weiß, dass du nicht mir gehörst, Kane. Aber du bist der Vater meines Kindes, und ich will nicht, dass irgendeine Freundin von mir mit dir rummacht."

„Ich denke, da stimme ich zu." Ich schob meine leere Schüssel beiseite. „Ich will auch nicht, dass irgendeiner meiner Freunde mit dir rummacht."

Sie suchte meinen Blick. „Also sind wir uns da einig. Vielleicht wird ja alles am Ende gut, Kane."

Ich hoffe es.

Ich konnte nicht aufhören auf ihre Lippen zu starren. So voll, so saftig und sie bettelten förmlich darum, geküsst zu werden. „Ja, vielleicht."

„Ich bin ein offenes Buch, Kane. Frag mich irgendwas." Sie schob die leere Schüssel von sich weg, gerade als Rocco wieder herauskam und ihre Aufmerksamkeit auf sich lenkte. „Das war der beste Salat, den ich jemals hatte, Rocco. Du bist ein Genie, wenn es ums Essen geht."

„Das habe ich schon gehört." Er stellte die Teller ab und nahm die leeren Schüsseln. „Ich bin gleich wieder da und schenke euch noch mal ein. Guten Appetit."

„Ich bin sicher, dass es lecker ist", sagte sie.

Ich konnte sie nur anstarren. Ich war kein Starrer. Aber bei ihr war alles anders.

Sobald Rocco außer Hörweite war, nahm ich ihre Hand und sah ihr in die Augen. „Ich werde deine Hilfe brauchen, Zandra."

„Bei was?", fragte sie unschuldig.

„Dabei, dass ich nicht zu weit gehe, zu schnell." Ich zog ihre Hand an meine Lippen und küsste sie. „Du stellst etwas mit mir an, das niemand zuvor jemals getan hat. Ich weiß nicht, ob es rein biologisch ist, oder ob es ist, weil wir schon ein Kind zusammen haben. Aber wenn es hier nicht auch um unseren Sohn gehen würde und darum, dass wir die ganze Situation vorsichtig angehen müssen, dann würde ich deinen heißen Hintern auf die Toilette zerren, dir deine Unterhose wegreißen, dich an die Wand pressen und meinen Schwanz so fest in dich stoßen, dass du es noch Tage später spürst. Ich bin jetzt schon steinhart."

Statt rot zu werden, leckte sie über ihre Lippen. „Und warum tust du das dann nicht einfach?"

Mein Schwanz pochte schmerzhaft, flehte mich an, es zu tun. Sie wollte es. Ich wollte es. Warum es nicht einfach tun?

Langsam aber sicher kam die Vernunft wieder in mein vom Sex umnebeltes Hirn zurück. „Weil wir zuerst Fox Eltern sein müssen, zusammen, bevor wir irgendetwas anderes sein können."

„Oh, ja." Ihr Blick wanderte zurück auf den Tisch. „Okay." Sie zog ihre Hand aus meiner. „Kannst du mir sagen, wie wir das tun sollen? Denn ich habe nur meine Mutter als Vorbild, und ich will mit Sicherheit nicht so wie sie werden."

Mir kam ein Gedanke. „Wie wäre es, wenn ich dich meiner Tante und meinem Onkel vorstelle? Tante Nancy ist eine tolle Mutter. Sie kann dir alles beibringen, was sie weiß."

„Du willst mir deine Familie vorstellen?", fragte sie mich verblüfft.

„Natürlich will ich das, Zandra. Du bist Fox' Mutter. Du wirst von jetzt an in unserem Leben sein. Falls es das ist, was du willst. Meine Familie ist ein Teil von uns." Ich lehnte mich zurück und beobachtete, wie sie nachdachte.

„Meine Familie war nicht normal, Kane. Und es ist schon so lange her, dass ich ein Teil davon war. Ich bin ein Einzelgänger." Sie sah mich an und suchte nach einer Antwort, die ich nicht hatte.

„Das warst du schon immer, Zandra", erinnerte ich sie. „Aber das bedeutet nicht, dass du für immer so sein musst. Fox will dich als seine Mutter."

Ihre dunklen Brauen zogen sich zusammen. „Und wofür willst du mich, Kane?"

Diese Antwort war nicht einfach. „Ich kenne die genaue Antwort darauf im Moment noch nicht, und ich will dich nicht anlügen. Ich will dich. Ich will deinen heißen Körper. Ich will auch, dass du Fox'

Mutter bist, doch damit fühle ich mich erst hundertprozentig wohl, wenn ich dich kenne. Ich denke man kann sagen, dass ich will, dass du dich mir öffnest. Und ich mich dir. Das habe ich bisher noch für keine Frau getan."

Ich war bereit, das für sie zu tun. Aber ich konnte auch nicht die drückende Angst ignorieren, dass ich das, was ich bei ihr finden würde, eventuell nicht mochte.

17

ZANDRA

Ich wischte die Bar ab und wartete darauf, dass die neue Barkeeperin, Ashley, meine Getränkebestellung fertigstellte. Es war zehn Uhr Freitagabend, und der Klub summte und brummte, forderte meine ganze Aufmerksamkeit. So wie die Dinge zurzeit liefen, war ich dafür dankbar.

Es war jetzt vier Tage her, seit ich mit Kane zusammen gefrühstückt hatte. Wir hatten uns darauf geeinigt, die Dinge langsam anzugehen, und hatten uns ohne auch nur einen Kuss auszutauschen, getrennt. Ich nehme an, wir beide wussten, wohin uns ein Kuss geführt hätte, also vermieden wir es.

Ich hatte Fox bereits angerufen, um ihm in unserem täglichen Ritual Gute Nacht zu wünschen. Er hatte mich gefragt, ob ich am Sonntag eventuell für ihn Zeit hätte, da er wusste, dass ich an diesem Tag frei hatte. Ich sagte ihm, dass ich Zeit hätte, dass es aber von seinem Vater abhing, ob wir Zeit zusammen verbringen konnten oder nicht.

Ich hatte das unterschwellige Gefühl, dass Kane sich wegen mir absolut nicht sicher war, außer der Tatsache, dass er meinen Körper wollte. Und wie konnte ich ihm das übelnehmen?

Eine ganze Woche war vergangen, ohne dass ich einen anderen

Job gefunden hatte, bei dem ich genauso gut verdienen würde wie im Mynt. Darüber hinaus hatte ich auch keine Zeit gehabt, mich nach jemandem umzusehen, der meinen Mustang im Gegenzug für ein Auto, das sich besser für eine Mutter eignete, eintauschen würde.

Ich wusste, dass Kane nicht sehr begeistert war, dass sich nichts änderte. Und ich wusste das, weil wir jeden Tag um die Mittagszeit miteinander telefonierten. Er fragte mich regelmäßig, wie meine Jobsuche voranging, und ich sagte ihm jedes Mal, dass es nicht gut aussah. Er fragte mich, ob ich schon zu einem Autohändler gegangen bin, und ich musste ihm sagen, dass ich das noch nicht getan hatte. Er fragte mich, wann ich denn der Meinung wäre, dass ich Zeit dafür finden würde, und ich musste ihm sagen, dass ich das nicht wusste. Dann seufzte er, wünschte mir Glück und wir beendeten den Anruf. Jeden Tag das gleiche Gespräch.

Ich wusste, dass es nur eine Woche war, aber dieser tägliche Anruf war bereits zu etwas geworden, auf das ich mich nicht wirklich freute. Nicht weil ich seine tiefe, sanfte Stimme mit dem winzigen Südstaatenakzent nicht mochte, sondern weil ich die Enttäuschung darin hörte, jedes Mal wenn er eine Frage stellte und ich keine positive Antwort hatte.

Ich war ja bisher noch nicht einmal einkaufen gewesen, um mir andere Klamotten zuzulegen. Ich hatte nichts getan, außer zu schlafen, zu essen und zur Arbeit zu gehen.

Nachts zu arbeiten bedeutete, dass man die meiste Zeit tagsüber schlief. Normalerweise arbeitete ich bis zwei Uhr morgens. Zum Feierabend ging ich üblicherweise mit meinen Kollegen irgendwo etwas essen. Das dauerte dann ungefähr eine Stunde. Dann ging ich nach Hause und brauchte eine weitere Stunde um herunterzukommen, bis ich endlich dazu in der Lage war, mich schlafen zu legen. Es war also in etwa fünf Uhr morgens, bis ich endlich einschlief.

Mein Tag fing ein Uhr mittags an, wenn Kane mich anrief und aufweckte. Und das war noch etwas, was er nicht zu verstehen schien. Natürlich klang ich erschöpft, wenn er mich anrief. Er fragte mich, ob ich geschlafen hätte, und ich sagte ja. Dann seufzte er und fragte mich, wann ich ins Bett gegangen bin.

Da er Arzt war, ließ Kane mich wissen, dass es nicht gesund war, so spät auf zu sein und dann den ganzen Tag lang zu schlafen. Fox verdiente eine Mutter, die ihr Bestes gab, um gesund zu bleiben, erinnerte er mich. Ich stimmte ihm zu, hatte aber keine Wahl bei dem Job, den ich hatte. Nicht wenn ich weiterhin hier wohnen wollte. Das Apartment war schön, und es kostete mehr als die meisten Apartments in der Stadt.

Also sah ich mich der Entscheidung gegenüber, ob ich alles so lassen wollte, wie es war – Job, Apartment und alles –, oder irgendwohin ziehen wollte, wo es billiger war, und mir einen Job suchen, bei dem ich nicht so viel verdiente.

Ich hatte wirklich keine Ahnung, wie das alleinerziehende Mütter schafften. Und ich hatte auch keine Ahnung, wie ich es schaffen sollte.

„Gut aussehender Fremder auf zwei Uhr, Zee", sagte Ashley zu mir, als sie mir über die Schulter sah.

Ich drehte mich um und sah, dass Kane auf einen Überraschungsbesuch vorbeigekommen war. Ich konnte jetzt nicht behaupten, dass mich das vom Hocker riss. „Hey", sagte ich, als er zur Bar kam und sich auf einen hohen Stuhl neben mich setzte.

„Hey." Er nahm meine Hand, zog mich an sich und küsste mich auf die Wange. „Es ist Freitag. Ich habe morgen frei, also dachte ich mir, ich komme her und verbringe etwas Zeit mit dir."

Auch wenn ich über seinen Besuch nicht begeistert war, konnte ich nicht verhindern, dass mein Körper auf ihn reagierte. Nasse Hitze sammelte sich zwischen meinen Beinen, und mir wurde etwas schummerig. „Wie süß von dir." Ich küsste ihn auf die Wange, wollte aber so viel mehr als nur das. Irgendein mütterlicher Instinkt kam in mir hoch. „Und wer ist bei Fox?"

„Tante Nancy ist bei mir, solange ich weg bin. Er hat schon geschlafen, als ich gegangen bin." Er lächelte mich an, und mein Herz setzte kurz aus. „Ich freue mich, dass du nach ihm fragst."

Und dann würde ich etwas wütend darüber. „Er bedeutet mir etwas, Kane."

„Ich weiß." Er ließ meine Hand los und sah Ashley an, die jedem

Wort zu lauschen schien. „Kann ich bitte eine Cola mit Rum haben?"

„Sicher", sagte sie, bevor ihre Augen zu mir huschten. „Deine Getränkebestellung ist fertig, Zee."

Sie schob das Tablett auf die Bar und zwinkerte mir zu. „Er ist ein süßes kleines Geheimnis, nicht wahr?"

Meine Wangen wurden warm und rot. „Scheint so."

Enttäuschung machte sich auf seinem gut aussehenden Gesicht breit. „Du hast den Leuten, mit denen du arbeitest, noch nicht von mir erzählt? Von uns?"

Ich schüttelte meinen Kopf und nahm das Tablett. „Nein. Nur Taylor weiß es. Ich muss die Getränke ausliefern. Denke nicht, dass ich dich ignoriere, Kane. Es ist nur viel los heute, und ich muss arbeiten."

„Geh ruhig arbeiten. Komm aber immer mal wieder vorbei und sage hi." Er gab mir einen Klaps auf den Hintern, als ich davonging. „Sei anständig."

Auch wenn ich nicht nach einem Freund suchte – das hatte ich niemals in meinem Leben getan –, machte die Tatsache, dass Kane mich behandelte, als würde ich zu ihm gehören, wütend. Er hatte das mit uns noch nicht offiziell gemacht. Und doch war er hier, beobachtete mich, berührte mich und sagte mir, ich solle anständig sein. Ich verstand ihn nicht.

„Hier sind eure Getränke, Mädels." Ich stellte die Cocktails vor die Frauen an meinem Tisch, die sich auf einen großartigen Abend freuten.

Als ich mich dem nächsten Tisch zuwandte, sah ich aus dem Augenwinkel, dass Taylor mit Kane sprach. Eifersucht schoss durch mich hindurch. Aber ich hatte keine Zeit dafür, da ich die Bestellung vom nächsten Tisch aufnehmen musste.

„Was kann ich euch bringen?", fragte ich die drei Männer, die sich gerade gesetzt hatten.

„Bier", antwortete einer. „Aus dem Fass. Und billig. Ich habe eine Wette verloren, und ich muss heute Abend zahlen."

„Verstehe." Ich ging weiter zum nächsten Tisch, da ich mir diese Bestellung leicht merken konnte. „Hi, ihr zwei, was möchtet ihr trinken?"‚ fragte ich das Pärchen, das sich gesetzt hatte, während ich an der Bar war.

„Ein Gin Tonic für mich", sagte der Mann und legte einen Arm um die Frau an seiner Seite. „Und sie möchte einen Martini, bitte."

„Okay", sagte ich, bevor ich wieder zur Bar ging.

Taylor, die immer noch mit Kane plauderte, sah mich und wartete, bis ich bei ihnen war. „Ich hoffe, es stört dich nicht. Ich wollte mich Kane nur ordentlich vorstellen. Dem Baby-Daddy."

Kanes Stirnrunzeln bei dem Namen sagte mir, dass er kein wirklicher Fan von ihr war. „Ich glaube, die Bezeichnung gefällt mir nicht, Taylor."

Ich starrte sie an. „Mir auch nicht", fügte ich hinzu. Ashley kam, um meine Bestellung aufzunehmen. „Drei Bier, die billigsten, einen Martini und einen Gin Tonic."

Ashley nickte. „Ach ja, Rob war hier und hat gebeten, dass wir etwas für Stimmung sorgen. Auf der Bar tanzen und ein paar Jungs dazu bringen Body Shots zu trinken. Die Atmosphäre etwas aufheizen." Dann machte sie sich daran, die Getränke zuzubereiten.

Tylor zwinkerte mir zu. „Oh prima! Du kannst deine sexy Bewegungen zeigen, Zee."

Ich wollte mich nicht sexy bewegen, solange Kane zusah. „Ich passe diesmal."

„Das wirst du verdammt nochmal nicht tun", hörte ich Rob von hinten. Seine grauen Augen zuckten zu Kane. „Ist das dein Freund, Zee?"

Kane stand auf und streckte seine Hand aus. „Hallo, ich bin Dr. Kane Price. Zandra und ich haben einen gemeinsamen Sohn."

„Tatsächlich?", fragte Rob und schüttelte Kanes Hand. „Nun, sie und ich haben ein Arbeitsverhältnis und als ihr Boss bitte ich sie darum, auf die Bar zu steigen und zu tanzen und den Männern dann zu erlauben, Body Shots aus ihrem Bauchnabel zu trinken. Hast du was dagegen? Warte – es ist mir egal ob oder ob nicht. Das ist ihr Job, und sie tut, was ich sage, oder sie kann gehen, und ich suche mir jemand anderes."

Ich mochte die Aggression in der Stimme meines Bosses nicht.

„Rob, er sagt nicht, dass ich es nicht tun kann. Ich will einfach nicht." Ich sah ihm in die Augen. „Nicht im Moment."

„Du willst nicht, weil er hier ist", sagte er. Und damit hatte er recht.

Kane setzte sich, nippte an seinem Getränk und ließ mich den Kampf ausfechten. Ich mochte das an ihm, aber auf der anderen Seite wäre es schön gewesen, wenn er etwas gesagt hätte.

Ich sah eine Chance für Kane, mein Held zu sein, mein Ritter in schimmernder Rüstung. Er hätte Rob sagen können, dass er sich um mich kümmerte und dass ich den verdammten Job kündigen würde und bei ihm und unserem Sohn einziehen könnte und wir glücklich sein würden. Nur tat er das nicht. Er saß da, nippte an seinem Drink und wartete ab, was ich tun würde.

„Nun, ich habe gesagt, dass du es tun sollst, Zee", sagte Rob.

Ich wusste, dass Kane mich beobachtete und sehen wollte, wie ich mit dieser Situation umging, und wahrscheinlich jedes Wort, das ich sagte, genau analysierte, um zu sehen, wie ich mich verhalten würde, wenn es um Fox ging. Ich richtete mich auf und wappnete mich für den Streit mit meinem Boss. „Ich sagte nein. Und jetzt geh zur Seite damit ich die Bestellungen zu meiner Kundschaft bringen kann."

Ich wusste nicht, ob da ein Feuer in meinen Augen war oder was zur Hölle passierte, aber Rob trat zur Seite. „Schön."

Ich hatte gewonnen!

Oder nicht?

Robs Gesichtsausdruck war hart. Ich hatte das dumpfe Gefühl, dass er mich nicht wirklich gewinnen lassen würde. Aber für den Moment sah es so aus. Ich wollte nicht, dass es mich vor Kane zu sehr berührte.

Ich nahm das Tablett und ging davon, um die Getränke zu servieren, fühlte Robs Blicke in meinem Rücken. „Verdammtes Arschloch", murmelte ich leise.

Während der nächsten Stunde arbeitete ich wie verrückt, hatte kaum Zeit auch nur ein einziges Wort zu Kane zu sagen, der immer noch an der Bar saß und an seinem Drink nippte. Alles ging gut, bis eine Gruppe Collegejungs den Klub betrat und sich an einen meiner Tische setzte. Ich wurde schnell zum Mittelpunkt ihrer Aufmerksamkeit.

„Was kann ich euch bringen?", fragte ich die Gruppe. Es waren acht. Sie waren alle ziemlich groß, und Testosteron füllte die Luft um sie herum.

Ein stämmiger Junge hob mich wortlos hoch und setzte mich auf den Tisch. „Body Shots. Auf deinem heißen kleinen Körper, Baby."

Zu meinem Entsetzen kam eine andere Bedienung, Jerrie, mit einer Flasche Captain Morgan zu meinem Tisch. „Ich habe alles Zee."

„Aber ich will nicht -" Das war alles, was ich herausbrachte, bevor der große Kerl mich auf dem Tisch drückte und meinen Bauchnabel mit dem ersten Shot gefüllt wurde.

Sie lächelte, als sie die kühle Flüssigkeit in meinen Bauchnabel goss. „Mach dich locker, Zee. Habe etwas Spaß."

Zu jedem anderen Zeitpunkt hätte ich mich total gehen lassen. Aber dieses Mal war Kane hier. Beobachtete mich. Beurteilte mich. Verurteilte mich dafür, dass ich nicht die Art von Mutter war, die er für seinen Sohn wollte.

Ich versuchte mir keine Sorgen zu machen, als die Jungs reihum ihre Shots tranken. Am Ende half mir der große Kerl auf und rückte mir einen Hunderter in die Hand. „Danke, Baby."

Scham erfüllte mich zum ersten Mal seit langer Zeit, als ich den Geldschein in meinen BH schob. „Ja." Ich zog den Kopf ein, musste zu meinem Schließfach gehen, um mein Trinkgeld wegzubringen, bevor es zu viel wurde.

Ich nahm den langen Weg, um zu vermeiden, dass ich an Kane vorbeimusste und ging nach hinten. Ich versuchte mich an Robs Büro vorbei zu schleichen, aber er hatte mich gehört. „Komm rein."

„Mist!" Ich drückte die Tür auf. „Rob, ich kann das im Moment nicht tun, ich bin total fertig. Ich weiß, dass du es nicht verstehst und es dir egal ist, aber ich bin im Moment fix und fertig."

„Ja, das weiß ich." Er deutete auf den Stuhl. „Setz dich."

Ich wollte mich nicht setzen. Was ich wirklich wollte, war mein

Trinkgeld zu schnappen und zur Hintertür hinauszurennen, weg von allen – auch Kane. Aber sein strenger Blick brachte mich dazu, dass ich mich setzte. „Okay."

„Du musst dem Mann sagen, dass er nicht wieder hierher kommen soll", sagte er. „Er beeinflusst deine Arbeit."

„Ich kann ihm nicht sagen, dass er nicht herkommen soll, Rob." Ich sah ihn flehend an. „Ich versuche ein Teil des Lebens unseres Sohnes zu sein. Ich versuche das zu werden, was ich für meinen Sohn sein muss."

„Und ich versuche, einen unterhaltsamen und profitablen Nachtklub zu führen. Also kollidiert das, was du versuchst, mit dem, was ich versuche. Sag ihm, dass er gehen und nicht wiederkommen soll, oder ich werde das tun. Ende der Diskussion." Er zeigte auf die Tür. „Das ist alles. Geh zurück an die Arbeit."

Ich stand auf und hatte keine Ahnung, was ich tun sollte. Ich konnte Kane nicht sagen, dass er gehen sollte. Ich ging zu meinem Schließfach, legte das Bargeld weg und ging wieder hinaus. Kane war nicht mehr an der Bar, und ich wusste nicht, ob ich erleichtert sein oder in Panik ausbrechen sollte.

Ashley kam zu mir. „Er ist gegangen."

„Hat er dich gebeten, mir irgendetwas auszurichten?", fragte ich, hoffte, dass er ihr zumindest gesagt hatte, sie solle mir Auf Wiedersehen sagen.

Sie schüttelte ihren Kopf. „Er hat gar nichts gesagt. Er hat einen Zwanzigdollarschein auf die Bar gelegt und ist gegangen." Sie zog das Geld aus ihrer Tasche. „Ich nehme an, dass er wollte, dass du es bekommst."

Ich schüttelte meinen Kopf. „Behalte es. Ich will es nicht." Ich musste sehen, ob ich aus dem Klub verschwinden konnte. „Ich nehme mir ein paar Minuten frei, Ash."

„Okay", sagte sie und schien zu verstehen.

Ich lief zum Ausgang, um zu sehen, ob ich ihn noch erwischte, auch wenn ich das bezweifelte. Und auch wenn ich es tat, wusste ich nicht einmal, was ich zu ihm sagen sollte.

Das wird niemals funktionieren.

18

KANE

I ch konnte es nicht. Ich konnte nicht dort sitzen und dabei zusehen, wie diese Männer Zandra behandelten, wie – sie so berührten. Es machte mich krank. Sprichwörtlich.

In dieser Nacht fand ich kaum Schlaf. Am nächsten Tag hatte ich Probleme, mich auf irgendetwas zu konzentrieren. Ich spielte ein paar Videospiele mit Fox, das war alles, was ich zustande brachte. Dann kam der Sonntag und mein Sohn war dazu entschlossen, mir auf die Nerven zu gehen, bis ich schreien und das Haus verlassen wollte, nur um von ihm wegzukommen.

„Dad, bitte! Ich will einfach, dass Mom herkommt und mit uns zu Abend isst. Bitte!", sagte er und sprach das letzte Wort lauter aus als den Rest.

Ich hob eine Augenbraue, als ich ihn warnend ansah. „Fang nicht an zu schreien, Fox. Das handelt dir nur Ärger ein. Und ich habe dir bereits gesagt, dass ich nicht der Meinung bin, dass es ein guter Zeitpunkt ist, damit anzufangen. Sie muss erst noch ein bisschen erwachsen werden, bevor sie eine Mutter werden kann."

Niemand war über diese Tatsache mehr enttäuscht als ich. Ich hatte ein Bedürfnis, von dem ich wusste, dass nur sie es befriedigen können würde. Aber mein Sohn kam zuerst.

Er legte den Joystick nieder, stand von der Couch auf und sah mir direkt in die Augen. Dann nahm er mir meinen Joystick aus der Hand. „Dad, wir müssen reden."

Ich musste beinahe über ihn lachen. Beinahe. „Sohn, da gibt es nichts zu reden. Ich habe dir bereits gesagt, dass ich die Entscheidungen treffe, wenn es um sie geht. Und du musst diese Tatsache akzeptieren. Ich tue es nicht, um dir weh zu tun. Ich tue es nur für dein Wohlergehen."

Er legte seine Hände auf meine Beine und beugte sich nach vorn, brachte sich näher an mein Gesicht. „Dad, was, wenn es ihr dabei hilft, erwachsen zu werden, wenn sie mit mir zusammen ist? Wenn es ihr hilft, eine bessere Mutter zu sein? Wie kann sie es lernen, eine zu sein, wenn sie kein Kind hat?"

Gerechtfertigter Einwurf.

Ich saß da, meinen Sohn direkt vor mir, und dachte darüber nach, was er gesagt hatte. „Aber was ist, wenn ihr zwei euch aneinander gewöhnt und sie dann wegläuft oder irgend so was?"

„Ich glaube nicht, dass sie das wird", kam seine kindische Antwort.

Natürlich hatte ich Fox nicht erzählt, was Zandra in jener Nacht im Klub getan hatte. Er musste diese Dinge nicht über seine Mutter wissen. Aber ich dachte daran, um wie viel leichter die Dinge wären, wenn er etwas älter wäre, erwachsener, und Dinge wie diese verstand.

„Also ich teile deine Optimismus nicht." Ich fasste ihn bei den Schultern, schob ihn von mir weg, damit ich aufstehen und das Mittagessen vorbereiten konnte. „Ich mache Mittagessen. Möchtest du ein Schinken und Käse Sandwich?"

„Nein. Ich will, dass meine Mom herkommt, und ich will, dass wir draußen grillen und einen schönen Familientag haben. Das will ich." Er verschränkte seine Arme vor seiner Brust. „Ich werde nicht nachgeben, Dad."

„Deine Mutter ist wahrscheinlich noch nicht einmal aufgestanden, Fox. Lass uns also etwas essen, vielleicht fühlst du dich besser, wenn du erst einmal satt bist." Ich war fast so weit, dem Kind ein

Beruhigungsmittel zu verpassen, so sehr ging er mir auf die Nerven. Nicht, dass ich das jemals tun würde, aber verdammt!

„Woher weißt du, dass sie noch nicht auf ist?", fragte er mich und lief hinter mir her, als ich in die Küche ging.

„Weil sie bis spät in die Nacht arbeitet." Ich dachte daran, was sie mir gesagt hatte. „Sie geht um fünf Uhr morgens ins Bett."

„Ist das nicht die Zeit, um die du gewöhnlich aufstehst, Dad?", fragte er und schien einmal an dem interessiert zu sein, was ich sagte.

„Ja." Ich fuhr mir mit der Hand durch die Haare und schob sie aus meinem Gesicht, bevor ich mir die Hände wusch. „Und sie hat mir gesagt, dass sie normalerweise gegen zwei Uhr aufsteht. Also kann das, was du willst, in den nächsten drei Stunden sowieso nicht passieren. Oder vielleicht noch länger. Sie muss aufstehen, duschen und sich schminken und anziehen. Das braucht alles seine Zeit, Fox. Dann müsste sie herkommen, und es wäre wahrscheinlich fünf oder so, bevor sie hier ist."

„Okay, damit kann ich leben." Er setzte sich an den Tisch. „Kann ich Chips haben anstatt Gemüse zu dem Sandwich?"

„Ich kaufe nicht mal Chips." Ich sah ihn an und fragte mich, was zur Hölle in seinem Kopf vor sich ging. „Du weißt das."

„Ja." Er nickte betrübt. „Und du kaufst keine Snacks, Süßigkeiten, Limonade oder Eis. Du kaufst keine Kuhmilch, amerikanischen Käse oder Kuchen. Ich darf abends nicht lange aufbleiben, nicht mal für eine Nacht. Du lässt mich nicht ..."

Ich bremste ihn, da ich merkte, dass er anfing, sich selber zu bemitleiden. „Fox, hör auf. Ich bin ein Arzt. Ich weiß, was dieser Mist in den Leuten anrichtet. Keine dieser Dinge ist gut für erwachsene Menschen und schon gar nicht für Kinder, die Nährstoffe brauchen, um groß und stark zu werden. Eines Tages wirst du mir dafür danken, das verspreche ich dir."

„Nun, nicht heute. Heute möchte ich Kartoffelchips zu meinem Sandwich. Und ich möchte den Schinken und den Käse auf Weißbrot anstatt dem Vollkornbrot." Er schien sich heiß zu reden. „Und ich möchte eiskalte Limo dazu, statt der ungesüßten Mandelmilch. Wir müssen etwas ändern, Dad."

„Das werden wir nicht." Ich machte mich an die Arbeit und bereitete die Sandwiches zu, schnitt die Möhren und den Brokkoli und schenkte uns eine Glas Mandelmilch ein. „Du solltest wissen, dass die meisten Kinder gern einen Vater hätten, der dafür sorgt, dass sie sich gesund ernähren. Und nach dem Essen gehen wir in den Park."

Murrend nahm er sein Sandwich und biss hinein, sah auf seinen Teller, als ob Hundekacke darauf läge statt selbstgemachtem Essen. „Schön."

In letzter Zeit, seit seine Mutter aufgetaucht war, schien mein Sohn nicht mehr derselbe zu sein. Er hatte die Art, wie wir lebten oder uns ernährten, niemals in Frage gestellt, bevor er sie getroffen hatte.

Wir aßen schweigend, saßen an dem kleinen Tisch, und ich fing an, darüber nachzudenken, dass es nicht gut gewesen war, dass Zandra in sein Leben getreten war. Eine Kettenreaktion hatte eingesetzt, und ich mochte sie nicht.

Und sogar als ich das dachte, pochte mein Schwanz in meiner Hose. Ja, das Ding wollte sie immer noch. Aber mein Hirn dachte anders darüber.

Zandra hatte noch einen langen Weg vor sich, bevor ich meinem Körper das geben würde, wonach es ihm verlangte. Und es fing damit an, dass sie einen neuen Job brauchte. Aber die Frau musste noch mehr ändern als nur das.

Zandras Lebensstil mochte gut genug gewesen sein, bevor Fox und ich wieder in ihr Leben getreten waren, aber er war nicht ausreichend für eine Frau mit Verantwortungen, eine Frau, die ein Vorbild sein sollte. Aber die Dinge hatten sich jetzt verändert, und Zandra musste sich so verhalten, dass Fox zu ihr aufsehen konnte.

Eine ganze Woche war verstrichen, und sie hatte bisher noch nichts getan, um ihr Leben zu verändern, jetzt wo sie eine Chance hatte, die Mutter des Sohnes zu sein, den sie weggeben musste.

Für mich war das ein schlechtes Zeichen. Ein Zeichen dafür, wie es in Zukunft sein würde.

Ein Teil von mir fragte sich, ob Sex mit ihr dabei helfen würde, diese Veränderungen zu bewirken. Vielleicht würde es ihr den

Antrieb geben, die Dinge zu ändern, damit wir nach vorn sehen konnten. Aber dann dachte ich, dass sie das bloß manipulieren würde. Ich wollte sie nicht dazu zwingen zu tun, was ich wollte. Ich wollte nur, dass sie das Richtige tat, und das von ganz allein. Aber dann fragte ich mich, ob sie das würde.

Zuerst, als ihr Boss ihr befohlen hatte auf der Bar zu tanzen und die Body Shots zu machen, hatte sie sich standhaft gewehrt. Ich hatte sie in diesem Moment bewundert. Und dann war sie weggegangen und hatte diese Kerle sie auf eine Art anfassen lassen, über die ich nicht einmal nachdenken wollte, und das bisschen Respekt, was ich hatte, verflog.

Dazu kam, dass ich höllisch eifersüchtig geworden war. Es hatte mich eine Menge Kraft gekostet, nicht aufzustehen und die Kerle so weit wie möglich von ihr wegzuzerren. Aber ich wollte kein Höhlenmensch sein, und ich wollte mit keiner Frau zusammen sein, die das in mir zum Vorschein brachte.

Kurz gesagt, mein Körper wollte das eine und mein Hirn etwas komplett anderes.

Und ich konnte nicht verstehen, warum Zandra nicht die Frau sein wollte, die ich für meinen Sohn haben wollte. Sie war die Mutter meines Kindes. Ich nehme an, dass ein Teil von mir der Meinung war, dass sie automatisch wusste, was ich von ihr erwartete. Und doch schien sie nichts zu wissen. Und ich wollte es ihr nicht erklären.

Ich wollte sie nehmen, als würde sie mir gehören. Wollte sie in meinem Schlafzimmer verstecken wie mein liebstes Spielzeug. Und ich wusste, dass das verkehrt war, besonders wenn man alles andere bedachte.

Bei so vielen gemischten und komplexen Emotionen, die diese Frau hervorrief, hatte ich keine Ahnung wohin mich das Ganze führen würde. Alles, was ich wusste, war, dass sie sich ändern musste, und bis sie das getan hatte, würde ich es nicht zulassen, dass sie sich Fox annäherte.

„Fertig", sagte Fox, als sein Teller und sein Glas leer waren. „Können wir jetzt spazieren gehen?"

Ich trank mein Glas aus und nickte. „Ja, lass uns gehen."

Das Essen schien ihn beruhigt zu haben, und das machte mich unheimlich froh. Wir machten uns auf den Weg und rannten fast, als wir am Park ankamen. „Darf ich ein paar Minuten lang schaukeln, Dad?", fragte er mich.

„Sicher. Ich bin hier und sitze unter diesem Baum." Ich beobachtete, wie er davonging, um mit den anderen Kindern zu spielen und setzte mich in den Schatten des alten Eichenbaums.

Ich holte mein Handy heraus und checkte meine Sozialen Medien, um zu sehen, was in der Welt so vor sich ging. Ich sah das Zandra mir eine Freundschaftsanfrage geschickt hatte, also fügte ich sie hinzu und sah mir ihr Profil an, sah nach, wer ihre anderen Freunde waren.

Alles, was ich fand, waren unzählige Bilder von ihr bei Partys und in Bars. Keines davon ließ mich besser über unsere Zukunft fühlen. Es schien, als ob Zandra noch dasselbe Leben lebte wie ein Mädchen in den frühen Zwanzigern anstatt einer Frau, die sich der Dreißig näherte. Sie war nur ein Jahr jünger als ich, aber als ich mir ihre Bilder ansah, fühlte ich mich im Vergleich zu ihr uralt.

Was mir besonders auffiel, waren die ganzen Typen, die ihre Bilder kommentierten, mit ihr flirteten und keine Antwort von ihr bekamen. Aber das lag wahrscheinlich daran, dass sie ein Einzelgänger war.

Zandra ließ keine Menschen an sich heran. Das hatte sie noch nie. Wer war ich anzunehmen, dass sie das bei mir tun würde?

Ich nahm an, ich wartete auf etwas, dass sie nicht geben konnte. Wie konnte sie jemand sein, der sie nie gewesen war? Und wie konnte ich das alles von einem Menschen erwarten, der so aufgewachsen war wie sie? Ihre Eltern hatten sie bitter enttäuscht, und ich wusste das. Aber zu wissen, wer schuld war, half nicht viel.

Fox war der Mittelpunkt meiner Welt. Er verdiente mehr von seiner Mutter. Aber konnte ich sie dazu bringen, das alles zu verstehen, ohne ihr zu sagen, was genau ich wollte?

War das überhaupt fair von mir?

Ich starrte nach oben in die Zweige des alten Baumes und fragte mich, was ich tun sollte.

Sollte ich sie bitten herzukommen? Sollte ich sie bitten, über Nacht zu bleiben? Sollte ich sie unter meine Fittiche nehmen und ihr zeigen, was ich wollte? Die Familie zeigen, von der ich träumte?

Ich schüttelte meinen Kopf und versuchte diese Gedanken loszuwerden. Es war nicht meine Aufgabe, sie zu der Person zu machen, die sie als Mutter meines Sohnes sein musste.

Und dann wurde mir klar, dass ich ihn immer noch als meinen Sohn bezeichnete, ihn nur als meinen Sohn sah. Er war auch ihr Sohn, und ich schob das beiseite, anstatt es in den Vordergrund zu rücken.

Ich hatte mich niemals für einen Kontrollfreak gehalten. Ich sah mich als verantwortungsvollen Mann, der in jeder Situation sein Kind an erste Stelle setzte. War es möglich, dass ich ein paar Dinge vor mir selbst versteckte?

Fox kam angerannt und riss mich aus meinen Gedanken. „Hey Dad. Kannst du sie jetzt anrufen und schauen, ob sie wach ist? Ich wette, dass wenn du sie anrufst, sie herkommen kann, wenn sie sich beeilt. Ich wette, sie wird sich so freuen und sofort aufstehen.“

Und da war er wieder, nervte mich wegen desselben Themas wie schon den ganzen Morgen lang. „Nein. Ich rufe sie vielleicht später an. Ich muss darüber nachdenken, Kumpel.“

Seine grünen Augen wurden schmal. „Schön!“, rief er und rannte Richtung Haus.

Ich hatte keine andere Wahl, als aufzustehen und ihm zu folgen, wissend, dass er wütend auf mich war und wissend, dass die Spannung zwischen uns zu Hause wieder vorhanden sein würde.

Ich wollte ihn nicht einholen und ließ ihn vorausrennen, während ich ein paar Meter hinter ihm blieb. Er war als erster zu Hause, rannte ins Haus und direkt in sein Schlafzimmer.

Ich spürte, dass er etwas Raum brauchte, also duschte ich und zog mir etwas anderes an. Meine Stimmung war im Moment nicht besser als seine. Wenn ich versuchen würde mit ihm zu reden, dann würde ich die Dinge nur schlimmer machen.

Nach einer schönen Dusche fühlte ich mich erfrischt und ging in die Küche, um mir etwas Saft zu holen. Ich kam an seinem Zimmer vorbei und klopfte an die geschlossene Tür. „Hey, Kumpel, möchtest du etwas Saft?"

Als keine Antwort kam, öffnete ich die Tür. Er war nicht da. Ich ging durch das ganze Haus, rief seinen Namen, als ich von Raum zu Raum ging. Und jeder Raum war leer.

Ich ging nach draußen, dachte er sei im Garten, spielte mit dem Ball oder irgendetwas. Aber dort war er auch nicht. „Fox?"

Keine Antwort. Ich wollte nicht in Panik verfallen, aber ich fing an, mir Sorgen zu machen. Ich ging wieder hinein, um noch einmal nachzusehen und rief dann meine Tante an, um zu sehen, ob er dort war. „Hey, Tante Nancy, ist Fox zufällig bei euch?"

„Nein. Warum fragst du? Ist alles in Ordnung?"

Scheiße!

19

ZANDRA

„Also, ich habe seit Freitagabend, als er im Klub war, nichts mehr von ihm gehört", sagte ich zu Taylor, als ich aus meinem Zimmer kam, die Haare in ein Handtuch gewickelt, da ich gerade geduscht hatte. „Aber letzte Nacht habe ich mit Fox gesprochen. Du weißt schon, unser Gute-Nacht-Anruf. Er hat mich gefragt, was ich heute mache. Er fragt mich das jetzt schon seit ein paar Tagen. Er will wirklich etwas Zeit mit mir verbringen."

Sie schenkte uns zwei Tassen Kaffee ein. „Und was willst du, Zandy?"

Ich zuckte mit den Schultern und zog den Bademantel fester um mich. „Ich will auch Zeit mit ihm verbringen. Aber das hängt von seinem Vater ab, und ich respektiere das. Das Problem ist, dass mich sein Vater nicht wieder angerufen hat, um mir zu sagen, wann ich ihn sehen kann."

Taylor stellte die Kaffeetassen auf den Tisch. „Ich mache mir ein paar Pancakes. Willst du auch welche?"

„Sicher." Ich setzte mich hin und nahm die warme Tasse in meine Hand.

Sie holte den Pancake-Mix aus dem Schrank. „Warum glaubst du, dass du Kane nicht anrufen und ihm sagen kannst, was du möchtest?"

„Ich denke einfach nicht, dass ich das kann, das ist alles." Ich sog den Geruch der Flüssigkeit in mich ein, der Duft half mir wach zu werden.

Sie schüttelte ihren Kopf. „Zandy, deine Schüchternheit steht deiner Beziehung zu deinem Sohn im Weg."

„Ich glaube nicht, dass es das ist." Ich nippte an dem heißen Kaffee. „Ich denke, dass ich mir selber nicht vertraue, wenn es um Fox geht. Ich vertraue Kane dabei mehr."

„Und so sehr, dass du es zulässt, dass er dich davon abhält, auch nur eine Minute mit deinem Sohn zusammen zu sein." Sie rührte den Teig an und sah mich streng an. „Du bist seine Mutter, Zandy. Du solltest anfangen das ernst zu nehmen."

Ich wusste, dass sie recht hatte. „Nun, da wir davon reden, ich muss einen anderen Job finden. Und das bedeutet wahrscheinlich, dass ich nicht mehr hier wohnen kann, richtig?"

Sie biss sich auf die Unterlippe, nahm die Schüssel mit dem Teig und rührte kräftig um. „Was das angeht, will ich, dass du weißt, dass ich die Rechnungen alle allein bezahlen kann. Ich habe das vorher schon getan und schaffe es wieder. Also such dir einen anderen Job, wenn du das wirklich willst. Aber willst du das wirklich? Willst du die ganze Zeit an Geldmangel leiden, damit Dr. Kane Price sagen kann, dass die Mutter seines Sohnes etwas anderes ist als eine Bedienung in einer scheinbar anrüchigen Bar?"

„Ich weiß dein Angebot zu schätzen, aber ich denke nicht, dass es das Richtige ist, wenn ich es annehmen würde. Erstens will ich dir nicht auf der Tasche liegen, was passieren würde, wenn ich als Bedienung in einem Restaurant arbeiten würde." Ich nippte erneut an meinem Kaffee, bevor ich fortfuhr. „Ich habe mir die Stellenangebote in einigen der lokalen Restaurants angesehen, auch die besseren. Mit viel Glück würde ich tausend Dollar im Monat verdienen."

Taylor nickte. „Ja, dachte ich mir schon. Aber was ist, wenn du dich bei einem der Geschäfte hier als Verkäuferin bewirbst? Meine

Cousine arbeitet bei In & Out und sie verdient etwas mehr als zwanzigtausend im Jahr. Das würde ausreichen."

Sie vergaß etwas. „Ich habe keine Erfahrung im Verkauf zu arbeiten. Welche Chance habe ich schon, einen Job als Verkäuferin zu bekommen?"

„Bewirb dich und finde es heraus." Sie holte eine Pfanne aus dem Schrank und stellte sie auf den Herd. „Aber nochmal. Ich frage dich, willst du wirklich deinen Job wechseln, nur um den guten Doktor zu beeindrucken?"

„Es geht nicht nur darum, Kane zu beeindrucken." Ich nippte wieder an meinem Kaffee, der langsam kalt wurde. Ich stand auf, um mir frischen, heißen einzuschenken. „Es ist, damit ich eine gute Mutter sein kann. Fox verdient das. Er ist zehn und in der Schule. Ich will nicht, dass er den Kindern in seiner Klasse erzählen muss, dass seine Mutter eine Bedienung im Mynt ist. Was werden deren Familien denken? Ich will, dass mein Sohn stolz auf mich sein kann. Ich weiß, dass Kane es egal wäre, wenn Fox nicht da wäre. Aber das ist er. Und er muss auch an seinen Ruf als Arzt denken."

„Genau deshalb lasse ich mich nicht auf Männer ein, die denken, dass sie zu reich oder wichtig sind." Taylor gab etwas von dem Teig in die Pfanne.

„Sicher, dass es deshalb ist?", sagte ich sarkastisch.

Sie sah mich an, als würde sie mir gleich eine Ohrfeige geben. „Ja!"

Ich brachte meine heiße Tasse wieder zum Tisch und setzte mich. „Taylor, du gibst dich mit Typen ab, die keine Zukunft haben. Auf diese Art und Weise kannst du es vermeiden, selber erwachsen werden zu müssen."

„Wow, Zandy." Sie nickte. „Ich glaube, du fängst langsam an, eine gute Mutter zu werden. Hör dir nur mal selbst zu. Aber du kannst mich nicht psychologisch auseinandernehmen und dich selbst nicht. Warum triffst du die Entscheidungen, die du triffst?"

Weil ich niemals weiter sehe als bis zum nächsten Tag. Aber jetzt muss ich das.

Ich sagte das aber nicht. Ich zuckte nur mit den Schultern und seufzte. „Ich ziehe mich an, während du die Pancakes machst."

Ich stand auf und ging zu meinem Zimmer, zog Shorts und ein Shirt an und nahm meine Haare zu einem Pferdeschwanz zusammen. Falls Kane anrief, konnte ich mich noch etwas besser herausputzen, bevor ich sie besuchen würde. Falls nicht, dann würde ich nicht das Gefühl haben, mich für nichts und wieder nichts zurechtgemacht zu haben, und brauchte nicht enttäuscht sein.

Aber ich war bereits enttäuscht, dass ich nichts von ihm gehört hatte. Und ich muss zugeben, dass ich auch von mir selbst enttäuscht war. Ich schwor mir, mich an meinen Computer zu setzen und mich nach Jobs umzuschauen und morgen würde ich raus gehen und mich in der Stadt nach Jobs umsehen, die nicht im Internet ausgeschrieben waren.

Ich musste anfangen etwas zu verändern oder Kane würde denken, dass ich zu kindisch und unverantwortlich war. Das Letzte, was ich wollte, war, dass Kane mich als jemanden sah, der es zu nichts bringen würde. Auch wenn es genau das war, was ich von mir selbst gedacht hatte, bis ich meinen Sohn getroffen hatte.

Ich sah in den Spiegel und sagte mir: „Du schaffst das, Zandra Larkin. Du kannst das sein, was du für Fox sein musst."

Ich holte sogar mein Handy aus der Tasche und fand Kanes Namen auf meiner Kontaktliste. Meine Finger schwebten über seiner Nummer.

Aber dann rief mich Taylor aus der Küche. „Es ist fertig, Zandy."

„Nach dem Frühstück", sagte ich mir und schob das Handy zurück in meine Tasche. „Ganz sicher. Ich rufe ihn an, wenn ich gegessen habe."

Taylor hatte sich bereits gesetzt, einen Stapel Pancakes vor sich, und träufelte Sirup darauf. „Lecker süß." Sie sah mich an, als ich an ihr vorbeiging, um meinen Teller zu holen. „Hey, würdest du mir ein Glas Kakao machen, da du schon mal in der Küche bist?"

„Ja." Ich legte mir einen Pancake auf den Teller und machte ihr einen Kakao, bevor ich mich setzte. Mein Kaffee stand immer noch auf dem Tisch. „Hier, bitte."

Ich goss etwas Sirup auf meinen Pancake und bemerkte, dass sie auf meinen Teller starrte. „Ich habe drei für jeden von uns gemacht, Zandy. Du kannst dir die anderen zwei auch noch nehmen."

„Ich habe keinen großen Hunger." Eigentlich hatte ich einfach keinen Appetit auf dieses süße Zeug, aber das wollte ich ihr nicht sagen. Sie hatte sich die Mühe gemacht, sie zu backen, und ich wollte nicht undankbar erscheinen.

„Wie du willst." Sie fing an, ihre Pancakes zu essen. „Also falls du heute nichts mit deinem leckeren Doktor machst, was stellst du dann mit dem Tag an?"

„Nenn ihn nicht so." Eifersucht zuckte so schnell durch mich hindurch, dass es mich überraschte. „Und wenn er nichts mit mir tun will, dann setze ich mich an meinen Computer und bleibe dort, bis ich einen Job gefunden habe."

„Verstehe." Sie sah zu der Glastür, die zur Terrasse hinaus führte. „Ich denke, ich werde mich an den Pool legen, etwas Sonne einfangen und den Kerlen meinen Hintern präsentieren. Aber bleib du ruhig den ganzen Tag lang drinnen vor dem Computer, Zandy."

Ich verdrehte die Augen. „Mach das, Barbie. Ich habe bessere Dinge zu tun."

„Sicher." Sie zwinkerte mir zu. „Du musst dich in Holly Hausmütterchen verwandeln, damit du das Herz deines Doktors und seines Sohnes erobern kannst."

„Unser Sohn", verbesserte ich sie. „Und es gibt Schlimmeres, in das ich mich verwandeln könnte."

Sie zog mich nur auf, und ich wusste das. Taylor würde mir niemals im Weg stehen, wenn ich mich in etwas verwandeln wollte, das ich sein wollte. Sie war immer eine gute Freundin gewesen, aber sie war immer noch ein Kind in vielerlei Hinsicht. Sie verstand wahrscheinlich nicht einmal warum ich die Mutter eines Sohnes werden wollte, den ich fünf Minuten nach der Geburt weggegeben hatte.

Ich dachte an Kane und seinen Unmut in jener Nacht im Klub und war mir selbst nicht sicher, warum ich das wollte. Gut genug für Kane zu sein mochte mir eventuell gar nicht gut stehen. Aber aus irgendeinem Grund wollte ich es zumindest versuchen. Davon abgesehen war es wegen Fox, dass ich eine Mutter werden wollte, nicht wegen Kane.

Ein Klopfen an der Tür ließ uns beide von unserem Essen aufsehen. „Wer kann das sein?", fragte ich, stand auf, um die Tür zu öffnen. Nicht dass Taylor es interessieren würde, aber sie saß immer noch in dem kurzen Schlafanzug da, den sie im Bett getragen hatte. Ich war nicht der Meinung, dass sie ordentlich genug angezogen war, um die Tür zu öffnen. „Ich schaue nach. Du willst dir vielleicht einen Bademantel überziehen, Taylor."

Sie stopfte sich noch eine Gabel voll Pancakes in ihren Mund und fragte: „Warum sollte ich das wollen?"

Ich schüttelte meinen Kopf, ging zur Tür und sah durch den Spion. „Oh mein Gott."

„Wer ist es?", fragte sie mit vollem Mund.

„Mein Sohn." Ich öffnete die Tür, ein breites Lächeln auf dem Gesicht. „Hey, Fox."

Sein Gesicht war hochrot, und Schweiß ließ seine dunklen Haare an seinem Gesicht kleben. „Hi Mom. Ich bin gekommen, um dich zu besuchen."

Ich trat zurück und mein Lächeln verblasste langsam, als mir klar wurde, dass hier etwas nicht stimmte. „Komm rein", sagte ich und warf einen Blick auf den Parkplatz, suchte nach seinem Vater, aber es war niemand dort. „Und wo ist dein Dad?"

„Zu Hause." Er sah sich im Wohnzimmer um. „Schön hier."

„Danke." Ich schloss die Tür. „Wie bist du her gekommen? Dein Dad hat dich nicht einfach hier abgesetzt und ist weitergefahren, nicht wahr?"

„Nein." Er sah Taylor und die Pancakes an, die sie sich in den Mund schob. „Hi, ich bin Fox."

Sie nickte und schluckte, bevor sie antwortete. „Ich bin Taylor. Schön dich kennenzulernen, Fox. Ich habe schon viel von dir gehört. Willst du ein paar Pancakes und Kakao?"

Ich ging in die Küche, sicher, dass er ein paar haben wollte. „Ich hole dir welche. Setz dich, Fox."

„Uh." Er stand ganz still, als er auf Taylors fast leeren Teller starrte. „Ich kann nicht."

„Sicher kannst du", sagte Taylor. „Wir haben ausreichend."

Etwas in mir klickte, und ein mütterlicher Instinkt kam aus meinem Mund. „Also wenn dein Dad dich nicht hergebracht hat, wer war es dann, Fox?"

„Ich bin selber hergekommen", informierte er mich und starrte weiterhin auf Taylors Teller. Dann sah er mich an. „Hey, du bist meine Mutter. Du kannst mir erlauben ein paar Pancakes zu essen, nicht wahr?"

„Okay, warte mal eine Minute." Der Gedanke, dass sein Vater seinen zehn Jahre alten Sohn allein durch die Stadt rennen ließ, kam mir seltsam vor. „Fox, erlaubt dir dein Vater allein irgendwohin zu gehen?"

„Ähm, also, ich darf zu Tante Nancy und Onkel James gehen, und ich darf manchmal mit meinen Freunden zum Park gehen." Er warf einen Blick auf das Glas Kakao vor Taylor, das immer noch halb voll war. „Hey, wenn du meinst, dass es okay ist, dann könnte ich auch ein Glas Kakao haben." Er sah mich wieder an. „Ist es richtige Kuhmilch?"

„Sicher ist es das", sagte Taylor und sah dann zu mir. „Was ist los mit dir, Mom? Hol deinem Kind etwas zu essen."

Ich hatte das merkwürdige Gefühl, dass eine Menge mehr vor sich ging, als Fox mir erzählte. „In einer Minute. Fox, weiß dein Vater, wo du bist?"

„Ähm, wahrscheinlich kommt er gerade selber drauf." Er deutete mit dem Kopf Richtung Küche. „Also was ist jetzt mit Kakao und Pancakes?"

So bezaubernd das Kind auch war, ich wusste, dass ich einen Anruf tätigen musste, bevor ich irgendetwas anderes tat. „Wie wäre es, wenn du dich hinsetzt und ich deinen Vater anrufe?"

Er senkte den Blick seiner grünen Augen und seine schmalen Schultern sanken herab. „Oh Mann."

„Ich wusste es! Du hast das Haus verlassen, ohne es ihm zu sagen, nicht wahr Fox?" Ich war entsetzt und wusste, dass Kane außer sich sein würde.

Fox nickte und setzte sich. „Ich schwitze ganz schön, weil ich den ganzen Weg lang gerannt bin. Es war ganz schön weit. Ich habe die Adresse auf meinem Computer nachgeschaut und dich gefunden."

Ich ging, um ihm eine Flasche kaltes Wasser aus dem Kühlschrank zu holen, bevor ich mein Handy herausholte und einen Anruf tätigte, von dem ich niemals erwartet hätte, ihn tun zu müssen. Sogar am Anfang hatte ich mir nicht träumen lassen, dass ich Kane anrufen musste, um ihm zu sagen, dass er nicht gut genug auf seinen Sohn aufpasste.

Kane ging beim ersten Klingeln ans Telefon. „Bitte sag mir, dass Fox bei dir ist!"

„Er ist hier bei mir, ja." Ich konnte seine Angst durch das Telefon hindurch förmlich spüren.

Ich konnte seine zusammengebissenen Zähne hören, als er in das Telefon knurrte. „Behalte seinen Hintern dort, Zandra. Ich bin gleich da."

„Kane, kann er nicht eine Weile hier bleiben? Ich habe ihn so sehr vermisst." Ich fuhr ihm mit der Hand über seinen kleinen Kopf. „Und er muss mich auch vermisst haben. Ich weiß, dass das, was er getan hat, nicht gut war –"

„Es war schrecklich", unterbrach er mich. „Nicht nur nicht gut, Zandra.", schrie er mich an.

„Ich weiß. Ich weiß, aber Kane, er ist jetzt in Sicherheit. Er ist hier. Bitte lass ihn eine Weile hier, bevor du ihn holst." Ich hatte das Gefühl, dass ich bettelte, und ich mochte es nicht, jemanden anbetteln zu müssen, um meinen eigenen Sohn sehen zu können, egal unter welchen Umständen.

„Zandra, was er getan hat, war gefährlich." Er seufzte schwer. „Er musste zwei verkehrsreiche Straßen überqueren, um zu dir zu kommen. Er muss bestraft werden."

„Ich bin deiner Meinung. Aber nicht sofort. Ich werde mit ihm darüber reden, wie gefährlich das war und dass er es nie wieder tun darf, aber kann er nicht noch eine Weile bleiben?" Mein Herz tat weh wenn ich an den Ärger dachte, den Fox sich eingehandelt hatte. Ich wollte nicht darüber nachdenken, wie Kane ihn bestrafen würde. „Er hat es nur getan, weil du uns nicht gestattest, dass wir uns sehen, Kane."

„Ich weiß", antwortete er leise. „Ich gebe euch zwei ein paar Stunden, bevor ich ihn hole."

„Okay."

Ich hatte diesen Kampf gewonnen, aber mein Gefühl sagte mir, dass in Zukunft noch mehr solcher Kämpfe auf mich zukommen würden. Ich hoffte nur, dass es nicht in einen Krieg ausarten würde.

20

KANE

Das Wissen, dass Fox bei Zandra war, half mir nicht die Wut und Frustration loszuwerden, die sich in mir angesammelt hatte.

Ihr Apartment war ein bisschen mehr als 2 Kilometer von unserem Haus entfernt. Verkehrsreiche Straßen mit schnellen Autos waren nicht das Einzige, um das ich mir Sorgen machte. Fox war nur ein kleines Kind, egal was er dachte. Er durfte nicht einfach dort hinlaufen, und das wusste er verdammt genau.

Mir war noch nicht klar, wie ich mit seinem Verhalten umgehen sollte, aber ich würde mit Sicherheit nichts unversucht lassen, mein Kind wieder zu dem braven Kind zu machen, das er gewesen war, bevor seine Mutter da war. Tante Nancy machte Kamillentee, der uns alle beruhigen sollte. Sei gab mir eine warme Tasse. „Hier, trink das und lass dir etwas Zeit, um wieder runterzukommen. Der Junge hat uns ganz schön erschreckt, aber zumindest wissen wir, dass er in Sicherheit ist."

Meine Hand zitterte, als ich ihr die Tasse abnahm. „Im Moment ist er das. Wenn ich ihn erst einmal in meinen Händen habe, dann bin ich mir wegen seiner Sicherheit nicht mehr so sicher."

Onkel James stand hinter meinem Stuhl und klopfte mir auf die

Schulter. „Kane, nicht so schnell. Lass uns darüber nachdenken, wie wir das am besten handhaben. Der Junge wollte seine Mutter so sehr sehen. Ich verstehe ehrlich gesagt nicht, warum du ihn nicht lässt. Sie ist alles, worüber er spricht, und er hat uns erzählt, dass er jede Nacht, bevor er ins Bett geht, mit ihr spricht. Und er hat sich die ganze Woche darauf gefreut, den Sonntag mit ihr zu verbringen. Warum lässt du ihn nicht? Ist er deshalb weggelaufen?"

Er hatte den Nagel auf den Kopf getroffen. "Nun, ich habe nicht nein gesagt. Er hat es heute Morgen erwähnt, und ich habe ihm gesagt, dass ich darüber nachdenke. Aber er ist ungeduldig geworden und ist weggelaufen." Ich stellte die Tasse auf den Tisch. „Ich fasse es immer noch nicht, dass er das getan hat. Ich hätte so was nie von ihm erwartet. Nicht von meinem Sohn."

Tante Nancy lachte. „Oh, Kane. Er wird noch viele Dinge tun, die du nicht vorhersehen kannst. Das tun Kinder nun mal." Sie setzte sich mir gegenüber an den Tisch. „Also, lass uns mal klar reden. Warum lässt du Fox seine Mutter nicht sehen? Worüber zerbrichst du dir so sehr den Kopf?"

„Sie arbeitet in einer Bar", sagte ich. „Ihr wisst das schon. Aber ich habe euch noch nicht erzählt, was für eine Bar das ist, und wie sie sich benimmt, während sie dort ist."

Onkel James setzte sich neben Tante Nancy. „Ich bin mir sicher, dass es ziemlich wild ist. Wild in deinen Augen, Kane. Du bist sehr schnell erwachsen geworden. Du gehörst dort nicht mehr hin. Vielleicht verurteilst du sie ein bisschen zu sehr."

Ich dachte eine Sekunde lang darüber nach. „Ja, vielleicht. Vielleicht erwarte ich einfach, dass sie sich beeilt und genauso schnell erwachsen wird, wie ich das getan habe."

„Aber sie hat nicht die Verantwortung, die du hattest, mein Lieber", erinnerte mich Tante Nancy. „Sie hatte keinen Grund erwachsen zu werden. Du kannst nicht erwarten, dass sie das von heute auf morgen tut, besonders wenn du die beiden nicht zusammen sein lässt. Woher soll sie jemals wissen, was es mit sich bringt, ein Kind zu haben, wenn du ihr niemals die Gelegenheit gibst, das herauszufinden?"

Sie hatte recht. Ich musste zugeben, dass ich falsch gelegen hatte. „Aber was ist, wenn sie etwas tut, was ihm weh tun? Ich will nicht, dass er Angst hat, weil ich es ihm zu früh erlaubt habe, in ihr Leben zu treten. Was ist dann? Ich nahm die Tasse, um einen weiteren Schluck zu nehmen. Es schien meinen Nerven zu helfen.

„Glaubst du nicht, dass wir dieselben Befürchtungen hatten, als wir dir Fox überlassen haben, als du achtzehn warst?", fragte Tante Nancy. „Er war damals noch ein Baby. Er konnte dir nicht sagen, was er wollte oder brauchte. Aber wir haben es versucht. Wir haben dich manchmal komplett mit ihm allein gelassen, damit du eine Verbindung zu ihm aufbauen und lernen konntest ein Vater zu sein."

Onkel James fügte hinzu: „Als wir uns entschlossen haben ihn dir zu geben, glaubst du nicht, dass wir keine Angst hatten, dass wir dir zu viel zumuten? All die Verantwortung, die Fox mit sich brachte, lastete komplett auf deinen Schultern. Aber du hast es geschafft."

„Aber ich komme aus einem guten Elternhaus. Und ich hatte euch und Mama und Papa. Zandra hatte schreckliche Eltern. Sogar bevor sie sie dazu gezwungen haben, Fox herzugeben, war sie ein schüchternes Mädchen, das kaum wusste, wie man Freunde machte. Sie haben sie zu etwas gemacht, was nicht den Mut hatte, von ihnen wegzugehen, als sie schwanger war, jeden wissen zu lassen, was sie ihr antaten und dem Baby, das sie austrug." Ich dachte darüber nach, wie schrecklich das für sie gewesen sein musste. Mein Herz tat mir weh bei dem Gedanken. „Ich will nicht, dass sie dasselbe mit meinem Sohn macht."

„Er gehört auch ihr, Kane", erinnerte mich meine Tante.

„Ich weiß. Allerdings fällt es mir schwer, mich an den Gedanken zu gewöhnen", gab ich zu. „So lange hat er nur mir allein gehört. Mir fällt es schwer, mich daran zu gewöhnen, dass er jetzt eine Mutter hat."

„Das ist verständlich", sagte Onkel James. „Aber du musst dich daran gewöhnen. Fox zuliebe, wenn schon nicht wegen Zandra."

Ich wusste, dass ich mich schnell daran gewöhnen musste. „Also, wegen der Bestrafung. Was soll ich tun?"

Tante Nancy hatte eine Idee. „Wie wäre es, wenn du ihn für eine Woche lang die Gartenarbeit übernehmen lässt?"

„Oder du könntest ihm seinen Spielcomputer für eine Woche wegnehmen", sagte Onkel James.

„Oder beides", entschied ich. „Ein bisschen körperliche Arbeit zusammen mit dem Verlust seines Lieblingsspielzeugs klingt gut. Ich will einfach mein braves Kind zurück. Ich will mir keine Sorgen darum machen müssen, dass er durchdreht und Dinge tut, die ihm schaden können oder schlimmeres."

„Und du musst einen Besuchsplan aufstellen für ihn und seine Mutter, Kane", sagte Tante Nancy. „Etwas, auf das er sich verlassen kann. Und du kannst ihnen diese Besuche auch nicht als eine Art Strafe unterbinden."

„Aber -" Ich wusste nicht, was ich sagen sollte.

Tante Nancy schüttelte ihren Kopf. „Nichts aber, Kane. Es war dein unentschlossenes Verhalten, das Fox dazu gebracht hat, wegzulaufen. Du musst eine Entscheidung treffen und dabei bleiben."

„Ich will nicht, dass er allein mit ihr in ihrem Apartment ist. Sie wohnt zusammen mit einer anderen Bedienung mit einer fragwürdigen Moral." Ich dachte an noch etwas. „Und Zandra kennt auch keine meiner Regeln."

Onkel James sah mich ernst an. „Nur weil du sie nicht involvierst und ihr nicht erzählst, wie du deinen Sohn aufziehst. Tu dir selber einen Gefallen – lade das Mädchen ein, so wie dich dein Sohn bereits unzählige Male diese Woche darum gebeten hat. Dann kann sie die Regeln kennenlernen, und ich bin mir sicher, dass sie tun wird, was am besten für Fox ist."

„Ihr habt recht." Ich musste mir das selber eingestehen. „Ich werde das tun und sehen, ob ich etwas von dem Chaos, das ich angerichtet habe, wiedergutmachen kann."

Auf meinem Weg zu Zandras Apartment beruhigte ich mich. Ich würde sie und Fox mit nach Hause nehmen und wir würden einen gemeinsamen Abend verbringen, so wie Fox es gewollt hatte.

Als ich vor ihrem Apartment hielt, bemerkte ich, dass ihr roter

Mustang nicht da war. Sofort machte ich mir Sorgen. Ich stieg aus dem Auto, ging zur Tür und klingelte.

Einen kurzen Augenblick später öffnete sich die Tür, und eine Taylor im Bikini stand vor mir. „Nun, wenn das nicht Dr. Dad ist. Ich dachte, du hättest Zandra gesagt, du würdest ihr ein paar Stunden mit dem Jungen geben."

„Ja, also, ich habe meine Meinung geändert." Ich sah über ihre Schulter. „Wo sind sie?", fragte ich.

„Sie hat ihn mitgenommen, um ihm eine neue Badehose zu kaufen. Er wollte ihm Pool schwimmen. Er hat ihn durch die Glastür hinter unserem Apartment gesehen." Sie öffnete die Tür ein Stück weiter und trat zur Seite. „Komm rein. Du kannst hier auf sie warten."

„Nein, danke." Ich war höllisch wütend, dass Zandra meinen Sohn einfach irgendwohin mitnahm, ohne mich zu fragen. Wenn sie gefragt hätte, dann hätte ich ihr nein gesagt, da ich immer noch kein Vertrauen in ihre Fahrkünste hatte. „Ich warte im Auto auf sie und dann nehme ich meinen Sohn mit nach Hause."

„Deinen Sohn?", fragte sie sarkastisch. „Ist es nicht auch Zandras?"

Ich wollte da nicht genauer darauf eingehen. „Ich bin im Auto."

Ich saß in meinem Auto, hielt das Lenkrad mit den Händen umklammert und versuchte mich davon abzuhalten, meinen Kopf dagegen zu schlagen. Ich konnte mich nicht erinnern, jemals in meinem Leben so wütend gewesen zu sein. Und als der kleine rote Mustang neben mir hielt, flog ich förmlich aus dem Auto.

Fox sah mich mit offenem Mund an, als er ausstieg. „Dad, ich dachte, du hast gesagt, ich könnte ein paar Stunden bleiben."

Zandra stieg aus und sah mich verblüfft an. „Kane, was ist los? Dein Gesicht ist rot wie rote Beete."

„Steig in das Auto, Fox", sagte ich düster und drohend. „Sofort."

„Aber Dad -", wimmerte er.

„Tu, was ich sage. Und zwar sofort." Ich ballte meine Hände an meiner Seite zu Fäusten. Ich wollte ihr meine Meinung sagen, und ich wollte nicht, dass mein Sohn hörte, wie ich seine Mutter beschimpfte.

„Kane, hör auf", sagte Zandra. „Wir können darüber reden. Ich habe keine Ahnung, warum du so wütend bist."

„Du hast mich nicht um Erlaubnis gebeten, ihn irgendwohin mitzunehmen." Ich versuchte meine Stimme nicht zum Brüllen werden zu lassen. „Du hast keine Ahnung, was es bedeutet, ein Elternteil zu sein, Zandra. Ich muss einer Person erst vertrauen, bevor ich meinem Sohn erlaube, mit ihr zu fahren." Ich sah Fox wieder an. „Steig in das Auto. Ich werde es nicht noch einmal sagen."

Zandra drehte sich zu ihm um. „Geh rein und zieh deine Badehose an. Wir gehen schwimmen, genau wie ich es dir versprochen habe."

Die Luft wich aus meinen Lungen, als mein Sohn von uns weg und in das Apartment ging. „Nein."

Zandra kam zu mir, sah mir fest entschlossen in die Augen. „Wir müssen reden, Kane. Möchtest du es lieber drinnen tun, wo uns die Nachbarn nicht hören, oder willst du hier draußen bleiben?"

„Du kannst nicht ..."

„Ich kann", sagte sie. „Und ich werde auch."

„Ich gehe dort nicht rein. Sag mir hier draußen, was du zu sagen hast, und dann werde ich gern die Polizei anrufen, wenn du meinen Sohn nicht mit mir mitkommen lässt", ließ ich sie wissen.

„Tu, was du willst." Sie trat zurück, verschränkte ihre Arme über ihrer Brust. „Das ist deine Schuld. Du hältst ihn an der Leine. Er ist nur ein Mensch, Kane Price. Und ich weiß, dass ich den Jungen hergeben musste, und ich bin verdammt froh, dass es du warst, der ihn aufgenommen hat, aber er ist auch meiner. Er will eine Beziehung zu mir und bei Gott, die wird er haben."

„Das könnt ihr zwei nicht entscheiden", erinnerte ich sie.

„Zur Hölle damit!" Sie lehnte ihren Hintern an die Motorhaube meines Autos. „Wenn du mich nicht in seinem Leben willst, dann hättest du ihm niemals von seiner Mutter erzählen sollen! Denkst du, du kannst den Jungen für den Rest seines Lebens kontrollieren?"

Tat ich das?

„Ich versuche nicht, ihn zu kontrollieren." Ich hob meine Hände in die Luft, hatte keine Ahnung, was ich in dieser Situation tun sollte. *Hatte ich die Kontrolle über alles verloren?*

„Kane. Ich weiß, dass du mich nicht gut kennst. Aber Tatsache ist, dass ein Essen zusammen oder dass du einen Abend in die Bar kommst, in der ich arbeite, nicht ausreicht, um mich kennenzulernen. Wenn du glaubst, dass ich mich nicht als Mutter für Fox eigne, wegen meines Verhaltens in jener Nacht auf Arbeit, dann solltest du wissen, dass ich das nicht bin. Wenn ich auf Arbeit bin, dann schauspielere ich, das ist alles."

Mein Herz begann weh zu tun, als die Bilder der Männer, die ihren Bauch mit ihren Lippen berührten, wieder vor meinen Augen aufstiegen. „Du bist aber eine großartige Schauspielerin, Zandra."

„Das muss ich sein." Sie setzte ihre Sonnenbrille ab und wischte eine Träne weg. „Ich musste von meinen Eltern weg. Und ich konnte das nicht tun, ohne Geld zu verdienen. Also wurde ich Bedienung in einem Nachtklub, wo ältere Frauen mir beigebracht haben, wie man flirtet, wie man sich verhält und das tut, was getan werden muss, um gutes Trinkgeld zu bekommen. Du weißt, wie schüchtern ich war. Du solltest eigentlich wissen, dass ich nur so tue als ob, wenn ich auf Arbeit bin."

Ich musste ehrlich ihr gegenüber sein. „Mir gefällt das nicht. Mir gefällt nicht, dass du dort arbeitest. Mir gefällt es aus vielerlei Gründen nicht, Zandra."

„Ich suche bereits nach einem anderen Job, Kane. Es sieht vielleicht nicht so aus, aber das tue ich. Eigentlich hatte ich geplant meinen heutigen Tag damit zu verbringen. Aber jetzt wo Fox hier ist, will ich etwas Zeit mit ihm verbringen. Morgen fange ich an, mich ernsthaft umzusehen." Sie stand auf und sah auf die Tür zu ihrem Apartment. „Es ist höllisch heiß hier draußen."

„Ja, das ist es." Ich ging zu ihr, nahm ihre Hände und sah ihr in die Augen. „Ich will dir nicht vorschreiben, wie du sein sollst, Zandra. Ich will nur, dass du weißt, wie du sein solltest. Ergibt das einen Sinn?"

Sie nickte. „Ja. Und ich weiß, dass du hohe Erwartungen hast,

Kane. Aber die Dinge brauchen ihre Zeit. Ich habe nur einen High-schoolabschluss und Kellnern ist das Einzige, was ich jemals getan habe. Ich kann das nicht über Nacht ändern."

„Du hast recht. Das kannst du nicht." Mein Herz begann schneller zu schlagen, als ich ihre Hände in meinen hielt. Es lenkte mich von den ganzen anderen Themen unserer Unterhaltung ab. „Ich hasse es irgendwie, was du mit mir machst, Zandra."

Ich rosa Lippen öffneten sich leicht, als sie flüsterte: „Was mache ich mit dir, Kane?"

„Du machst mich wieder zu dem, was ich vor langer, langer Zeit gewesen bin. Der Mann, der ich geworden bin, verschwindet und der Junge in mir kommt wieder zum Vorschein. Und das will ich nicht." Sogar als ich diese Worte aussprach, zog es mich näher zu ihr.

„Du kannst nicht immer über alles die Kontrolle haben." Sie leckte über ihre vollen Lippen. „Warum versuchst du die ganze Zeit so angestrengt alles so zu halten, wie es ist, wie es immer gewesen war? Was ist so schlimm an Veränderungen?"

„Weil ich es nicht anders kenne." Es fühlte sich gut an, endlich die Wahrheit auszusprechen, und ich wusste ohne Zweifel, dass es noch andere Dinge gab, die sich gut anfühlen würden, wenn sie aus mir herauskamen und in sie hinein.

„Ich denke, du solltest den Dingen ihren Lauf lassen." Sie beugte sich vor und brachte ihre süßen Lippen näher an meine.

„Ich denke, du wirst mich ruinieren." Das war die Wahrheit, und ich war mir sicher, dass wir beide das wussten.

Ihr Mund kam so nah, dass ihre Lippen meine sanft berührten. „Ruinieren? Nein. Verändern? Ja."

Oh, lieber Gott im Himmel sei mir gnädig!

21

ZANDRA

In dem Moment, als sich unsere Lippen berührten, wirbelte ein Feuersturm durch meinen Körper. Da wusste ich ohne Zweifel, dass mein Körper von diesem Mann in Besitz genommen worden war, von dem Moment an, an dem er mich vor all den Jahren berührt hatte. Niemand konnte mir das geben, was Kane mir geben konnte.

Nun blieb nur noch die Tatsache, dass wir ein gemeinsames Kind hatten, über die wir hinweg kommen mussten.

Seine Arme schlangen sich um mich, als er mich an sein Auto drückte. Eine Hand krallte sich in meine Haare, zog auf eine Art daran, die meine Unterhose sofort nass machte. Sein Körper drückte meinen an sein Auto, sein Schwanz pochte an meiner Scham, und ich wusste, dass wenn wir nicht hier in der Öffentlichkeit wären, er mich an Ort und Stelle nehmen würde – und ich würde es genießen.

Aber wir waren in der Öffentlichkeit, etwas, was auch Dr. Price wusste. Sein Mund löste sich von meinem. Unser Atem ging heftig, als wir uns anstarrten. „Komm mit mir nach Hause, Zandra."

„Okay." Ich fuhr mit meinen Fingerspitzen über sein sauber rasiertes Gesicht. „Ich denke, dass wir eine Lösung für alles finden, Kane."

„Ich denke, ich brauche dich in meinem Bett, Zandra." Seine
Lippen berührten eine Sekunde lang meine. „Und danach können
wir weitersehen."

In seinem Bett!

„Okay." Schmetterlinge füllten meinen Bauch, als er meine Hand
nahm und mich zu meinem Apartment führte.

„Pack eine Tasche, Baby. Du bleibst über Nacht." Er blieb vor der
Tür stehen und drehte sich zu mir um. „Lass uns das vor Fox nicht
erwähnen. Wir sollten die Dinge für ihn nicht noch komplizierter
machen."

Ich verstand, dass wir uns nicht vor dem Kind ausziehen konnten,
aber irgendwie hatte ich das Gefühl, dass ich sein Geheimnis bleiben
sollte. „Für den Moment."

Nickend nahm er meine Hand und öffnete die Tür. Fox saß auf
dem Sofa mit einem Glas Kakao in seiner Hand. „Fox, was zur Hölle
ist das?", fragte Kane.

„Kakao, Dad. Taylor hat ihn mir gemacht." Fox sah über seine
Schulter hinweg Taylor an, die immer noch ihren winzigen Bikini
anhatte.

Kane sah mich an. „Er darf keinen Zucker, Schokolade oder
Kuhmilch haben, Zandra."

Ich glaubte nicht richtig zu hören. „Ist das dein Ernst?"

Er nickte und sah wieder zu Fox. „Und du weißt, dass du das nicht
darfst. Also geh und schütte es weg, wasche das Glas ab und stell es
weg." Kane sah mich an. „Geh packen."

„Oh Mann. Ich habe nicht mal einen winzigen Schluck bisher
getrunken." Fox schmollte, als er aufstand und tat, was sein Vater ihm
aufgetragen hatte.

Ich ging in mein Schlafzimmer, um zu packen. „Soll ich
irgendwas Spezielles mitbringen? Was haben wir heute vor?"

„Ich grille uns etwas", sagte er. „Genauso wie Fox es letzte Woche
gewollt hat."

Fox schrie begeistert. „Ja! Und du hast ihr gesagt, dass sie eine
Tasche packen soll. Heißt das, dass sie heute Nacht bei uns bleibt?"

„Ja. Ich denke sie muss mehr mit uns zusammen sein, um unsere

Regeln kennenzulernen." Kanes Stimme wurde streng. „Auf diese Weise kannst du sie nicht ausnutzen, weil sie nicht weiß, was erlaubt ist und was nicht."

Fox sah plötzlich schuldbewusst aus. „Du hast recht. Entschuldige, Dad."

Ich ging hinaus, um zu packen, und Vorfreude rann durch meinen Körper.

Kane nahm mich mit nach Hause!

Als ich fertig gepackt hatte und wir alle drei zur Tür hinausgingen, lief ich zu meinem Auto. „Hast du etwas dort drin vergessen?", fragte Kane mich.

„Nein." Ich drehte mich zu ihm um. „Ich dachte, ich fahre mit meinem Auto. Dann brauchst du dich am Morgen nicht um mich zu kümmern, wenn du Fox in die Schule bringst und zur Arbeit gehst."

Kane schüttelte seinen Kopf. „Das ist kein Problem. Ich möchte dich auch gern mit zur Schule nehmen und dich auf die Liste schreiben, damit du ihn abholen und hinbringen darfst. Wenn wir das tun, dann tun wir es richtig. Also komm und steig in mein Auto, du fährst mit uns."

Ich hatte keine Ahnung, was plötzlich mit Kane los war. Er hatte die ganze letzte Woche damit verbracht, Fox und mich getrennt zu halten. Jetzt bezog er mich in alles ein.

Ich wollte mich aber nicht beschweren.

Er öffnete die Beifahrertür für mich, als Fox hinten einstieg. „Danke." Ich setzte mich und genoss die dekadenten cremefarbenen Ledersitze in dem Mercedes. „Das ist ein tolles Auto, Kane."

„Danke." Er schloss die Tür, ging auf die andere Seite und setzte sich auf den Fahrersitz.

Fox schnallte sich an. „Okay, Mom, Lektion Nummer eins. Ich sitze immer auf dem mittleren Sitz hinten. Das ist der sicherste Platz im Fahrzeug." Sein Vater lächelte und sah stolz aus, weil Fox mir die Regeln erklärte. Dann fügte Fox hinzu: „Also, wenn ihr zwei noch ein Baby haben solltet, dann würde das Baby dort sitzen, und ich würde mich auf einen andern Sitz hinten setzen. Dann kann ich auch dem Baby helfen. Also ihm die Flasche geben oder so. Das tut mein

Freund Josh mit seiner kleinen Schwester. Seine Mom nennt ihn ihren kleinen Helfer."

Kane sah mich an, und ich spürte, wie meine Wangen rot wurden. „Du wirst rot, hm?", fragte er mich grinsend. „Stell dich darauf ein, dass das oft passiert. Kinder sagen alles, was ihnen in den Sinn kommt. Zumindest unsere."

Unsere!

Alles war so surreal. Unsere kleine Familie unternahm ihre erste Fahrt zusammen. Und wir fuhren zu dem Haus, von dem ich hoffte, es eines Tages mit ihnen zu teilen, falls alles gutging.

Ich wusste, dass ich zu voreilig war, aber ich konnte nicht anders.

Fox meldete sich zu Wort. „Ja, Mom, was ich denke, kommt aus meinem Mund."

„Gut zu wissen." Ein Lächeln breitete sich auf meinem Gesicht aus und blieb dort die ganze Fahrt lang bis zu ihrem Haus.

Ihr Haus befand sich in der Charlston Country Club Nachbarschaft. Es war eher eine Villa als alles andere.

„Wir sind da!", rief Fox, als Kane die Auffahrt entlang und dann in eine der Garagen fuhr.

„Du scheinst gut zu verdienen, Kane, selbst für einen Arzt." Ich stieg aus dem Auto und sah in die anderen Garagen. In einer stand ein großer Truck und in der anderen ein Chevy Suburban. In der nächsten befand sich ein Motorrad, und die anderen standen leer. „Du hast eine Menge Fahrzeuge."

Fox sprang aus dem Auto und lief mir hinterher. „Ja, Dad hat eine Menge Autos und so. Das Boot ist bei der Reparatur. Es wird für den Sommer fertig gemacht. Und die Jacht ist im Hafen."

„Scheiße." Ich korrigierte mich schnell. „Ich meinte unglaublich."

Kane ging zur Tür und blieb plötzlich stehen. „Komm her, Zandra. Ich muss dir zeigen, wie man das Alarmsystem benutzt."

„Oh, ich weiß nicht." Ich nahm nicht an, dass ich mich im Haus aufhalten würde, wenn die beiden nicht da waren. „Warum muss ich das wissen?"

„Nur für alle Fälle", sagte er und winkte mich zu ihm.

„Okay."

Er deutete auf das Eingabefeld. „Okay, ich will, dass du es tust. Tippe zwölf fünfzehn ein und drücke dann den grünen Knopf."

Die Nummer traf mich wie ein Schlag in die Magengrube. „Zwölf Fünfzehn?"

„Ja." Sein Lächeln wurde breiter. „Sagt dir die Nummer etwas?"

„Das ist die Zeit, als das Baby geboren wurde." Ich sah zu Fox. „Es ist die Zeit, zu der du geboren wurdest."

„Ja, ich weiß. Dad benutzt die Nummer für so ziemlich alles. Er sagt, es war der Moment, an dem sein Leben sich geändert hat", erläuterte mir Fox.

„Meines auch." Mein Herz setzte einen Moment lang aus.

Kane musste der beste Vater auf der ganzen Welt sein. Unser Sohn konnte sich glücklich schätzen ihn zu haben. Und ich hoffte, dass ich mich auch bald glücklich schätzen konnte ihn zu haben. Und hoffentlich war der Tag nicht mehr allzu weit entfernt. Aber für den Moment war ich einfach glücklich Zeit mit den beiden zu verbringen.

Wir gingen in die große Küche, die Geräte beherbergte, die ich nicht einmal kannte. „Oh wow! Habt ihr einen Koch, der weiß, wie man das alles benutzt?"

Kane lachte. „Nein. Ich kenne mich damit aus, Zandra. Und ich kann es dir beibringen, wenn du möchtest."

Ich war überwältigt. „Du bist viel intelligenter, als ich das angenommen hatte, Kane Price. Ich meine, ein Doktor und scheinbar auch ein Finanzgenie und jetzt finde ich heraus, dass du auch noch ein Sternekoch bist. Alles, was ich sagen kann, ist wow."

„Ja, Dad kann alles, Mom. Und er kennt sich auch mit Autos und Motorrädern aus." Fox strahlte seinen Vater stolz an. Es war offensichtlich, dass sein Dad sein Held war – und ich konnte es ihm nicht übelnehmen. Ich fing an zu glauben, dass Kane auch mein Held war.

Kane sah etwas beschämt aus. „Nun, ich weiß ein paar Dinge. Das meiste lasse ich immer noch von meinem Mechaniker erledigen." Er nahm meine Hand. „Komm. Ich zeige dir den Rest des Hauses."

Als wir von einem Raum zum anderen gingen, wurde mir klar, dass es noch etwas gab, was ich zu der Liste von Dingen, die er gut konnte, hinzufügen musste. Der Mann wusste, wie man ein Haus einrichtete. „Ich fasse es nicht, dass du das alles getan hast, Kane."

„Was alles?", fragte er, als wir vor einem Gemälde stehen blieben, das ganz klar die Hauptattraktion im Foyer war.

Ich hob meine Arme und drehte mich um meine Achse. „All diese Dekorationen."

„Oh, das war nicht Dad. Das war Tante Nancy", informierte Fox mich. „Dad, kann ich sie mit nach oben nehmen und ihr jetzt mein Zimmer zeigen?"

„Ja. Du kannst sie herumführen, während ich die Feuerstelle in Gang bringe. Ich habe Holz, das ich nutzen will, und es braucht etwas Zeit, bis es herabgebrannt ist und Rauch entwickelt." Kane ließ uns allein und zwinkerte mir kurz zu. „Sein brav, Mama."

Ich hatte keine Ahnung, wie er das anstellte, aber bei diesen paar Worten wurden meine Knie sofort weich.

Fox nahm meine Hand und lenkte meine Aufmerksamkeit weg von Kanes breitem Rücken. „Komm, Mom."

„Dein Dad hat seine Ansichten ganz schön geändert, nicht?", fragte ich, als wir zu einer Treppe gingen, die aus glänzendem Eichenholz gefertigt war.

„Wahrscheinlich weil Tante Nancy und Onkel James mit ihm gesprochen haben." Er führte mich die Treppe nach oben, zog an meiner Hand, als wir im zweiten Stock ankamen. „Die beiden helfen mir immer, wenn es um Dad geht. Er hört auf sie."

„Das ist schön zu hören. Wann glaubst du, dass ich sie kennenlernen werde?" Ich ging in sein Zimmer, das mit Segelbooten und Schiffen dekoriert war. „Wunderschön, Fox. Ich mag das Meeresthema."

„Ja, ich auch. Ich finde es toll, wenn wir mit dem Boot rausfahren. Ich mag das Meer sehr. Aber ich mag auch Seen. Ich mag einfach Wasser." Er ging zu einem großen Modell eines Schiffes. „Wahrscheinlich wirst du sie bald kennenlernen. Ich und Dad haben hier einen Monat lang dran gearbeitet. Gefällt es dir?"

„Es ist toll." Ich fuhr mit der Hand über die flachen Teile des Schiffes. „Weißt du, was für ein Schiff das ist?"

„Es ist ein Flugzeugträger." Er deutete auf den Namen an der Seite. „Es ist die U.S.S. Lexington. Ich und Dad sind letzten Sommer nach Corpus Christi gefahren und haben es dort gesehen. Es ist so toll!"

„Klingt, als hättet ihr viel Spaß gehabt." Ich sah mich in dem hellen Zimmer um und dachte wieder, wie viel Glück er hatte, so leben zu können. Ich hätte mir nie träumen lassen, dass der kleine Junge, den ich hergegeben hatte, solch ein großartiges Leben führte.

„Das hatten wir. Wir haben immer jede Menge Spaß. Dad und ich verstehen uns meisten ziemlich gut, auch wenn er strenger ist als die Eltern meiner Freunde." Er ging zur Tür. „Komm, ich zeige dir den Rest vom oberen Stockwerk. Es gibt ein Kino und ein Spielzimmer, mit allen möglichen tollen Spielsachen. Und vier Gästezimmer. Aber die einzigen Gäste, die hier jemals übernachtet haben, waren Oma und Opa. Und jetzt du." Er öffnete die Tür, die seiner gegenüberlag. „Das ist Dads Schlafzimmer."

Mein Herzschlag beschleunigte sich. „Ja?" Ich warf einen Blick hinein, und dann stellte Fox das Licht an. „Es ist schön." Es war ganz in dunkelbraun und beige gehalten, und auch hier fand ich winzige Spuren des Meeresthemas, es erinnerte mich ein bisschen an eine Kapitänskajüte auf einem Schiff.

„Ja, ich mag es auch." Fox schloss die Tür, und wir gingen zum nächsten Raum.

Tür für Tür zeigte er mir das obere Stockwerk. Danach gingen wir nach unten in den Garten zu seinem Vater. Kane war auf der großen Terrasse, wo er dabei war, ein Feuer in der Feuergrube zu entfachen. „Da seid ihr ja. Hast du die große Tour bekommen, Zandra?"

„Ja. Fox ist ein toller Tourleiter. Ich habe das Schiffsmodel gesehen, das ihr zwei gebaut habt. Es ist beeindruckend." Ich nahm das Glas Eistee, das er mir anbot, und unsere Finger berührten sich leicht. Sogar dieser winzige Kontakt sorgte dafür, dass mein Magen sich zusammenzog.

„Schön, dass es dir gefällt." Seine grünen Augen funkelten, als er mich ansah, und mein Magen überschlug sich. „Hast du mein Schlafzimmer gesehen?"

Ich wandte mich um, um zu sehen, wo Fox war. Er holte etwas aus der Garage und konnte uns nicht hören. Dann sah ich Kane wieder an. „Ja."

„Du wirst im Zimmer direkt neben meinem schlafen. Vielleicht schaffst du es, dich später zu mir rüberzuschleichen." Er knurrte leise. „Wenn du leise genug sein kannst, damit Fox uns nicht hört."

Jetzt war ich nass. „Kane Price, du bist schrecklich." Ich schlug ihm leicht gegen die Schulter und lächelte ihn an.

„Meinst du?" Er überprüfte schnell, dass Fox uns nicht beobachtete, und gab mir einen Klaps auf meinen Hintern. „Ich finde, du bist ungezogen gewesen. Vielleicht muss ich dir ein bisschen den Hintern versohlen."

Hitze strömte durch meinen Körper. „Kane, du musst aufhören. Du bringst mich um." Ich nahm einen großen Schluck von dem Eistee, um mich etwas abzukühlen.

Er lächelte anzüglich, zufrieden damit, was er mit mir anstellte. „Warum setzt du dich nicht an den Tisch dort drüben, während ich das Fleisch auf den Grill lege?" Er ging davon, und ich musste mir Luft zufächern.

„Ist dir heiß?", fragte Fox, der plötzlich hinter mir stand.

„Was?", fragte ich erschrocken.

„Heiß? Ist dir heiß, Mom?", fragte er erneut. „Ich kann die Wasserkühlung anstellen, wenn du willst. Das hilft."

„Oh." Ich schüttelte meinen Kopf, um wieder klar denken zu können. „Nein, das ist nicht notwendig."

Er hielt einen Baseball hoch. „Willst du mit mir Ball spielen?"

Ich musste lächeln. „Sicher."

Die zwei sorgten dafür, dass ich mich vollkommen wie zu Hause fühlte. Ich hatte mir nie träumen lassen, jemals ein Teil einer Familie und eines Zuhauses zu sein, und schon lange nicht von einem so schönen wie diesem.

Es war wie ein Traum, der wahr wurde, ein Traum, den ich nicht einmal zu träumen gewagt hatte. Mein Leben veränderte sich auf deine Art und Weise, die ich nicht für möglich gehalten hätte.

22

KANE

Die Frau ließ mich auf einer Überdosis Libido laufen. Sicher, es war eine Weile her, seit ich Sex gehabt hatte, aber wenn Zandra um mich herum war, war alles noch viel schwerer – und ein ganz bestimmtes Ding war ziemlich hart. In Gedanken war ich schon bei der Nacht, die vor uns lag. Sie in meinen Armen, ihr Körper glitzernd vor Schweiß, während ich in sie stieß.

Hör auf!

Ich musste es verdammt noch mal langsamer angehen. Was dachte ich mir nur?

Unser Hauptziel war es, sie in Fox' Leben zu integrieren. Und doch dachte ich mehr darüber nach, wie ich sie ficken wollte, und nicht darüber, weswegen sie eigentlich hier war.

Tante Nancy kam durch die Terrassentür. „Klopf, klopf."

Zandra sah mich mit Panik in ihren Augen an. Ich lächelte sie an, hoffte sie zu überzeugen, dass alles okay war. „Ich habe Tante Nancy und Onkel James eingeladen, damit sie dich kennenlernen."

Sie wedelte sich Luft zu. „Oh, verdammt."

Meine Tante ging direkt zu ihr. „Erinnerst du dich an mich, Zandra?"

„Du hast dich kein bisschen verändert." Zandra ging meiner Tante entgegen, und dann zog Tante Nancy sie in ihre Arme.

„Das ist so lange her. Ich hatte schon Angst, dass du mich vergessen hast." Tante Nancy ließ sie los. „Schön dich wiederzusehen, Zandra."

„Ich freue mich auch." Sie sah etwas überwältigt aus, und ich trat neben sie, legte meinen Arm um sie, damit sie nicht umkippte.

Dann kam Onkel James. „Hallo." Er hielt eine Packung Bier hoch. „Ich habe Bier mitgebracht. Lasst die Party anfangen."

„Und was hast du mir mitgebracht, Onkel James?", schrie Fox.

Onkel James hielt eine Papiertüte hoch. „Ein paar Kartons Apfelsaft. Du weißt, dass ich meinen kleinen Mann niemals vergesse."

„Danke", sagte Fox lächelnd.

Nachdem er die Getränke in den kleinen Kühlschrank auf der Terrasse gestellt hatte, gesellte sich Onkel James zu uns, und ich stellte ihm Zandra vor. „Also, ihr zwei habt euch ja noch nie getroffen. Onkel James, das ist Zandra."

Er öffnete seine Arme. „Kann ich auch eine Umarmung haben?"

Sie ging zu ihm und umarmte ihn. „Schön, dich kennenzulernen."

„Dich auch, Zandra." Er ließ sie los, und wir setzen uns alle an den großen Tisch.

Jetzt wo Onkel James und Tante Nancy da waren, musste ich das Flirten einstellen, aber ich dachte mir, dass das auch gut so war. Ich weiß nicht, wie das Mädchen es geschafft hatte, aber sie hatte mich extrem heiß gemacht.

Zandra hatte sich neben mich gesetzt. „Möchtest du ein kaltes Bier, Zandra?"

Sie sprang auf. „Ich hole dir eines, aber ich möchte nicht." Sie sah die anderen an. „Kann ich euch auch eines bringen?"

Ich stand auf und stoppte sie. „Nein. Ich hole sie. Du setzt dich. Du arbeitest heute nicht."

Sie ging trotzdem zum Kühlschrank. „Setz dich, Kane. Ich hole sie. Das ist in Ordnung."

„Nein." Ich schnappte sie an ihrer Hüfte, hob sie hoch und setzte sie wieder auf den Stuhl. „Ich hole sie."

„Schön." Sie lachte. „Aber kannst du mir bitte Apfelsaft bringen?" Sie sah Fox an, der in unserer Nähe stand und den Ball in die Luft warf und fing. „Falls Fox mit mir teilt, natürlich."

„Ja, sicher." Er hörte auf den Ball zu werfen und sah mich direkt an. „Siehst du, Dad, sie ist keine Alkoholikerin, nur weil sie in einer Bar arbeitet."

Ich erstarrte und sah dann zu Zandra, die Gott sei Dank lächelte. „Ich habe dir ja gesagt, dass er kein Blatt vor den Mund nimmt."

Sie schüttelte ihren Kopf, als Tante Nancy beschämt ihr Gesicht mit ihrer Hand bedeckte. „Nur um das klarzustellen. Ich bin keine Alkoholikerin, keine Drogenabhängige, promiskuitiv oder irgend-etwas von den anderen Dingen, die du möglicherweise über mich denkst, Kane Price", sagte sie so laut, dass alle sie hören konnten.

„Was bedeutet promiskuitiv?", platzte Fox heraus.

„Egal", grummelte ich und sah Zandra an. „Es tut mir leid, dass ich diese Dinge gesagt habe. Ich wusste nicht, dass er meine Gespräche mit anderen Leuten belauscht."

„Ja, Dad." Er warf den Ball hoch und sah mich an. „Ich höre fast immer zu."

„Gut zu wissen", sagte ich und holte dann die Getränke.

Zandra sah zwischen meiner Tante und meinem Onkel hin und her. „Also ihr zwei habt meine Familie gefunden, die Adoptionsagen-tur, wo ich registriert war, und habt es sogar geschafft, meinen Sohn zu bekommen. Das ist einfach unglaublich. Wie habt ihr das gemacht?"

Mein Onkel lachte. „Ich war in der Navy."

„Und ich war die Sekretärin eines Privatdetektivs", fügte Tante Nancy hinzu. „Zusammen waren wir ein unschlagbares Team. Kanes Eltern haben uns sofort angerufen, als Kane ihnen die Neuigkeiten erzählt hatte. Wir wollten alle sicherstellen, dass das Baby in der Familie bleibt."

„Wir haben ihn ein paar Tage, nachdem er geboren worden war, mit nach Hause genommen. Wir wollten Fox helfen, ob er nun wirklich von Kane war oder nicht. Aber wir wollten Kane das Baby nicht zeigen, bevor wir dessen sicher waren."

„Also haben wir auf die DNA Testergebnisse gewartet", sagte Tante Nancy und öffnete ihr Bier. „Eine Woche später wussten wir, dass Fox tatsächlich von Kane war, und wir haben ihn nach Charleston gebracht, damit er seinen Vater und seine Großeltern kennenlernt."

Zandra hatte feuchte Augen. „Und er hatte immer ein Zuhause mit einer liebenden Familie. Ihr habt keine Ahnung, wie viele Nächte ich wach gelegen, mir um ihn Sorgen gemacht habe, mich gefragt habe, ob es ihm gutgeht. Und jetzt finde ich heraus, dass es ihm mehr als nur gutgeht – das bedeutet mir so viel." Eine Träne rann ihr über die Wange, und ich beugte mich zu ihr und wischte sie weg.

„Ich weiß, dass ich dich hätte kontaktieren sollen, als du achtzehn geworden bist." Ich legte meinen Arm um ihre Schulter und drückte sie leicht. „Ich weiß, dass deine Eltern viel damit zu tun haben, dass du das Baby weggegeben hast. Aber ein Teil von mir war immer überzeugt, dass du einen Weg gefunden hättest, ihn zu behalten, wenn du es wirklich gewollt hättest. Ich hatte keine Ahnung wie weit sie gehen würden, um sicherzustellen, dass du mit niemandem sprechen kannst. Es tut mir leid, Zandra."

Sie lehnte ihren Kopf an meine Schulter, und mein Herz fing zu rasen an. „Ich gebe dir keine Schuld, Kane. Dir muss nichts leidtun. Ich bin nur so froh, dass du ein so toller Vater für ihn bist. Du hast keine Ahnung, wie dankbar ich dir und deiner Familie bin."

Fox mischte sich ein. „Und ich bin dankbar für dich, Mom." Er stellte sich hinter sie und legte ihr seine Arme um den Hals. „Ich hab' dich so lieb." Dann küsste er sie auf die Wange, und jetzt fingen ihre Tränen an in Strömen zu laufen.

Ich lachte und stand auf, um ihr ein paar Taschentücher zu holen.

„Es tut mir leid, dass ich so emotional bin." Sie nahm das Taschentuch, das ich ihr gab, und trocknete ihre Tränen. „Normalerweise bin ich nicht so."

Tante Nancy tätschelte ihr das Bein. „Das ist verständlich, Liebes.

Hast du jemals Hilfe bekommen wegen dem Trauma, das du durchgemacht hast?"

Ich wusste, dass das ein sensibles Thema war, also versuchte ich, das Gespräch auf etwas anderes zu lenken. „Wer will mir kurz in der Küche helfen? Zandra?"

„Oh ja, ich kann helfen." Sie stand auf, schnüffelte noch ein bisschen und kam mit mir mit.

„Wir bleiben hier bei Fox", rief Onkel James uns hinterher.

Zandra beugte sich zu mir. „Danke."

„Kein Problem." Ich führte sie in die Küche und holte das Fleisch aus dem Kühlschrank. „Ich brauchte nicht wirklich Hilfe. Ich dachte nur, dass ich dich retten muss."

„Das habe ich mir schon gedacht." Sie lehnte sich an die Küchentheke und putzte sich die Nase. „Wo ist der Abfalleimer?"

Ich deutete auf die Tür hinter ihr. „Hinter der Tür."

Sie ging weg, und ich beobachtete sie. Ihr Hintern sah so verführerisch aus in den Shorts, die sie anhatte und die ihr wie angegossen passten. „Diese blauen Jeansshorts und das weiße Shirt sehen gut an dir aus, Zandra."

Als sie wiederkam, lächelte sie. „Meinst du?"

Mein Schwanz wurde hart, als sie auf mich zukam. Ihre Titten hüpften ganz sachte unter dem Shirt. Ihre dunklen Haare fielen ihr in Kaskaden um ihre Schultern. Und dann stand sie direkt vor mir, in Reichweite. Aber in meinen Händen hielt ich das Fleisch.

„Das meine ich. Und ich meine, dass sie noch viel besser aussehen, wenn sie auf dem Boden meines Schlafzimmers verteilt liegen. Nachdem ich dir Stück für Stück von deinem heißen Körper geschält habe." Ich beugte mich zu ihr und küsste sie auf die Wange.

Mit einem kleinen Kichern wandte sie sich von mir ab. „Kane Price, die Dinge, die du mit meinem Körper anstellst, sind nicht normal."

Ich lief direkt hinter ihr und beobachtete wie ihr süßer Hintern bei jedem Schritt hin und her schwang. „Was ich später mit dir machen werde, wird sehr normal sein, Baby."

„Ich freue mich schon." Sie hielt mir die Tür auf, und ich ging an ihr vorbei, stahl mir einen kleinen Kuss, bevor wir hinausgegangen, wo alle uns sehen konnten.

„Ich mich auch." Ich liebte es, wie sich ihre Augen nach dem Kuss kaum öffneten, als ob meine Lippen ein Rauschmittel wären.

Sie blinzelte ein paarmal. „Oh Junge, ich steckte in Schwierigkeiten."

„Ja, das tust du." Ich deutete mit dem Kopf zur Terrasse. „Komm, hilf mir mit dem Fleisch."

Ich sah sie an, und sie biss sich auf die Unterlippe. „Wie machst du das, Kane?" Ich sah eine Gänsehaut auf ihrem Arm, die ich außergewöhnlich erotisch fand.

Sie log nicht. Meine Worte hatten wirklich diesen physischen Effekt auf sie, und mir gefiel das. Mir gefiel das sogar sehr.

Tante Nancy hatte ihr Handy in der Hand, hielt es an ihr Gesicht und sprach mit jemandem über Videochat. „Oh, hier ist sie, Linda."

„Meine Mutter", sagte ich. „Sag ihr Hallo."

Zandra sah mich schüchtern an. „Oh, Himmel. Wie sehe ich aus?" Sie fuhr sich mit den Händen durch ihre Haare.

„Wunderschön wie immer." Ich grinste sie an.

Tante Nancy drehte das Handy herum, und da war das Gesicht meiner Mutter. „Komm her, Zandra. Lass mich das Mädchen begrüßen, das mir diesen perfekten Enkelsohn geschenkt hat."

„Hallo, Mrs. Price. Schön, Sie kennenzulernen.", sagte Zandra und winkte.

Meine Mutter korrigierte sie schnell. „Mrs. Price war meine Schwiegermutter. Ich bin Linda. Wie gefällt dir das Leben mit den Jungs bisher?"

„Ähm, gut. Heute ist aber der erste Tag, an dem ich etwas Zeit mit ihnen verbringe. Es ist alles noch neu für mich." Zandra setzte sich hin, nachdem Tante Nancy ihr das Handy gegeben hatte. „Ich muss sagen, dass du einen tollen Sohn hast, Linda. Kane überrascht mich ständig mit irgendetwas, was er geschaffen hat. Und er ist der beste Vater der Welt." Sie sah mich an und zwinkerte.

„Und das wird auch immer so bleiben." Ich legte die Steaks auf den heißen Grill, und Rauch stieg auf. „Oh, wenn du das riechen könntest, Mama. Wann kommst du her, um diese kleine Lady persönlich kennenzulernen?"

„Bald denke ich." Mama sah mich jetzt an, als Zandra das Handy gedreht hatte. „Dein Vater hat nächste Woche einen Arzttermin. Ich habe einen Zahnarzttermin übernächste Woche. Der Hund muss am Freitag geimpft werden, und der Vogel muss zu den Nachbarn, die nicht vor nächster Woche aus Hawaii zurück sind."

„Also dann nächsten Monat?", fragte ich.

„Wahrscheinlich. Wir werden sehen. Du weißt ja, wie das bei uns ist. Vielleicht könnt ihr herkommen. Das wäre wahrscheinlich einfacher", sagte meine Mutter.

Ich sah Zandra an. „Was meinst du? Willst du nach Kalifornien fahren und meine Eltern kennenlernen?"

„Ähm. Äh ..." Zandra sah so aus, als wäre sie etwas überfordert. „Ich muss sehen. Ich muss mir einen neuen Job suchen und dann gleich frei zu bekommen wird wahrscheinlich nicht einfach werden."

„Wir werden sehen, was passiert, Mom." Ich ließ sie vom Haken.

„Dreh mich wieder zu dir, Zandra", sagte meine Mutter.

Zandra drehte das Telefon wieder um. „Hi, ich bin es wieder."

„Ich will nur, dass du weißt, dass du einen Platz in dieser Familie hast, Mädchen. Du bist die Mutter meines liebsten Enkels."

„Ich bin dein einziger Enkel, Oma", rief Fox.

„Da wir gerade von ihm reden, lass mich den Jungen sehen, Liebes."

Zandra drehte das Handy herum, so dass Mom Fox sehen konnte. Er winkte. „Hi Omi."

„Hi mein Kleiner. Ich hoffe, du kommst mich bald besuchen." Sie deutete mit dem Kopf auf Zandra, die das Handy hielt. „Überrede deine Mutter, dass ihr uns bald besuchen kommt. Ich freue mich darauf, sie kennenzulernen."

„Ich mich auch", sagte er. „Ihr werdet sie genauso lieb haben wie ich."

„Darauf wette ich." Die Augen meiner Mutter suchten mich, als ich in das Bild lief. „Behandle sie gut, Kane."

Ich sah Zandra an. „Das werde ich."

Die Röte auf ihren Wangen brachte mein Herz zum Rasen. Das Mädchen tat Dinge mit mir, die ich nicht verstand.

In dem Moment wusste ich, dass ich nicht noch einmal denselben Fehler wie vor all den Jahren machen würde. Ich würde sie nicht wie Freiwild behandeln, das ich einfach haben musste. Und plötzlich wurde mir klar, dass ich das die ganze Zeit getan hatte. Nun, das musste sich ändern.

Der restliche Nachmittag und Abend war großartig. Fox ließ sich von Zandra ein Buch vorlesen, als er ins Bett ging, und ich traf sie auf dem Gang, als sie fertig war. „Hey."

Sie lächelte. „Hey."

„Schläft er?" Ich lehnte mich an meine Schlafzimmertür, stellte einen Fuß hinter mich.

„Ja." Zandras Blick glitt zu Boden, und sie fuhr sich nervös mit ihrer Hand durch ihre Haare. „Er ist wirklich ein tolles Kind, Kane. Du hast gute Arbeit geleistet. Das meine ich ehrlich."

Ich ging zu ihr, nahm ihre Hand, führte sie den Gang entlang zu dem Schlafzimmer neben meinem. „Danke."

Sie beobachtete, wie ich die Tür öffnete. „Ich nehme an, das bedeutet Gute Nacht."

„Ja." Ich fuhr ihr mit dem Daumen über ihre Handfläche. „Das tut es. Ich verschließe heute Nacht meine Schlafzimmertür. Und ich will auch, dass du deine verschließt. Willst du wissen warum, Baby?"

Ihre Augen verschleierten sich etwas. „Weil du mich nicht willst." Ihr Kopf sank herab.

„Nein." Ich nahm ihr Kinn, hob ihr Gesicht, damit sie mich wieder ansah. „Ich will dich mehr, als ich sagen kann. Aber ich will nicht, dass es so wird wie beim letzten Mal. Ich will, dass du weißt, dass du mir etwas bedeutest, wenn wir das nächste Mal miteinander schlafen."

„Tue ich das?", fragte sie atemlos.

„Ja." Und dann küsste ich sie. Sanft, mit Leidenschaft und liebevoll. Es war anders als alle anderen Küsse, die ich ihr zuvor gegeben hatte.

Als unsere Lippen sich voneinander lösten, sah ich das Leuchten in ihren Augen. „Das war anders."

„Das dachte ich mir. Auf eine gute Art. Nicht so lustvoll."

Sie nickte. „Gute Nacht."

„Gute Nacht."

23

ZANDRA

Ich blätterte durch die Kleider und suchte nach einem das gut für eine Mutter aussah. Ich zog ein schönes blaues von der Stange und hielt es hoch. „Wie ist es damit Taylor? Schreit das „Mutter"?"

Sie verzog ihr Gesicht, was mir sagte, dass sie es hasste. „Nein, es schreit Großmutter." Sie hielt ein sehr kurzes, pinkfarbenes mit Spaghettiträgern hoch. „Ich mag das hier. Du solltest es anprobieren."

„Das ist kein Kleid für eine Mutter, Taylor." Ich schüttelte meinen Kopf. „Du bist wirklich keine Hilfe. Vielleicht sollte ich lieber die Verkäuferin fragen."

Taylor sah sich um. „Viel Glück. Der Laden hier ist schlimmer als Target."

. . .

EINE FRAU, die etwa dreißig war und kleine Kinder in ihrem Einkaufswagen sitzen hatte, kam zu mir. „Entschuldigung, wenn ich störe. Aber ich habe gehört, dass Sie nach etwas Erwachsenem suchen?"

Ich drehte mich um und lächelte sie an, überprüfte ihr Outfit. „Ja. Bin ich in der falschen Abteilung?", fragte ich.

„NEIN. Aber dieser Laden hat vielleicht nicht das, was Sie suchen. Ich sehe, dass Sie sich modisch kleiden, aber etwas zu jugendlich." Sie klopfte an ihr Kinn, als sie mich von oben nach unten musterte, meinen kurzen Rock, das enge Shirt und die wadenhohen Stiefel. „Ich schlage vor, dass Sie den Savanah Highway runterfahren und dort nach einem Laden namens Jordan & Jane Ausschau halten. Sie haben eine großartige Auswahl und eine gute Mischung aus modisch und doch klassisch. Ich kenne eine Menge junge Mütter, die dort einkaufen."

„DANKE." ICH SAH TAYLOR AN. „Ich werde dort vorbeischauen und du kommst nicht mit."

„SPIELVERDERBER", sagte Taylor und streckte ihre Zunge raus. „Mach was du willst."

„ICH MUSS MICH MEHR ANSTRENGEN, um die Mutter zu sein, die Fox verdient, Taylor." Ich hängte das Kleid, das ich in den Händen hielt, wieder auf die Stange.

Die Frau, die mir den Vorschlag gemacht hatte, schaute auf, als ich das sagte. „Reden Sie von Fox Price?"

ICH SAH SIE WIEDER AN. „Ja. Kennen Sie ihn?"

. . .

„ER UND MEIN Sohn gehen zusammen in die Schule. Er erzählt jedem davon, wie er seine Mutter gefunden hat." Sie klatschte in die Hände. „Und hier sind Sie. Ist das nicht aufregend?"

„SICHER." UM EHRLICH ZU SEIN, fand ich es eher nervenaufreibend als aufregend. Ich hatte angenommen, ich hätte etwas mehr Zeit, bevor ich die anderen Eltern aus Fox Schule treffen würde.

„ICH BIN im Eltern-Lehrer-Komitee." Sie legte mir ihre Hand auf die Schulter, als ob wir alte Freunde wären. „Ich würde mich freuen, Sie beim nächsten Treffen zu sehen. Ich freue mich darauf, Ihnen die Schule zu zeigen."

„ÄHM, danke. Ich bin Zandra Larkin. Sie sind?", fragte ich, da sie mir noch nicht ihren Namen genannt hatte und ich nicht zu irgendeinem Schultreffen gehen wollte, ohne nicht zumindest den Namen einer der Mütter dort zu kennen.

„OH WIE DUMM VON MIR." Sie streckte ihre Hand aus, und ich schüttelte sie. „Ich bin Christina Flanders."

„OKAY, also danke für den Hinweis bezüglich der Kleidung. Ich freue mich darauf, Sie bei den Treffen zu sehen." Ich nahm meine Tasche aus dem leeren Wagen, den ich herumschob.

ABER MRS. FLANDERS hatte noch etwas auf dem Herzen. „Wie geht es ihm?"

. . .

Ich war mir nicht sicher, was sie wissen wollte. „Wie geht es wem?"

„Dr. Price." Sie fächelte sich Luft mit der Hand zu. „Der Mann ist außergewöhnlich. Ich nehme an, dass Sie jetzt wieder in seinem Bett sind, wo sie doch wieder in sein Leben getreten sind. Wer könnte schon widerstehen?"

„Ähm, ich möchte das nicht beantworten." Ich ging weg, spürte wie sich meine Körper aufheizte vor Wut, Ärger und Schock aufgrund ihrer Direktheit.

Was zur Hölle glaubt sie, wer sie ist?

„Also sind Sie nicht mit ihm zusammen?", rief sie mir hinterher.
„Nicht offiziell", hörte ich Taylor sagen. „Aber sie steht auf ihn, das kann ich Ihnen sagen."

Die Leute würden reden. Ich hätte das wissen sollen. Aber mir war nicht klar gewesen, wie sehr mich das stören würde.

Als ich zur Tür hinausging, musterten mich ein paar junge Mädchen, die aussahen, als würden sie noch zur Highschool gehen. „Süßes Outfit", sagte eine von ihnen.

Ich konnte mich nicht einmal bedanken. Ich wusste, dass ich wie eine von ihnen aussehen musste und nicht wie die Mutter eines

Zehnjährigen. Vielleicht dachte sich die Flanders deshalb, dass sie mich solche Sachen fragen konnte. Ich sah aus, als würde ich zur Highschool gehen, als ob ich irgendeine unreife junge Frau wäre, die nichts lieber tat, als über Jungs zu reden.

Ich stieg in mein Auto und betrachtete mich im Rückspiegel. Mein Make-up war dick aufgetragen, viel zu viel. Ich trug falsche Wimpern und ich hatte meine Lippen größer und voller gezeichnet. Meine Haare waren gelockt, so dass die blauen Strähnen deutlich zu sehen waren. Dieses Aussehen verband man nicht mit einer verantwortungsvollen Mutter.

„Du bist die Mutter von Fox Price. Du musst dich für den Jungen zusammenreißen." Ich sah in den Spiegel und schwor mir, dass ich nie wieder so ein kindisches Gesicht im Spiegel sehen würde.

Ich blickte mich auf dem Parkplatz des Shoppingcenters um und sah einen Friseur und fuhr direkt dorthin. Ich marschierte hinein und sah einen männlichen Stylisten. Er sah mich auch, und er stand da und sah mich an mit einer Hand in der Hüfte. „Oh, Liebes, bitte sag mir, dass du hier bist, damit ich dich neu frisieren darf."

Ich stemmte meine Hände in die Hüfte. „Ich bin die Mutter eines zehnjährigen Jungen. Ich will auch so aussehen."

„Du hast wahrscheinlich keine Bilder von deiner natürlichen Haarfarbe dabei, oder?", fragte er mich und fuhr mit seiner Hand durch seine eigenen dicken, dunklen Haare.

· · ·

ICH HOLTE MEIN HANDY HERAUS. „Doch. Habe ich."

ZWEI STUNDEN später tauchte ich aus dem Laden mit einem blanken Gesicht und denselben braunen Haaren auf, die ich in der Highschool gehabt hatte. Der Friseur hatte sogar karamellfarbene Highlights hinzugefügt, die genauso aussahen wie die, die ich damals ganz natürlich hatte. Der Schnitt war immer noch lang, fiel aber in weichen Wellen.

ALLES WAS ICH jetzt noch brauchte, waren die richtigen Klamotten, und dann würde ich mich endlich wie eine Mutter fühlen.

ICH STIEG WIEDER in mein Auto und fuhr den Highway hinunter, bis ich ein Schild sah, das mich zu Jordan & Jane brachte. Die Preisschilder waren ein bisschen beängstigend, aber die Qualität und der Stil waren es wert. Endlich hatte ich genau das gefunden, was ich gesucht hatte.

ICH VERLIEß den Laden mit einer Tasche voller Outfits, die jedes Kind stolz darauf machen würden, mich Mom zu nennen. Flache Schuhe, Hosen, die genau richtig saßen – eng, aber nicht knalleng – und Oberteile, die mich respektabel bedeckten.

ALS ICH ZUHAUSE WAR, legte ich etwas Make-up auf, aber nur sehr spärlich, viel weniger, als ich es in den letzten acht Jahren getragen hatte. Als ich aus meinem Schlafzimmer auftauchte, mit blassgrünen Hosen, einem hellgrauen, seidigen Top und flachen Schuhen, klappte Taylors Mund auf, als sie mich sah.
„Wer zur Hölle bist du, und was hast du mit Zandy gemacht?"

. . .

„Gefällt es dir?", fragte ich, drehte mich um meine eigene Achse und fuhr mir mit den Händen durch die Haare.

„Ähm, lass sehen." Sie stützte ihr Kinn auf, als sie mich von oben bis unten musterte. „Ich erkenne dich kaum wieder. Du bist sehr schön. Wunderschön. Aber das bist nicht du."

„Ich weiß!", rief ich aufgeregt. „Ist es nicht großartig?" Ich hüpfte durch das Zimmer und holte mir ein Glas Wein. „Ich fühle mich so ... ich denke, das Wort ist elegant."

„Ja, du siehst elegant aus." Taylor sah mich mit gerunzelter Stirn an. „Du siehst nicht wie eine Bedienung in einer Bar aus, Zandy."

„Ich weiß." Ich nahm einen Schluck von dem Rotwein und lächelte dann. „Es fühlt sich so toll an."

„Ja, sicher." Sie schien skeptisch. „Ähm, Was meinst du wie viel Trinkgeld du bekommst wenn du so aussiehst?"

Ich zuckte mit den Schultern, da mir das egal war. „Du weißt, dass ich nach einem anderen Job suche, Taylor."

„Als was?" Sie beäugte mich, nahm mir mein Glas aus der Hand und trank einen Schluck. „Als Gouvernante?"

· · ·

ICH NAHM mir wieder mein Glas. „Komm schon, Taylor. Ich sehe nicht prüde aus. Ich sehe nur besser aus. Erwachsener. Eben elegant." Ich betrachtete mich im Spiegel hinter dem Tisch. „Mir gefällt es. Meinst du, es wird Kane auch gefallen?"

„SICHER." SIE HOLTE sich ein eigenes Glas und schenkte sich randvoll Wein ein. „Ich nehme an, dass er auf Frauen steht, die so aussehen wie du. Alt."

„ALT?" Ich warf meinem Spiegelbild noch einen Blick zu. „Ich sehe nicht alt aus. Ich habe keine Falten oder fleckige Haut." Ich fuhr mit meinen Händen über meine Brüste. „Keine hängenden Titten. Du weißt ja nicht, wovon du sprichst."

SIE WARF sich auf das Sofa. „Nein, nicht physisch alt. Mental alt. Weißt du?"

„ERWACHSEN?", fragte ich, als ich mich auch hinsetzte und dabei sicherstellte, dass ich mich wie eine Lady setzte. Die Beine an den Knöcheln verschränkt, genauso wie die Großmutter es ihrer Enkelin, die eine Prinzessin war, in dem Film beigebracht hatte.

„JA, ERWACHSEN", sagte Taylor und rollte mit den Augen. „Langweilig."

„HM." ICH SAH sie an und nippte dann noch einmal an meinem Wein. „Jetzt weiß ich, warum Eltern Augenrollen so unmöglich finden."

· · ·

„KOMISCH, gestern noch hast du wegen mir mit den Augen gerollt. Und jetzt, wo du wie eine Mutter angezogen bist, benimmst du dich auch wie eine."

ES WAR MIR EGAL, was sie sagte. Sie würde mich nicht runterziehen. Ich saß da, nippte an meinem Wein und war zufrieden, wissend, dass ich sowohl Kane als auch Fox verblüffen würde.

„ICH FRAGE MICH, was Rob wohl sagen wird."

ICH HATTE während der ganzen Verwandlung überhaupt nicht an ihn gedacht. „Meinst du, er wird mich feuern?"

„WENN DU DEIN Make-up so aufträgst, wie du es immer gehabt hast, und deine Haare zu einem lockeren Pferdeschwanz zusammennimmst, dann passt es vielleicht. Die Uniform würde nicht gut zu dir passen, wenn du dieses unauffällige Aussehen behältst, das du gerade hast." Sie setzte sich auf und musterte mich. „Ja, trag einfach mehr Make-up auf und zerzause dir die Haare, und du wirst deinen Job behalten."

ABER ICH WOLLTE NICHT WIEDER SO AUSSEHEN. Ich wollte so bleiben, wie ich war. Ich fühlte mich wohler als jemals zuvor. „Das kann ich nicht. Ich werde Rob sagen, dass ich mich nach einem neuen Job umschaue. Aber ich werde kein anderes Make-up auftragen oder meine Haare in Unordnung bringen."

„DANN TSCHÜSS", sagte sie schneidend.

. . .

ICH NAHM einen großen Schluck und fragte mich, ob ich gerade einen großen Fehler machte. Ließ ich mich hier auf etwas ein, wofür ich noch nicht bereit war?

ICH WUSSTE, dass ich für diese Veränderung in meinem Leben bereit war – ich wollte sie mehr als alles andere. Und das galt auch für meinen Job. Aber ich hatte noch keinen neuen und es wäre nicht gut ihn zu verlieren, bevor ich etwas anderes gefunden hatte. Vielleicht übereilte ich die Dinge etwas.

Als mein Handy klingelte, sah ich auf dem Display, dass es Kane war. „Oh, ich gehe in mein Zimmer."

„WARUM, habt ihr zwei Telefonsex und wollt nicht, dass ich es höre?", witzelte sie.

„NEIN. Er hat sich dazu entschlossen, mich wie eine Lady zu behandeln." Ich schloss die Tür hinter mir und nahm den Anruf an. „Hallo."

„HI BABY. Wie war der Rest deines Tages?", fragte er mich mit seiner sanften, tiefen Stimme.

„GUT." FOX, Kane und ich hatten ein wunderbares Frühstück zusammen in seinem Haus genossen. „Du machst ein tolles Schinken und Käse Omelette. Danke für das Frühstück. Falls ich jemals wieder bei euch übernachten darf -"

„WAS DU WIRST", unterbrach er mich.

· · ·

ICH SPÜRTE, wie mein Körper sich aufheizte. „Also, das nächste Mal mache ich Frühstück. Ich sehe mir den ganzen Tag lang auf YouTube Kochsendungen an. Ich habe mir sogar ein paar Videos über die Geräte in deiner Küche angeschaut und herausgefunden, wie sie funktionieren. Also werde ich euch beide das nächste Mal überraschen.“

„DAS KLINGT TOLL.“ Er hielt kurz inne. „Ich weiß, dass du morgen Abend arbeiten musst, aber ich dachte mir, dass du dich eventuell krank melden kannst oder so, damit ich dich auf ein richtiges Date ausführen kann. Ich habe es ernst gemeint, als ich dir gesagt habe, dass ich dir zeigen will, dass mir etwas an dir liegt, bevor wir irgendetwas Sexuelles tun.“

DAS WAR EIN TOLLER GRUND, morgen nicht auf Arbeit gehen zu müssen. Und das verschaffte mir noch einen weiteren Tag, an dem ich mich nach einem andern Job umschauen konnte und vielleicht gar nicht mehr zurück ins Mynt musste. „Das hört sich gut an, Kane. Ich würde gern mit dir zusammen auf ein richtiges Date gehen.“

ER KLANG ERLEICHTERT, als ob er gedacht hätte, ich würde nein sagen. „Gut. Ich hole dich dann um sieben ab?“

„DAS PASST. Soll ich mich herausputzen oder nur einfach etwas Hübsches anziehen?“, fragte ich und war innerlich zufrieden, dass ich die ganzen Veränderungen an mir zum richtigen Zeitpunkt geschafft hatte.

„ÄHM, also, lass mal sehen. Es sollte eigentlich eine Überraschung werden.“ Er stotterte herum, was ganz und gar untypisch für ihn war.

„Also ich habe eine Reservierung für das Circa 1886. Ich werde einen schwarzen Anzug und Krawatte tragen. Kannst du dich entsprechend kleiden?"

JETZT WAR ICH WIRKLICH FROH, dass ich mir die Haare hatte machen lassen und passende Kleidung gekauft hatte. „Ich glaube, das kann ich." Ich versuchte mir auszumalen, wie er in Anzug und Krawatte aussah, und mein Blut schoss mir durch die Adern. „Ein Anzug und Krawatte, hm? Ich freue mich drauf, das zu sehen."

„ICH DENKE, ich sehe ganz gut aus", sagte er leise glucksend. „Ich kann es nicht erwarten zu sehen, wie du aussehen wirst."

ICH KONNTE ES NICHT ERWARTEN, sein Gesicht zu sehen, wenn er mich morgen Abend sehen würde. „Vielleicht überrasche ich dich, Dr. Price."

„ICH HOFFE, du verstehst das jetzt nicht falsch, aber ich hoffe es."

ICH NAHM einen Schluck von meinem Wein, versuchte nicht beleidigt zu sein von dem, was er gesagt hatte, aber ich musste zugeben, dass es etwas weh tat. „Ich weiß, dass ich nicht so aussehe, wie du dir das vorstellst, Kane."

„ICH WILL DIR NICHT VORSCHREIBEN, was du tun sollst, Zandra." Er seufzte. „Ich will nur, dass alles so gut für uns wird, wie es nur geht. Für uns alle."

. . .

„UND DAS BEDEUTET, dass ich einen respektablen Job haben muss, ein respektables Auto fahren muss und auch respektabel aussehen muss." Ich wusste, was ich für ihn und Fox sein musste.

„STELL DIR VOR, das ist wichtig in unserer Welt. In Fox Schule und auch bei mir auf Arbeit", sagte er. „Es klingt vielleicht arrogant, aber es ist wahr, Zandra. Wenn ich grüne Haare hätte und einen Mohawk, wie viele Patienten würde ich haben?"

ER MUSSTE GLAUBEN, dass ich sarkastisch war, aber das war ich nicht. „Ich verstehe das, Kane. Ich stimme dem zu."

DER SEUFZER, den er ausstieß, sagte mir mehr als Worte. Er wollte, dass ich mehr aus mir machte. Er wollte, dass ich erwachsen wurde, verantwortungsvoll, und er brauchte mehr als nur mein Wort, um sicherzugehen, dass wir dasselbe wollten. Vor allem wollte er nicht, dass ich ihn oder seinen Sohn beschämte.

UND DAS WAR OKAY. Ich war bereit.

24

KANE

In der Highschool war Zandra eine dieser seltenen natürlichen Schönheiten gewesen. Ich erinnerte mich daran, als ich sie das erste Mal wirklich wahrgenommen hatte – sie war ungefähr vierzehn oder fünfzehn gewesen. Ihr Haar war nicht sehr lang, reichte ihr gerade bis zur Schulter, war kastanienbraun mit goldenen Strähnen, in denen sich die Sonne fing.

Sie war den Fußweg entlanggelaufen. Allein, mit den Büchern auf dem Arm, die ihre Brust bedeckten, die noch nicht vorhanden war, und hielt ihren Blick auf den Boden vor sich gerichtet.

Ich streifte sie mit meiner Schulter, als wir aneinander vorbeigingen, und sie blinzelte nicht einmal oder sah mich an. Sie flüsterte nur schüchtern „Tut mir leid", als ob es ihre Schuld gewesen wäre.

Ich war stehengeblieben und hatte ihr hinterhergeschaut. Hatte mich gefragt, was mit ihr los war. War sie verstockt? Oder war es nur ihre Unsicherheit, die sie so schüchtern machte?

Natürlich hatte ich später herausgefundenen, dass es Unsicherheit war. Und ich sah diese Unsicherheit immer noch in ihr. Das musste der Grund für das ganze Make-up und die gefärbten Haare sein. Die sexy Kleidung trug sie wahrscheinlich, um zu ihren jüngeren Kolleginnen zu passen.

Sie sah jetzt ganz anders aus als in der Highschool, und ich glaubte nicht wirklich, dass eine der beiden Versionen ihr wirkliches Selbst waren. Damals hatte sie sich vor den Leuten versteckt, indem sie zu Boden geschaut und versucht hatte, mit dem Hintergrund zu verschmelzen, heute benutzte sie ihre Sachen und ihr Aussehen, um die wirkliche Zandra vor anderen zu verbergen.

Ich glaubte fest daran, dass Zandra mit meiner Hilfe – und mit Fox' Hilfe – dazu in der Lage sein würde, zu der Frau zu werden, die sie wirklich war. Ich wusste, dass sie langsam erwachsen wurde und zu der Mutter, die Fox brauchte, sie brauchte nur jemanden, der sie auf dieser Reise begleitete.

Der erste Schritt würde es sein, sie an einen Ort zu bringen, wo ihr zu jugendliches Aussehen nicht hineinpasste. Und ich hoffte inständig, dass sie sich in den wunderschönen Schmetterling verwandeln würde, von dem ich wusste, dass er bereit war, aus ihr herauszubrechen. Ich konnte es nicht erwarten, die Frau zu sehen, von der ich wusste, dass sie unter dem ganzen Make-up, der Haar-farbe und der sexy Kleidung verborgen war.

Einige Menschen mochten mich manipulativ und kontrollierend nennen, und ich musste zugeben, dass es einige Aspekte in meinem Plan gab, die da hineinpassten. Aber am Ende war meine Mission, ihr zu helfen selbstbewusst und zu der erwachsenen Frau zu werden, von der ich wusste, dass sie es sein konnte. Wenn sie sich erst einmal wohl fühlte in ihrem neuen Leben, dann würde ich zurücktreten und sie tun lassen was sie wollte.

Ich war dazu in der Lage, Zandra in einem Licht zu sehen, das sie selber nicht sah. Noch nicht. Sie konnte die Frau nicht sehen, die nur darauf wartete, zum Vorschein zu kommen. Aber sie würde es. Und ich wollte, dass das so schnell wie möglich geschah. Für Fox und für mich.

Sicher, ich konnte sie so lassen wie sie war. Aber was dann?

Zandra würde ein großer Teil von Fox' Leben sein. Wir beide hofften, dass sie in der Schule mitwirken würde, dabei sein würde und genauso zu einem Teil davon werden würde wie wir. Wir hofften, sie würde zu den Schulübungen und den Baseballspielen an den

Wochenenden kommen. Und weder ich noch Fox wollten uns vor irgendjemandem lächerlich machen.

Die kalte harte Wahrheit war, dass wenn sie nicht ihr Aussehen änderte, die anderen Väter und Mütter sie nicht so sehen würden, wie wir es taten. Sie würden nicht die schwer arbeitende Frau sehen, zu der sie geworden war, die eine schwierige Kindheit überlebt hatte, die nur noch schlimmer geworden war, nachdem ich sie geschwängert hatte. Sie würden niemals wissen, wie sehr das Baby ihr Leben verändert hatte und was sie durchgemacht hatte, um jetzt dort zu sein, wo sie war.

Wenn ich sie vor all den Jahren einfach in Ruhe gelassen hätte, dann hätte sie die Highschool abgeschlossen und wahrscheinlich studiert. Ihre Eltern schienen sich ja auch um ihr Aussehen zu sorgen. Ich war mir sicher, dass sie sie auf die Universität geschickt hätten, wie alle anderen in ihrer Abschlussklasse.

Aber Zandra hatte all das verpasst, weil sie sie Zuhause versteckt und dieses Zuhause zu ihrem Gefängnis gemacht hatten. Zumindest hatte es sich so angehört, als sie es mir letzte Woche am Telefon erzählt hatte.

Ich hatte sie bei diesen Telefonaten um einiges besser kennengelernt. Und ich musste zugeben, dass ich sie falsch eingeschätzt hatte. Ich dachte, sie wäre schwach. Ich dachte, sie hatte es sich leicht gemacht damals.

Doch so leicht es auch auszusehen schien, war dieser Weg eine Sackgasse gewesen, und es würde nicht mehr lange dauern, bis sie an ihr Ende kam. Ich hatte noch niemals eine dreißigjährige Bedienung in einem Nachtklub arbeiten sehen, als ich noch jung war. Sie würde nicht mehr in der Lage sein, in dieser Art von Klubs zu arbeiten. Und was würde sie dann tun?

Also konnte ich ihr auch einen kleinen Schubs geben, einen Anreiz, um sich zu ändern, anstatt darauf zu warten, dass ihr der Boden unter den Füßen weggezogen wurde. Und sie konnte es genauso gut zusammen mit Fox und mir tun, ein Grund, um nach mehr zu greifen, als nach dem, was sie hatte.

Circa 1886 war ein Restaurant, wo die Männer Anzug und

Krawatte trugen und die Frauen wunderschöne Abendkleider. Wenn sie dieses Restaurant nicht vom Hörensagen kannte, dann war ich mir sicher, dass sie eine Ahnung bekommen würde, wenn sie es online nachschlug. Sie würde genau sehen, was sie anziehen musste, um dort hineinzupassen.

Und ich musste nur noch ein paar Minuten warten, bis ich herausfinden würde, ob sie diese Herausforderung meistertet. Eine von vielen, die in den nächsten Monaten auf sie zukommen würden.

Ich schickte ihr eine Nachricht, als ich das Haus verließ, sagte ihr, dass ich unterwegs bin. Sie schrieb zurück, bat mich draußen in meinem Auto zu warten, sie würde herauskommen. Also tat ich, um was sie mich bat, und saß dort und wartete. Fünf Minuten später kam sie aus der Tür.

Zuerst dachte ich, ich hätte eine Erscheinung. Vielleicht war das gar nicht sie, die da aus der Tür kam und auf mich zu. Aber doch, das musste sie sein. Sie hatte dasselbe kastanienbraune Haar wie damals in der Highschool, das Abendlicht ließ ein paar goldene Strähnen aufleuchten. Sie trug immer noch etwas Make-up, aber gerade so viel, um ihre natürliche Schönheit zu unterstreichen. Keine falschen Wimpern, keine zu vollen Lippen. Nur ihre liebreizenden Gesichtszüge.

Ich stieg offensichtlich verblüfft aus dem Auto. „Zandra. Mein Gott."

Sie lächelte breit und drehte sich um ihre eigene Achse. Das schokoladenbraune Kleid, das sie trug, ging ihr bis über die Knie, der Rock bauschte sich etwas und flatterte um sie, als sie sich drehte. „Gefällt dir mein neues Ich, Kane?"

Das Top bedeckte ihre Brüste, ließ keinen Ansatz von einem Dekolletee erkennen, betonte aber ihre runden Kurven. Ein schmaler blauer Gürtel betonte ihre schlanke Taille und passte zu ihren Schuhen mit dem kleinen Absatz. Cremig weiße Perlohrringe ergänzten die Kette, die um ihren langen Hals lag und aufgrund ihrer hochgesteckten Haare gut zu sehen waren.

Sie hörte auf sich zu drehen und sah mich an. „Kane?"

„Ähm ... äh ..." Ich war sprachlos.

Sie lachte ein bisschen und ging zur Beifahrertür. „Ich weiß. Ich sehe ganz anders aus. Älter."

Damit holte sie mich aus meiner Trance. „Älter? Nein." Ich beeilte mich ihr die Tür zu öffnen, bevor sie es tat. „Ich hätte viele Worte, um dich zu beschreiben – wunderschön, sexy, natürlich schön –, aber alt würde mir niemals in den Sinn kommen, Zandra Larkin. Ich bin sehr stolz, dich heute Abend an meiner Seite zu haben."

„Ah." Sie fuhr mir mit dem Finger über meine Kiefer. „Er genehmigt es. Ich habe es also gut gemacht."

„Mehr als nur gut." Ich drückte meine Lippen auf ihre Wange. „Du hast mir den Atem geraubt. Das ist mir noch niemals passiert."

Ihre dunkelblauen Augen bohrten sich in meine. „Wirklich?"

Alles, wozu ich in der Lage war, war zu nicken und in diese Augen zurückzustarren, in denen ich mich verlieren könnte. Dieselben, in die ich vor nicht allzu langer Zeit geschaut hatte. Kein dickes schwarzes Mascara umgab sie. Kein Eyeliner. Nur ein bisschen braunes Mascara und ein neutraler Lidschatten, der kaum zu sehen war.

Sie setzte sich in das Auto mit einem süßen Lächeln auf ihren rosa Lippen. Ich schloss die Tür und ging zur anderen Seite, um einzusteigen, holte tief Luft, um dieses überwältigende Gefühl loszuwerden.

Sie hatte mich überrumpelt, und ich musste wieder zu mir finden.

Schritt eins war geglückt, jetzt waren die nächsten Schritte an mir. Und ich fühlte mich sehr optimistisch.

Ich brauchte eine Weile, um die Sprache wiederzufinden, als wir zum Restaurant fuhren. Aber als ich ihre Hand in meine nahm, half mir die Berührung und die Verbindung, die immer zwischen uns bestand. „Wie hat dein Boss reagiert, als du für heute abgesagt hast?"

„Nicht gut." Sie seufzte. „Und ich weiß, dass er ausrasten wird, wenn er mein verändertes Ich sieht."

„Scheiß auf ihn." Ich hielt an einer roten Ampel und sah sie an. „Du siehst umwerfend aus."

Das Lächeln auf ihren Lippen brachte mein Herz zum rasen.

„Danke, Kane. Taylor hat der neue Look auch nicht gefallen. Sie sagt, es lässt mich alt aussehen."

„Du siehst erwachsen aus", sagte ich ihr. „Und es steht dir. Sag mir bitte, dass du nicht wieder zurück zu deinem alten Aussehen gehst."

„Genau das habe ich mir gestern versprochen. Ich werde nicht wieder zurückkehren, sondern nur noch nach vorn", sagte sie nickend.

Erleichterung durchströmte mich. „Das ist so schön zu hören, Baby. So gut. Vorwärts ist das Beste. Außer wenn du ein Mädchen bist und tanzt, dann ist auch rückwärts okay. Aber nur dann."

Sie lachte, ich gluckste, und es fühlte sich wunderbar an.

Die Atmosphäre im Restaurant machte unsere Nacht zu etwas Besonderem. Sie fuhr mit der Hand über die weiße Tischdecke, nachdem wir uns gesetzt hatten. „Bitte lach mich nicht aus, Kane." Sie sah mich mit einem schüchternen Grinsen an. „Ich war noch niemals in einem solchen Restaurant. Das ist irgendwie so unwirklich. Ich will einfach alles berühren, um sicher zu gehen, dass ich nicht träume."

Ich griff über den Tisch und nahm ihre Hand in meine. „Du träumst nicht. Und ich finde es bezaubernd, dass du so fühlst. Um ehrlich zu sein, fühle ich es auch."

Ihre Brust hob sich, als sie setzte und sich umsah. „Ich werde mich bis in alle Ewigkeit hieran erinnern."

„Gut. Ich auch." Ich ließ ihre Hand los und nahm die Karte. „Ich denke, wir sollten mit den gegrillten Muscheln Rockefeller anfangen." Ich legte sie wieder hin und nahm erneut ihre Hand. „Klingt das gut?"

„Ja. Ja, das klingt sehr gut." Sie beugte sich nach vorn und flüsterte: „Aber sind das nicht Aphrodisiaka, Dr. Price?"

„Ja", antwortete ich zwinkernd.

„Falls es dir dabei hilft, Pläne für später zu machen, dann sollst du wissen, dass ich mich heute Abend wie etwas Besonders fühle. Ich fühle mich besonders und umsorgt." Ihr Lächeln wurde sexy. „Falls du weißt, was ich meine."

Mein Schwanz war sofort hart, und ich war froh, dass er unter dem Tisch verborgen war. „Ich weiß." Ich hätte sie auf der Stelle nehmen können. Aber ich wollte den Dingen noch etwas mehr Zeit lassen.

Der Kellner kam zurück mit unserem Weißwein und zwei Gläsern. „Haben Sie sich schon für eine Vorspeise entschieden?" Er schenkte etwas Wein in eines der Gläser und reichte es mir.

„Ja", sagte ich und probierte den Wein. „Und der ist perfekt."

Er füllte das Glas, stellte es vor Zandra und füllte dann meines und stellte die Flasche auf den Tisch. „Und was darf ich Ihnen bringen?"

„Die Muscheln bitte", sagte ich ihm.

„Ich werde das holen und sofort für den Rest Ihrer Bestellung zurück sein." Er ging davon, und ich sah wie Zandra ihn beobachtete.

„Ich habe noch niemals Essen serviert. Ich frage mich, ob ich gut darin wäre. Es scheint kompliziert zu sein", dachte sie laut nach.

Ich wollte nicht, dass sie sich nur auf das Kellnern konzentrierte, aber ich wollte mich auch nicht in ihre Entscheidungen einmischen. „Ich bin mir sicher, dass du großartig wärst, Zandra." Ich nahm wieder ihre Hand und ließ unsere verschränkten Hände auf dem Tisch ruhen. „Was auch immer du dir vornimmst, ich bin mir sicher, dass du es schaffen wirst. Lass dich von nichts aufhalten."

Nickend zog sie ihre Hand aus meiner und nahm die Karte. „Ich glaube, ich sollte da mal einen Blick hineinwerfen und eine Entscheidung treffen, bevor er zurückkommt."

Ich öffnete auch meine. „Das Piedmontese Beef klingt gut."

„Ich bin hin und hergerissenen zwischen dem Catfish und den Jakobsmuscheln", sagte sie und sah mich an. „Die Beilagen verwirren mich etwas. Ich habe keine Ahnung, was das alles ist. Aber ich weiß, dass ich Jakobsmuscheln mag. Und Catfisch. Meinst du, du kannst sie dir einmal anschauen, und mir sagen was ich nehmen soll?"

Ich sah mir die Beilagen an und sah, dass zu den Muscheln gegrillte Zucchini serviert wurde. Sie hatte die gemocht, die ich gemacht hatte, als wir am Sonntag zusammen gewesen waren. „Ich denke dir würden die Muscheln gefallen."

Sie legte die Karte weg, nahm ihren Wein und trank einen Schluck und sah unglaublich glücklich aus. „Ich wette, das werden sie, Kane, danke."

Wir beendeten das dekadente Essen mit einer Nachspeise, die sich Island Bombe nannte, verließen dann das Restaurant und fuhren zu ihr. Auch wenn ich sie eigentlich nur in mein Schlafzimmer bringen und sie überall küssen wollte.

Sie lehnte ihren Kopf an den Sitz und fuhr mit einer Hand über ihren flachen Bauch. „Oh Mann, das war das Beste was ich jemals gegessen habe. Danke dafür, Kane."

„Wenn du mehr Dates mit mir akzeptierst, dann nehme ich dich zu vielen Orten mit, an denen du noch niemals gewesen bist." Ich nahm ihre Hand und hielt sie fest. „Also, meinst du, ich bekomme ein zweites Date?"

Sie wandte mir ihren Kopf zu und sah mich an, blinzelte langsam. „Ein zweites, drittes, viertes – was auch immer. Ich hatte heute und am Sonntag mehr Spaß als jemals mit irgendjemand anderem."

„Wenn das Wetter gut ist, dann könnten wir am kommenden Wochenende mit der Jacht rausfahren." Ich wusste, dass ich schon wieder zu voreilig war, aber ich konnte einfach nicht anders.

„Falls ich frei habe, dann würde ich gern mitkommen." Sie wandte den Blick aus dem Fenster. „Hoffentlich habe ich bis dahin bereits einen anderen Job. Ich werde es also vorher nicht wissen."

Ich hielt vor ihrem Apartment. „Da sind wir." Ihre Hand in meiner fühlte sich gut an – richtig.

Sie sah mich an. „Ja." Sie bewegte ihre Finger etwas. „Ich nehme an, dass das jetzt Gute Nacht bedeutet."

„Ich nehme es an", sagte ich nickend.

„Okay. Dann danke nochmal. Ich hatte einen wunderschönen Abend." Sie versuchte ihre Hand aus meiner zu ziehen.

Ich hielt sie fest. „Ich auch."

Sie sah auf unsere Hände. „Lässt du mich gehen, Kane?"

„Muss ich das?" Ich wollte sie. Ich wollte sie mehr als jemals zuvor.

Sie lächelte. „Steigen dir die Muscheln zu Kopf?"

„Nein, du", gab ich kopfschüttelnd zu.

„Ich wette sie haben dabei geholfen", sagte sie lächelnd. „Möchtest du mit reinkommen?"

„Ich möchte. Aber ich warne dich, ich werde dich in meine Arme nehmen und diese süßen Lippen küssen und ich werde nicht aufhören wollen." Ich zog ihre Hand an meine Lippen und küsste sie.

„Ich will nicht, dass du aufhörst." Sie beugte sich zu mir. „Lass uns reingehen, Kane."

„Du weißt, was das bedeutet." Ich sah ihr in die Augen. „Ich mag dich sehr, Zandra Larkin. Mehr als jemals eine andere Frau."

„Gut." Sie küsste meine Lippen sanft. „Also lass uns reingehen, und ich kann dir zeigen, wie sehr ich dich mag."

Lieber Gott sei mir gnädig!

25

ZANDRA

G lücklicherweise arbeitete Taylor an diesem Abend. Und das bedeutete, dass wir die Wohnung mindestens für vier Stunden ganz für uns hatten. Wahrscheinlich sogar länger, wenn sie mit ihren Kollegen essen ging.

Mein Körper kribbelte schon bei dem Gedanken daran, dass ich Kanes Hände wieder überall auf mir spüren würde. In den vergangenen Jahren hatte ich mich oft danach gesehnt die Berührung dieses Mannes wieder zu erleben. Niemand konnte sich auch nur annähernd mit Kane vergleichen. Auch wenn er nur siebzehn gewesen war, als wir unsere sündige Nacht miteinander verbracht hatten, wusste er, wie er meinen Körper aufheizen konnte. Ich konnte es nicht mehr erwarten zu sehen, was er im letzten Jahrzehnt dazu gelernt hatte.

Kane streckte mir seine Hand hin. „Gib mir die Schlüssel, und ich öffne die Tür."

Ich legte sie in seine Hand und ließ meine Fingerspitzen mit Absicht über seine Handfläche gleiten, während ich mir über die Lippen leckte. Ich war mir sicher, dass das, was ich mit dem Mann tun wollte, in manchen Staaten als Verbrechen galt, und ich wollte alles mit ihm tun, wovon ich immer geträumt hatte. „Bitte."

Einen Herzschlag lang bewegte er sich nicht, sah auf meine Finger, die sich über seine Handfläche bewegten. „Oh, Baby, du wirst nichts vor mir zurückhalten oder?"

Ich schüttelte meinen Kopf. Als er das sah, beeilte er sich die Tür aufzuschließen, nahm meine Hand und zog mich nach drinnen. Er schloss die Tür mit einem Fußtritt und schob mich dagegen. Sein Mund kam nah an meinen, atmete die Luft ein, die ich ausatmete.

Ich fühlte, wie seine Hand hinter mir die Tür verschloss.

Immer der verantwortungsvolle Erwachsene.

Zumindest schaffte er es, an so etwas zu denken. Ich konnte an nichts anderes als ihn denken und wie sehr ich ihn so schnell wie möglich nackt sehen wollte.

Unsere Zungen kämpften miteinander, als unser Kuss tief und sinnlich wurde. Ich hatte keine andere Wahl, als mich ihm hinzugeben. Er löste seine Lippen von meinen. „Bringst du mich in dein Schlafzimmer?", flüsterte er.

Ich nahm seine Hand und führte ihn durch das dunkle Apartment in mein Schlafzimmer, wo er sofort die Tür hinter uns schloss und auch diese verschloss. Ich wartete darauf, dass er mir sagte, was ich tun sollte und stand schweigend da. Die Erinnerungen an jene Nacht kamen zurück, als ich keine Ahnung hatte, was Sex war, und an das, was er mir alles in den paar Stunden gezeigt hatte.

Er schob mich etwas nach hinten, fuhr mit seinen Händen über meine Schultern, drehte mich dann um, um mein Kleid zu öffnen und ließ es zu meinen Füssen fallen. Dann entfernte er die Perlenkette und die Ohrringe. Er trat von mir zurück, legte sie ordentlich auf die Kommode und stand dann in dem schwachen Licht einfach da.

Ich warf einen Blick über meine Schulter, um zu sehen, was er tat, da ich seine Augen auf meinem Körper spürte. Mit nur einem BH und einer Unterhose bekleidet fühlte ich mich wie auf dem Präsentierteller und irgendwie gefiel mir das. Ich fuhr mir mit den Händen an den Seiten nach unten und ließ sie auf meinen Oberschenkeln ruhen.

„Zieh die Schuhe aus und geh zum Bett, Zandra." Sein Blick blieb auf meinem Körper gerichtet, als ich tat, was er sagte.

Ich setzte mich nicht, das hatte er mir nicht gesagt. Ich erinnerte mich daran, dass Kane gern die Kontrolle hatte. Er liebte es, jede Kleinigkeit zu dirigieren, etwas, was er in jener Nacht vor so langer Zeit getan hatte, und ich nahm an, dass sich das nicht geändert hatte.

Es schien eine Ewigkeit zu dauern, bevor er sich auszog. Wieder kamen die Erinnerungen an jene Nacht in mir hoch. Er hatte vor mir gestanden und langsam seine Sachen ausgezogen. Ich war damals so schüchtern, dass ich kaum aufgesehen hatte. Das hatte ihn dazu gebracht innezuhalten und meinen Kopf am Kinn zu heben und mir zu sagen, dass ich ihn ansehen sollte. Damals hatte ich getan, was er wollte, und ich war auch jetzt bereit wieder dasselbe zu tun.

Langsam kam jeder Zentimeter seiner gebräunten Haut zum Vorschein, mein Körper bebte vor Erregung, Verlangen und Begehren. Als er komplett nackt war, schnappte ich beim Anblick seines Schwanzes nach Luft, der irgendwie noch größer zu sein schien, als ich ihn in Erinnerung hatte. „Kane!", jaulte ich, unfähig meinen Blick abzuwenden.

Er zwinkerte mir zu und kam zu mir. „Ja, ich bin seit der Highschool an ein paar Stellen noch gewachsen, Baby." Seine Hände öffneten meinen BH und rissen mir die Unterhose weg, brachten mich zum Keuchen.

Meine Oberschenkel zitterten, als der Stoff sich eine Sekunde lang in sie Schnitt, bevor er riss. Ich klammerte mich an seine muskulösen Bizepse, um nicht das Gleichgewicht zu verlieren. Seine Hände glitten über meinen Körper, bevor er mich bei der Taille griff, mich hoch hob und auf das Bett legte. Er zog meinen Hintern bis an die Bettkante und grinste, bevor er sich vor mich kniete.

Ich konnte nicht atmen, als seine Lippen sich an meine pochende Muschi drückten. Er nahm meine Beine und stellte die Fersen auf das Bett. Als ich komplett vor ihm gespreizt war, legte er los.

Ich krallte mich mit den Händen in das Laken unter mir und ließ nicht locker, als Kane mich in eine unglaubliche Ekstase küsste, leckte und saugte, die näher am Himmel zu sein schien, als ich es jemals gewesen war.

Er war auch damals schon gut in Oralsex gewesen, aber jetzt war er exzellent. Ich wollte nicht darüber nachdenken, bei wem er das geübt hatte, aber ich muss zugeben, dass es mir gefiel, dass er noch besser geworden war.

Er leckte von unten nach oben über meine Scham und ließ dann seine Zunge zwischen meine Falten gleiten, bevor er sie in mich stieß. Er benutzte sie, um mich damit fast besinnungslos zu ficken, und ich schrie auf, als ein Orgasmus mich erschütterte, der oben an meinem Kopf anfing und sich bis in meine Zehenspitzen zog.

Zufrieden mit meiner Reaktion stand Kane auf. Er ging zu dem Kleiderhaufen und holte etwas aus einer Tasche. Das Licht, das durch das Fenster fiel, fing sich in einer schimmernden Folienverpackung.

Ich stützte mich auf die Ellbogen und warf einen Blick darauf. „Ich nehme die Pille, Kane. Du musst diese nicht benutzen. Und dieses Mal kannst du mir vertrauen. Sieh dir die Verpackung an, die auf meiner Kommode liegt."

Er warf einen flüchtigen Blick darauf, behielt aber die Kondome in der Hand, als er auf mich zukam. „Gut. Ich bin froh, dass du dich um Verhütung kümmerst." Er riss eine der Verpackungen auf und zog das Kondom über seinen harten Schwanz.

„Warum benutzt du dann eines?" Ich wollte ihn richtig in mir fühlen, Haut an Haut.

„Krankheiten", sagte er aalglatt, als wäre das nichts Beleidigendes.

„Ich habe keine Krankheiten, Kane." Ich rutschte auf dem Bett nach oben und hob die Decke, damit ich darunter kriechen konnte.

Ich fasste es nicht, dass er dieses schiefe Grinsen auf dem Gesicht hatte. „Und woher weißt du das? Hast du dich nach deinem letzten sexuellen Abenteuer untersuchen lassen?"

Er traf einen empfindlichen Punkt. Ich hatte mich in den letzten sechs Monaten nicht untersuchen lassen. Ich hatte aber auch nur ein paar Mal Sex gehabt. Und mit Kerlen, die nicht danach ausgesehen hatten, als hätten sie irgendwelche Krankheiten.

Als ich nicht antwortete, stieg er mit diesem wissenden Blick auf das Bett. „Also lass mich einfach vorsichtig sein dieses Mal, Baby. Ich werde dich morgen in meiner Praxis persönlich untersuchen, damit ich sicher sein kann, dass du sauber bist."

Ich musste ehrlich zu ihm sein. „Dieses ganze Gerede über Krankheiten hat mir jetzt etwas die Stimmung verhagelt."

Er küsste mich auf die Nasenspitze, sein Knie rutschte zwischen meine Beine und spreizte sie erneut. „Das tut mir leid, Baby. Es ist ein notwendiges Übel. Und du kannst dir sicher vorstellen, wie sehr unsere beiden Gemüter bedrückt wären, wenn ich mir etwas einfangen würde. Lass mich mich darum kümmern. Ich bin ziemlich gut darin." Er stieß seinen dicken, steinharten Schwanz in mich und all meine Gedanken verschwanden im Nu. „Besser?"

Ich stöhnte, tief und lange. „Besser."

Wir bewegten uns zusammen und unsere Körper waren fest vereint. Die Haut über seinem Schwanz bewegte sich rhythmisch über meine Klitoris, als er sich tief in mir bewegte. Unvorstellbares Verlangen rann mir durch die Adern, als sich seine Lippen auf meine pressten.

Meine Fingernägel gruben sich in seinen Rücken, als er mich höher und höher hinaufnahm, bis eine Welle aus intensiver Lust mich bis in mein Zentrum erbeben ließ. Aber er hörte noch nicht auf. Genau wie zuvor kam erst das Langsame und dann das Wilde, Raue.

„Auf deine Knie, Zandra." Kanes Augen glühten vor Leidenschaft, als er dieses Kommando aussprach.

Ich drehte mich in diese Position, hielt meinen Atem an und wartete auf den ersten Schlag. Ein scharfes Geräusch durchschnitt die Luft und als er meinen Hintern traf, brannte er auf eine lustvolle Art. Nicht viele Männer wussten, wie man einen Schlag so platzierte, dass er ein Mädchen nass werden ließ.

So barbarisch das auch schien, als Kane meinen Hintern schlug, erweckte er in mir eine Erregung, wie niemand anders es konnte. Seine Hände trafen wieder und wieder auf meinen Hintern, bevor er seinen Schwanz erneut in mich stieß.

Er fickte mich von hinten, hörte auf mich zu schlagen, aber sein kleiner Finger schob sich in meinen Hintern und brachte mich zum wimmern. Mein Körper war so von diesem Gefühl überwältigt, dass ich die Geräusche, die aus meinem Mund kamen, nicht kontrollieren konnte.

„Wir werden das ein bisschen dehnen, damit ich dich auch dort ficken kann, Baby. Ich will dich auf jede erdenkliche Art nehmen."

Meine Oberschenkel zitterten, als ich daran dachte, wie sich sein dicker, langer Schwanz in mein Arschloch bohren würde. „Ja", stöhnte ich heißer.

Ich spürte, wie er jetzt einen größeren Finger nahm und ihn in derselben Geschwindigkeit in meinen Hintern stieß wie seinen Schwanz. „Sieht so aus, als ob dir das gefallen würde. Dein Arsch bebt, Baby. Du willst, dass ich dein Arschloch ficke, nicht wahr?"

„Ja", knurrte ich. Ich wollte es so sehr, dass es mir schon falsch vorkam.

„Dein Arschloch küssen, es lecken, daran saugen, in die weiche Rosette beißen und dann meinen harten Schwanz in dich stoßen, dich zum Schreien bringen mit diesen wundervollen Schmerzen, bevor ich in dich stoße, bis mein Samen in dich spritzt."

Er stöhnte, als er in mir abspritzte. Ich konnte die heiße Flüssigkeit nicht spüren, das Kondom fing alles auf. Aber ich konnte es spüren, wie sein Schwanz pulsierte, sein Stöhnen brachte mir einen neuen Orgasmus, und mein Kopf fühlte sich wunderbar leicht an.

Er fiel auf meinen Rücken und küsste mich zwischen den Schulterblättern. „Das war das erste Mal, jetzt folgen nur noch zehn oder elf weitere Male." Er zog sich aus mir heraus, und ich fiel mit dem Gesicht auf das Bett.

Ich keuchte und versuchte wieder zu Atem zu kommen. „Verdammt, das war gut!"

„Ich brauche Wasser." Er ging ins Badezimmer und kam mit einem Waschlappen zurück.

Ich rollte mich auf den Rücken und sah seinen Schwanz glänzen wo er ihn abgewischt hatte, das Kondom war verschwunden. Ich winkte mit dem Finger und bettelte ihn an, zu mir zu kommen. „Da sind ein paar Flaschen Wasser in der unteren Schublade. Ich habe sie dort, damit ich nicht immer in die Küche muss, wenn ich Durst bekomme. Du kannst eine trinken, während ich mit deinem tollen Schwanz spiele."

Er holte das Wasser und kam wieder zu mir. „Fang an, Baby", sagte er und öffnete die Flasche. Dann hielt er einen Finger hoch, um mich zu bremsen. „Warte. Zuerst möchte ich ein paar Dinge zwischen uns klarstellen. Du gehörst mir. Ich will dich nicht teilen."

Als ob ich jemals jemand anderen wollte.

„Ist das so?" Ich rutschte an den Rand des Betts auf Händen und Knien und setzte mich dann so, dass sein Schwanz direkt vor mir war, der schon wieder größer wurde bei dem Gedanken, dass ich ihn blasen würde.

„Das ist ein Fakt, Zandra Larkin." Er fuhr mit einer Hand durch meine Haare und zog die restlichen Haarnadeln heraus. Mein Haar fiel mir locker um die Schultern. „Du gehörst mir und ich dir. Falls du mich willst."

Für einen kurzen Moment war mir nicht ganz klar, was er einte. „Bedeutet das, dass wir ein Paar sind?", fragte ich also.

Er nickte und trank einen Schluck. „Ja."

Ich brauchte darüber noch mehr Klarheit. „Auch vor Fox?"

Jetzt erstarrte er. Seine Augen bewegten sich nach oben, als ob er darüber nachdenken musste, und das gefiel mir gar nicht. Ich bewegte mich rückwärts, aber er stoppte mich, indem er seinen Griff um meine Haare verstärkte, sie um seine Hand wickelte und damit verhinderte, dass ich mich noch weiter entfernen konnte. „Tu das nicht. Wir müssen die Dinge vor ihm langsam angehen lassen. Aber vielleicht lassen wir ihn wissen, dass wir ein Paar sind. Ich will ihm nur nicht vorzeitig schon Hoffnungen machen."

„Können wir Händchen halten und uns auf die Wange küssen vor ihm?" Falls er nein sagte, dann würde es jetzt hier enden.

Meine Körpersprache mochte ihm das verraten, denn er lächelte, bevor er antwortete. „Ja, das können wir."

„Gut. Dann können wir jetzt hier weitermachen, Dr. Price." Ich begab mich wieder in Stellung, öffnete meinen Mund, bereit dazu, ihm zu zeigen, was ich in den vergangenen Jahren gelernt hatte.

Ich hoffte, dass er es auch genießen würde.

26

ZANDRA

Ein Wahnsinnsmonat verging, in dem Kane und ich so viel Zeit wie irgend möglich miteinander verbrachten. In einer besonders heißen Nacht hatten wir sogar unsere ersten „Ich liebe dich"s ausgetauscht. Wir sahen nach vorn, waren aber unserem Sohn gegenüber noch nicht ganz offen gewesen.

Ich hatte aber den leisen Verdacht, dass Fox es schon ahnte. Jedes Mal, wenn wir Händchen hielten, starrte er auf unsere verschränkten Hände, und grinste breit. Er sah aufmerksam zu, wenn wir kleine Küsse auf die Wange austauschten. Aber er stellte niemals irgendwelche Fragen.

Ich nahm an, dass er unsere gemeinsame Zeit einfach genoss, besonders wenn wir all die Dinge taten, bei denen er mich dabei haben wollte. Mit ihm zu seinem Training, Spielen, Lehrer-Elterntreffen gehen – die Dinge taten, die Familien zusammen tun würden. Das alles ließ unseren Sohn auf Wolke sieben schweben.

Wenn man dazu noch die Sonntage nahm, die wir zusammen verbrachten, und all die schönen Dinge taten, die Familien so tun, dann schien unser Sohn sehr glücklich zu sein. Und ich war es auch. Und auch Kane sagte mir, dass er es sei.

Der einzige Stein, der auf unserer perfekten Straße lag, war mein Job. Ohne eine wirkliche Ausbildung und nur mit meinem Highschoolabschluss war meine Jobsuche sehr eingegrenzt. Ich bewarb mich für andere Jobs, aber alle zahlten nur Mindestlohn. Davon konnte ich nicht leben, also arbeitete ich immer noch im Mynt als Bedienung.

Zu sagen, dass Kane damit unzufrieden war, war eine große Untertreibung. „Ich verstehe es nicht, Zandra", waren seine Worte, wenn ich ihm Tag für Tag sagte, dass ich noch nichts gefunden hatte.

Ich hatte versucht, ihm die Gründe zu erklären, warum ich Probleme hatte, einen Job zu finden, der mich als Freundin von Dr. Price akzeptabler machen würde, ganz abgesehen als Mutter seines Kindes. „Kane, du verstehst nicht. Ich habe nur montags frei, um zu Bewerbungsgesprächen zu gehen. Jeden zweiten Tag schlafe ich, damit ich nicht zusammenklappe."

Sein Gesichtsausdruck wurde dann immer grimmig. „Ja, das weiß ich. Aber was du scheinbar nicht verstehst, ist die Tatsache, dass wenn du nur ein oder zwei Stunden früher aufstehen würdest, du jeden Tag ausreichend Zeit hättest, dich um einen Job zu kümmern."

Er hatte keine Ahnung, dass es nicht so viele Jobs gab, für die ich gut genug war, für die ich überhaupt ein Bewerbungsgespräch bekommen würde. Und ich wusste nicht, wie ich es ihm erklären sollte, ohne mich vollkommen armselig anzuhören.

Nun saß ich in dem Café, in dem wir uns zum Mittagessen trafen, war früher aufgestanden als üblich an einem Freitag, um noch angestrengter zu versuchen einen Job zu bekommen, genau wie er es wollte.

Die Kellnerin kam, um mir Kaffee nachzuschenken. Ihre dunklen Haare waren von grauen Strähnen durchzogen. „Mehr Kaffee, Liebes?"

Ich nickte. „Darf ich fragen, wie lange Sie schon als Kellnerin arbeiten?"

Ich schätze sie auf sechzig, wollte sie aber nicht nach ihrem Alter fragen. „Ich bin Kellnerin seit ich sechzehn bin. Ein Idiot aus der Schule hat mich geschwängert. Dem Kind ein Dach über den Kopf zu bieten war nicht einfach, wenn man selbst noch ein Kind ist und dazu noch alleinstehend. Alles, was ich tun konnte, war in dem Donutladen zu arbeiten, gleich um die Ecke bei meinen Eltern. Sie haben meistens auf das Baby aufgepasst."

Ihre Geschichte interessierte mich, da sie meiner sehr ähnlich war. „Also haben Ihre Eltern Ihnen erlaubt das Baby zu behalten?"

„Mir erlaubt?" Ihre dünne Augenbraue hob sich. „Als ob sie eine Wahl gehabt hätten. Ich bekam mein Baby. Es interessierte mich nicht, ob Clyde Barker bei mir war oder nicht. Ich wollte mein Baby. Und meine Eltern hatten meiner älteren Schwester auch mit ihrem geholfen, sie waren also daran gewöhnt."

„Das ist schön von ihnen." Ich dachte darüber nach, warum meine Eltern nicht dasselbe für mich hatten tun können. Und wen ich daran dachte, was Kanes Familie alles getan hatte und an die Tatsache, dass sie mir damals auch geholfen hätten, dann fühlte ich mich ziemlich beschissen. „Ich wünschte, dass mehr Eltern so denken würden, wie Ihre es getan haben."

„Ja, sie waren ziemlich gut zu Brittany und mir." Sie holte ihr Handy heraus und zeigte mir ein Bild ihrer erwachsenen Tochter. „Das ist sie heute. Sie ist eine Tänzerin in Florida. Mein einziges Kind. Einige Mütter wären vielleicht nicht stolz auf sie, aber ich bin es."

„Natürlich sind Sie das", sagte ich. „Warum auch nicht? Sie gibt ihr Bestes."

„Das tut sie." Sie steckte das Handy wieder in ihre Tasche. „Es ist nicht ihre Schuld, dass meine Eltern bei einem Autounfall ums Leben gekommen sind, als sie zwei war und wir von da ab allein waren. Es passierte direkt nach meinem Schulabschluss. Sie sind frontal mit einem betrunkenen Fahrer zusammengestoßen, und unsere Welt stand innerhalb von ein paar Stunden auf dem Kopf."

Ich konnte nicht sprechen. Sie hatte mich überrumpelt. Ich hatte gedacht, sie hätte Hilfe gehabt und dass es nicht so schwer für sie gewesen wäre. Nicht annähernd so schwer wie bei mir, dachte ich. Und in einem Atemzug hatte sie alles geändert.

Sie schüttelte ihren Kopf und schenkte mir Kaffee ein. Endlich fand ich meine Stimme wieder. „Was habt ihr zwei dann gemacht?"

Ihre Augen verschleierten sich, und mein Herz tat mir weh. „Wir sind bei meiner älteren Schwester eingezogen. Ihr Ehemann hat mich eines Nachts vergewaltigt. Da habe ich mein kleines Mädchen genommen und bin so schnell wie möglich von dort abgehauen. Am Ende war ich in einem Frauenlager."

„Ich hoffe, das Arschloch hat bekommen, was er verdient", sagte ich feurig.

Sie schüttelte nur ihren Kopf, und das Licht spiegelte sich in ihren grauen Strähnen. „Ich habe niemanden erzählt, was er getan hat. Ich wusste, dass meine Schwester mir nicht glauben würde. Ich wusste, dass er behaupten würde, dass ich lüge. Also bin ich gegangen und von da ab waren es nur Brittany und ich allein gegen die Welt. Und ich habe niemals wieder einem Mann vertraut."

„Haben Sie sich nicht helfen lassen?" Ich fühlte mit ihr und berührte ihren Handrücken, als sie die Kaffeekanne hielt.

„Wie kannst du Hilfe bekommen, wenn du nicht bereit bist, irgendjemanden zu erzählen, was dir zugestoßen ist?" Dann sah sie mich direkt an. Ihre Lippen pressten sich zusammen, und ihre Augen wurden schmal. „Ich kann ja nicht einmal glauben, dass ich Ihnen das erzählt habe. Ich habe es nicht einmal meinen engsten Freunden erzählt." Seufzend wandte sie sich ab und eilte davon, als ob ich etwas getan hätte, was sie gezwungen hatte, mir ihr dunkelstes Geheimnis anzuvertrauen.

Ich hatte keine Ahnung, wie ich ihr helfen konnte und dachte über mein eigenes Dilemma nach. Zumindest musste ich nicht etwas so Düsteres aus der Vergangenheit verheimlichen. Ich musste nichts verbergen, was mir zugestoßen war. Zumindest jetzt nicht mehr.

Für mich sah alles gut aus, außer der Jobsituation. Aber ich wusste, dass es schlimmere Dinge im Leben geben konnte.

Als Kane kam, parkte er direkt neben meinem Mustang, den ich auch noch für etwas anderes, ein kinderfreundlicheres Auto, eintauschen musste. Wie sollte ich das tun ohne neuen Job, und ohne zu wissen, was ich verdienen würde?

Davon abgesehen mochte Fox das Auto. Er fand es cool. Kane konnte darüber hinwegkommen. Zumindest eine Zeitlang.

Als Kane hereinkam, lächelte er mich an und ignorierte die jungen Frauen, die ihn mit offenem Mund anstarrten. Frauen jedes Alters starrten ihn an – und das heizte immer meine Eifersucht an, obwohl ich ihnen keinen Vorwurf machen konnte. Er sah toll aus.

Er kam direkt zu mir, küsste mich auf den Mund. „Hallo meine Schöne."

„Selber hallo, gutaussehender Mann." Ich schob die Karte zu ihm, als er sich mir gegenübersetzte. In dem Monat, den wir miteinander verbracht hatten, hatte ich angefangen, mich in seiner Gegenwart sehr wohl zu fühlen.

„Hast du irgendetwas gefunden, was ich hier essen kann, Zandra?" Seine Augen fliegen über das Menü.

„Ich dachte, der Hühnchensalat könnte etwas für dich sein. Und es gibt auch Steak, aber ich bezweifle, dass es deinem hohen Standard standhält, Dr. Price." Ich griff nach seiner Hand und strich verführerisch mit meinen Fingern über seinen Handrücken.

„Das bezweifle ich auch." Er legte die Karte wieder hin. „Hühnersalat also." Er nahm meine Hand und zog sie an seine Lippen. „Ich weiß, dass Freitag ist, aber ich dachte, du könntest dich für heute Abend krankmelden. Mir juckt es und du musst mich kratzen, es ist ziemlich dringend."

Hitze durchströmte mich. „Noch ein Jucken, Baby? Mann. Das sind schon vier diese Woche."

Er genierte sich überhaupt nicht. Er war jede Woche zu mir gekommen, bevor ich zur Arbeit ging. Und jetzt sah es so aus, als ob er die ganze Nacht mit mir wollte.

„Meine Tante und meine Onkel nehmen Fox mit über das Wochenende und das gleich nach der Schule heute. Das bedeutet, wir werden allein sein. Zuhause." Er richtete seine Augen auf mich. „In meinem Bett. Das Bett, von dem ich hoffe, dass du es eines Tages mit mir teilen wirst. Das Bett, in das ich dich endlich holen werde, und sei es nur für ein oder zwei Nächte." Er zwinkerte mir zu. „Du solltest dich besser für Freitag und Samstag krank melden. Mir ist gerade etwas Tolles eingefallen, und ich brauche diese extra Stunden."

Ich lachte – kannte seine Gedanken und wusste, dass dieser Einfall ziemlich interessant sein würde – und sehr erregend. „Ich kann nicht, Kane. Ich wünschte, ich könnte, aber ich kann nicht. Es ist ein neuer Monat, und ich muss Rechnungen zahlen. Ich muss dieses Wochenende arbeiten, tut mir leid."

Er verschränkte seine Finger mit meinen und sah mir in die Augen. „Ich habe einen Einfall von dem ich hoffe, dass er dir genauso gefällt wie mir."

„Was ist es?", fragte ich.

Er war so verdammt süß!

„Lass mich die Schule für dich zahlen. Du kannst tun, was du möchtest. Ich werde dich bei allem unterstützen. Zusammen werden wir dir eine Ausbildung verschaffen, Zandra. Und du musst überhaupt nicht arbeiten, denn ich will, dass du dich auf die Schule konzentrierst. Zieh bei mir und Fox ein. Sei seine Mutter. Wenn du zur Schule gehst, dann hast du denselben Stundenplan wie er, gehst zur Schule, wenn er das auch tut."

Seine Worte entzündeten ein Feuer in meinem Bauch. Es füllte ihn komplett aus. Brachte es mein Blut zum Kochen. Und dann strömte das Blut in meine Adern wie heiße Lava. „Nein!"

Wie kommt er darauf zu denken, dass ich will, dass er für mich sorgt?

„Warum nicht?", fragte er. Er hielt meine Hand fest, als ich versuchte, sie wegzuziehen.

„Ich will nicht dein Hilfsfall werden, Dr. Price. Ich kann das allein schaffen." Er ließ meine Hand los, ließ sie mich wegziehen.

Seufzend rollte er mit den Augen. „Zandra, wie kannst du das sagen? Du hast bisher nichts getan. Und ich meine das jetzt nicht schlecht. Ich finde nur, dass du niemals die Unterstützung hattest, etwas anderes zu tun, als du es im Moment tust. Ich kann dir das geben."

„Mir ging es die ganzen Jahre gut, Kane." Ich stand auf, warf meine Serviette auf den Tisch. „Ich habe alles allein geschafft."

Er starrte mich ausdruckslos an. „Und wie ist es gelaufen?"

Ich mochte den Ton in seiner Stimme nicht und fand, dass es das Beste wäre, das Restaurant zu verlassen.

Nicht wahr?

27

KANE

Verblüfft sah ich ihr hinterher, als sie ging, dachte die ganze Zeit, sie würde zur Vernunft kommen und umkehren. Dass sie wieder zu mir kommen und sich entschuldigen würde. Aber da hatte ich falsch gelegen. Zandra stieg in ihren roten Mustang und verließ den Parkplatz wie eine Irre.

„Was zur Hölle ist ihr komisch aufgestoßen, als ich sie gebeten habe, bei mir einzuziehen und ihre Schule zu bezahlen", fragte ich mich.

Eine Frauenstimme antwortete auf die Frage, die ich in den Raum geworfen hatte. „Sie will nicht, dass jemand anderes sich um sie kümmert."

Ich drehte mich um und mein Blick fiel auf die Kellnerin, die hinter mir stand. Ihre mit grauen Strähnen durchzogenen Haare sagten mir, dass sie schon etwas älter war, wahrscheinlich in den Sechzigern. Ich nahm an, sie würde rauchen, da sie um den Mund und die Augen viel älter aussah. Ich hatte schon vor langer Zeit gelernt, jemanden nach seinem Äußeren zu beurteilen. Der Unterschied lag in den Falten und Linien und wo sie sich im Gesicht einer Person befanden.

„Und Sie wissen das weil?", fragte ich sie, während sie durch das

Fenster starrte, durch das ich Zandras grandiosen Abgang beobachtet hatte.

„Ich weiß das, weil ich mich mit Frauen auskenne, die ein schweres Leben hatten", informierte sie mich. Ihre dunklen Augen richteten sich auf mich und dann schnell wieder weg. „Ich nehme nicht an, dass Sie noch etwas bestellen möchten."

„Nein, will ich nicht." Ich holte mein Portemonnaie hervor. „Wie hoch ist die Rechnung?", fragte ich sie.

„Sie hatte nur einen Kaffee." Sie zog die Rechnung hervor. „Ich nehme an, dass ich hier wohl nichts verdiene." Sie legte die Rechnung auf den Tisch, und ich sah, dass es nur ein Dollar und fünfzig Cent waren.

Ich nahm an, dass sie ein schweres Leben hatte und beschloss ihren Tag etwas freundlicher zu machen. Ich holte zwei Hunderter aus meinem Geldbeutel und legte sie unter die Rechnung. „Tut mir leid. Ich hoffe Sie haben eine schönen Tag." Ich machte mir nicht die Mühe, noch einmal zurückzuschauen, um ihre Reaktion auf das Geld zu sehen. Ich musste das gar nicht.

Alles, was ich musste, war Zandra zu finden und die Dinge zu klären. Ich konnte mir ihre Handlung nicht erklären. Sie brauchte doch irgendwelche Hilfe.

Nachdem ich in mein Auto gestiegen war, rief ich in der Klinik an und sagte ihnen, dass ich mir den Rest des Tages frei nehmen würde. Entweder ich würde ihn mit Zandra verbringen oder, falls sie immer noch nicht zur Vernunft gekommen war, zu Hause bleiben. Ich wäre keine große Hilfe für meine Patienten, wenn meine Gedanken woanders waren.

Da ich annahm, dass sie zu ihrem Apartment gefahren war, versuchte ich es zuerst dort. Ich wusste, dass ich sie nur anzurufen brauchte, dachte aber, dass sie wahrscheinlich nicht abnehmen würde. Ich hatte sie noch niemals so wütend erlebt. Und noch dazu wegen so etwas total Blödsinnigem.

Als ich um die Ecke in Zandras Straße einbog, sah ich, wie Zandra mit einem Mann sprach, der an einem schwarzen Dodge

Charger lehnte. So wie ihre Hände durch die Luft flogen und sie aufgeregt auf und ab lief, war es klar, dass die zwei stritten.

Ich parkte das Auto an einer Stelle, wo sie mich wahrscheinlich nicht sehen würde, und öffnete das Beifahrerfenster, um eventuell etwas zu hören. Ich konnte sie schreien hören, verstand aber kein Wort.

Den Kerl, der eine Sonnenbrille trug, schien es nicht ein bisschen zu interessieren, ob sie wütend war oder nicht. Er nickte und ging dann um sein Auto herum, um einzusteigen. Er ließ sie dort stehen, und sie starrte ihm hinterher, als er den Parkplatz verließ.

Ich fuhr zu ihr, wissend, dass etwas schief gegangen war. Sie warf meinem Auto einen flüchtigen Blick zu und drehte sich um, um in ihr Apartment zu gehen. Aber ich parkte und stieg so schnell aus, dass sie es nicht schaffte, bevor ich bei ihr war.

Ich nahm ihren Arm und stoppte ihre hastigen Schritte. „Zandra, was zur Hölle ist los?"

Ihr Arm zitterte in meiner Hand, sie musste sehr wütend sein. „Lass mich einfach in Ruhe", erwiderte sie mit Tränen in den Augen.

Aber das würde ich nicht tun. „Das kann ich nicht, Baby. Ich liebe dich, das weißt du." Ich zog ihren bebenden Körper in meine Arme. „Bitte erzähl mir, was los ist."

„Ich habe keinen Job mehr", wimmerte sie. „Das war der Manager, Rob. Er hat mir gesagt, dass er gehört hat, dass ich mich nach einem anderen Job umsehe und ihm das nicht gefällt. Also hat er entschieden, mich gehen zu lassen, um mir mehr Zeit zu geben, etwas anderes zu finden, wie er es ausgedrückt hat. Das Arschloch." Sie schniefte.

Ich küsste sie auf den Kopf und wiegte sie in meinen Armen. „Baby, das sind doch gute Neuigkeiten. Jetzt hast du absolut keinen Grund mehr, mein Angebot nicht anzunehmen. Komm und zieh bei mir ein, lass mich ein bisschen für dich sorgen, nur für kurze Zeit. Lass mich dir das College bezahlen. Bitte." Ich fasste es nicht, dass ich sie anflehte, ihr helfen zu dürfen, wenn so viele andere Menschen die Gelegenheit sofort ergriffen hätten. Es war vollkommen verrückt.

Ihr Körper wurde steif, und ihre Hände trommelten gegen meine Brust. „Lass mich los, Kane!"

„Baby." Ich konnte nichts weiter sagen, da mich ein harter Schlag direkt gegen die Brust traf. Ich musste sie loslassen oder sie würde sich am Ende selbst weh tun.

Sie starrte mich an, ihre Hände an ihren Seiten zu Fäusten geballt, und machte drei Schritte zurück. „Kane, ich will dein Mitleid nicht. Warum verstehst du das nicht?"

„Es ist Liebe, nicht Mitleid, Zandra. Warum verstehst du das nicht?" Ich nahm die Sonnenbrille ab, damit sie die Sorge in meinen Augen sehen konnte. „Ich liebe dich. Menschen, die sich lieben, helfen sich. Siehst du es als Mitleid, wenn ich Dinge für Fox tue?"

„Das ist etwas anderes." Sie legte ihr Gesicht in ihre Hände und knurrte vor Frustration. „Ich bedeute dir nichts. Er ist dein Sohn."

„Und du bist seine Mutter", erinnerte ich sie. „Wie kannst du denken, dass du mir nichts bedeutest? Du bist mir genauso wichtig wie er. Du hast ihn mir geschenkt. Nichts, was du wolltest, aber das hast du. Auch wenn ich dich nicht lieben würde, würde ich dir alles dafür schulden, dass du diesen Jungen auf die Welt gebracht hast. Er hat mein Leben um so vieles bereichert, und das verdanke ich nur dir."

Sie schüttelte ihren Kopf, hob ihr tränennasses Gesicht aus ihren Händen und sah mich traurig an. „Ich bin erbärmlich. So sehr. Ich hatte immer Angst, dass du es eines Tages herausfinden würdest und alles vorbei wäre. Aber ich will, dass du es von jetzt an weißt. Ich. Bin. Erbärmlich. Deshalb bekomme ich keinen Job. Ich konnte nicht einmal den behalten, den ich hatte. Ich verdiene dich nicht. Ich verdiene Fox nicht. Ich habe niemals darum gekämpft, ihn behalten zu können, so wie ich das hätte tun sollen. Warum sollte ich ihn jetzt meinem Leben haben dürfen?"

„Du kannst dir dafür nicht die Schuld geben, Zandra." Ich hasste es, sie so zu sehen. Sie zerbröselte direkt vor meinen Augen, und ich wusste nicht, was ich tun sollte, damit es ihr wieder besserging. „Und nenn dich nie wieder erbärmlich. Du bist alles andere als erbärmlich. Sieh doch nur, was du alles für dich selbst geschaffen hast."

„Ja, ich bin eine Kellnerin geworden. Juhuu!" Sie drehte sich im Kreis und reckte einen Finger in die Luft. „Und jetzt bin ich nicht mal das mehr."

„Es ist Zeit, etwas zu ändern, Baby. Das ist alles. Wir müssen alle Veränderungen durchmachen. Sie sind unvermeidlich. Du klammerst dich an etwas, wenn alles andere dich davon wegzieht, und das schadet dir im Moment nur." Ich trat einen Schritt auf sie zu, aber sie trat sofort einen Schritt zurück, hielt ihre Hand hoch.

„Nicht, Kane. Komm nicht her und nimm mich in die Arme und versuche meine Meinung zu ändern." Ihre Brust hob und senkte sich, als sie tief seufzte. „Ich hätte wissen sollen, dass das niemals funktionieren würde. Ich hätte niemals versuchen sollen, ein Teil von deinem oder Fox' Leben zu sein. Ich bin nicht gut für irgendjemanden. Das war ich niemals. Ich weiß gar nicht, was ich mir gedacht habe." Sie sah zu mir auf und dann wieder zu Boden. „Du siehst so verdammt gut aus. Wenn du mich berührst, dann schießen Blitze durch meinen Körper. Es ist wie ein Traum, aber Träume sind Schäume. Nichts davon wird für immer bleiben."

„Das kann es." Ich trat näher zu ihr. „Und ich empfinde dasselbe, wenn du mich berührst, und du bist auch wunderschön, Baby. Und wir haben zusammen diesen fantastischen kleinen Jungen erschaffen. Ich will, dass wir ihn gemeinsam großziehen. Von jetzt an, Baby. Sag nicht diese Dinge. Ich glaube, du weißt gar nicht, wie sehr mir das weh tut."

Ihre Lippen zitterten, als sie zu mir aufsah. „Ich will dir nicht weh tun. Aber ich weiß, dass ich dich am Ende so sehr enttäuschen werde, falls sich bei dir bleibe. Ich weiß, dass ich Fox enttäuschen werde." Sie wandte sich von mir ab und ging zur Tür ihres Appartements. „Ich denke, es ist das Beste, wenn ich weggehe, Kane. Ich werde nicht zurückkommen und euch beide noch einmal belästigen. Ich liebe dich und Fox zu sehr, um mich euch aufzulasten. Letztendlich verursache ich immer Probleme für die Menschen und bin den Ärger nicht wert. Lass mich einfach gehen. Lass mich einfach das tun, was ich schon immer getan habe – auf mich selbst aufpassen." Sie sah so traurig aus und jedes einzelne ihrer Worte brach mein Herz. Aber ihre nächsten Worte erschütterten mich wirklich. „Ich bin nicht dazu in der Lage, mich um jemand anderen zu kümmern. Meine Eltern wussten das, und deshalb haben sie mich gezwungen Fox herzugeben. Es steht mir nicht zu geliebt zu werden – ich verdiene das nicht."

Ich habe noch niemals jemanden so gebrochen gesehen. Mein Herz fühlte sich an, als wäre es in tausend Teile zersprungen und in einen Abgrund aus Trauer gefallen. „Bitte geh nicht, Baby." Meine Worte waren kaum mehr als ein Flüstern. „Ich liebe dich, bitte."

Sie sagte kein einziges Wort, als sie in ihr Apartment ging und die Tür hinter sich schloss.

Mich aus ihrem Leben ausschloss.

28

ZANDRA

Nichts fühlte sich richtig an. Meine Füße trafen auf den gefliesten Boden, aber ich spürte nicht, wie sie mich in mein Schlafzimmer trugen. Als ich auf mein Bett fiel, mit dem Gesicht zuerst, spürte ich nicht den Aufschlag, als mein Gesicht auf die Matratze traf. Ich hörte, wie die Luft aus meinen Lungen wich, aber ich spürte es nicht.

ICH WAR WIE BETÄUBT.

DAS GEFÜHL WAR VERTRAUT. Genauso hatte ich mich gefühlt, nachdem man mir mein Baby weggenommen hatte. Ich hatte mich allen gegenüber verschlossen. Ich blieb für mich, allein, soweit wie möglich, erlaubte mir nur zu weinen, wenn ich allein war.

ICH WUSSTE, dass ich es nicht riskieren konnte, dass man mich mit Tränen in den Augen sah. Nicht nach dem, was passiert war, als meine Mutter mich weinen gesehen hatte, als ich vom Krankenhaus heimgekehrt war. „Und wofür sind die Tränen, Zandra?"

ICH HATTE NACH LUFT GESCHNAPPT, verzweifelt versucht zu Atem zu kommen, als die Schluchzer es mir fast unmöglich machten. „Mein Sohn, Mutter!", hatte ich gesagt und mir die Seite gehalten. Das Weinen hatte meinen ganzen Körper verkrampft.

„DEIN SOHN?" Sie hatte ihren Kopf geschüttelt. „Du hast keinen Sohn, Zandra. Du hast einen Bastard. Du hast das Böse auf die Welt gebracht – was durch Sünde erschaffen wurde, wird nur Sünde bringen. Sei froh, dass du ihn los bist. Lass ihn das Problem einer anderen Familie sein." Ihr Finger hatte vor meinem Gesicht gewackelt, als sie sich über mich beugte, mich noch hilfloser fühlen ließ, als ich es getan hatte, als ich schwanger gewesen war.

„DENK AN MEINE WORTE, Zandra. Das Kind wird den armen Leuten, die ihn aufgenommen haben, nichts als Schmerzen und Elend bringen. Du hast gesündigt. Du hast deine Jungfräulichkeit einem Fremden gegeben. Du hattest eine unreine sexuelle Verbindung. Du bist nicht dem Gesetz Gottes gefolgt, und jetzt werden du und der Bastard bis ans Ende eurer Leben leiden. Sei froh, dass dein Vater und ich es nicht zugelassen haben, dass du ihn behältst. Er würde dich hassen dafür, dass du dieses Elend über ihn gebracht hast."

„Bitte hör auf", hatte ich sie angefleht, als ich die betäubende Starre wieder gespürt hatte. „Bitte wünsche ihm nichts Schlechtes. Bitte lass ihn einfach in Frieden leben. Bitte bete dafür, dass die Familie, die ihn aufgenommen hat, gut auf ihn aufpasst und ihn so sehr liebt, wie ich das getan hätte."

. . .

ICH HATTE TIEF LUFT GEHOLT, um meine Lungen zu entspannen, und dann meine Augen geschlossen, stumm in Gedanken gebetet, damit meine Eltern mich nicht hören konnten. Ich hatte so fest ich konnte gebetet, dass mein Sohn okay sein würde und dass die Leute, die ihn hatten, ihn lieben würden und ihm ein großartiges Leben bieten würden. Ein Leben, das ich ihm niemals hätte geben können.

WIE LEBHAFT ERINNERTE ich mich an ihr Gelächter, als sie mich stehen ließ. Mein Körper hatte sich angefühlt, als wäre er von dem emotionalen und physischen Trauma auseinandergerissen worden. Sie hatte es mir nicht erlaubt die Schmerzmittel zu nehmen, die mir der Arzt mitgegeben hatte. Sie hatte sie weggeschmissen, als ich nach Hause gekommen war.

ICH HATTE NUR meine Gedanken gehabt, um meine Schmerzen zu lindern. Alles auszuschalten war das Einzige, was funktionierte, und wenn diese Betäubung mich einmal überkam, dann funktionierte sie gut. Sie übernahm die Kontrolle, und ich fühlte kaum noch etwas. Nein, es konnte nicht Leben genannt werden. Seit dem Tag, an dem ich achtzehn geworden war, existierte ich vor mich hin.

ICH NAHM AN, dass ich jetzt, wo ich alles aufgegeben hatte, mich wieder in diese Betäubung fallen lassen konnte. Dann öffnete ich meine Augen, als die Sonne durch die dünne Gardine schien. „Ich kann das nicht wieder zulassen."

DIESES MAL GAB ES NIEMANDEN, der mir ein Dach über dem Kopf bot. Ich hatte nicht mehr den Luxus, mich einfach zu betäuben. Nicht mehr.

· · ·

MEIN ZUFÄLLIGES ZUSAMMENTREFFEN mit Kane und Fox schien mein Untergang gewesen zu sein. Ich hatte es von dem Moment an gewusst, als ich sie getroffen hatte, dass es nur eine Frage der Zeit war, bevor alles auseinanderbrach. Das Leben war vorher schon nicht großartig gewesen, aber so schlimm hatte es sich schon lange nicht mehr angefühlt.

ICH DREHTE MICH UM, stand auf und ging zu meinem Schrank, um die Tasche herauszuholen, in die ich immer die Trinkgelder steckte. Dank der gut besuchten Wochenenden war ich in der Lage gewesen, eine schöne Stange Geld zu sparen. Ich hatte genug, um irgendwo anders neu anzufangen. Ich wusste im Moment nur noch nicht wo.

AUS DER KÜCHE kam ein Geräusch, das meine Aufmerksamkeit auf sich zog. Ich schob die Tasche wieder in den Schrank und ging, um nachzusehen, was Taylor tat.

SIE SAH MICH AN, als ich in die Küche kam. „Was zur Hölle ist mit dir passiert, Zandy?"

ICH WISCHTE mir über die Augen und ließ mich schwer auf einen Stuhl am Esstisch fallen. „Ich muss so schnell wie möglich hier weg, Taylor. Ich habe keinen Job mehr."

SIE GÄHNTE und nahm dann eine Schüssel aus dem Schrank. „Ich mache mir etwas Müsli, willst du was? Und was meinst du damit, dass du keinen Job mehr hast?"

· · ·

„Rob hat auf mich gewartet, als ich heute vom Mittagessen mit Kane nach Hause gekommen bin." Ich schniefte. „Oh, nur damit du es weißt, wir haben uns getrennt."

Die Schüssel fiel ihr aus den Händen, schlug auf der Küchentheke auf und zerbrach. „Was zur Hölle?" Ihre schwarz umrahmten Augen starrten mich verblüfft an. „Hat er mit dir Schluss gemacht?"

„Nein." Ich schüttelte meinen Kopf, stand auf und half ihr die Scherben aufzusammeln, aus Angst sie könnte sich schneiden. „Ich habe es beendet."

„Ah", schnaubte sie. „Warum denn?" Sie trat zurück, damit ich Platz hatte.

„Setz dich." Ich zeigte auf den Tisch. „Ich mache dir dein Müsli."

Sie ging zum Tisch und setzte sich auf den Stuhl, den ich gerade verlassen hatte. Sie stützte ihr Kinn in ihre Hand. „Also, erzähl mir, warum du mit ihm Schluss gemacht hast."

„Er hat mir angeboten, mir das College zu bezahlen." Ich wischte die Scherben mit einem Papiertuch auf und warf es in den Müll. Dann öffnete ich den Schrank und warf einen Blick auf die Müslikartons. „Frosted Flakes oder Wheaties?"

„Flakes", sagte sie und schlug dann heftig mit der Faust auf den Tisch. „Da muss doch mehr sein, Zandy. Komm schon, erzähl mir alles."

· · ·

Ich schüttete das Müsli in die Schüssel und stellte den Karton auf die Theke. „Es ist alles ziemlich schnell passiert. Den einen Moment habe ich noch dort gesessen und mich auf Kane gefreut. Und dann hat er ein paar Sachen gesagt, die mich wütend gemacht haben. Ich bin gegangen. Er ist mir gefolgt, hat herausgefunden, dass ich gefeuert bin, und hat versucht den Helden zu spielen. Aber das lasse ich nicht zu. Ich brauche keinen Helden."

Das Geräusch, das Taylors Mund entwich, ließ mich zusammenzucken, es klang so kehlig. „Ha! Den Teufel brauchst du nicht, Mädchen!"

„Brauche ich nicht!" Als ich den Kühlschrank öffnete, um die Milch herauszuholen, fiel mein Blick auf eine Flasche Rotwein, und ich nahm sie mir.

Kann meinen Kummer ja auch ertränken.

„Scheiße, Zandy, jedes Mädchen träumt von dem Tag, an dem ihr Ritter in glänzender Rüstung auftaucht, sie von den Füßen reißt und sie mit in sein Schloss nimmt, wo sie seine Königin sein kann und er ihr König." Sie nahm die Schüssel, die ich ihr gab. „Danke." Ihre Augenbrauen hoben sich. „Mama."

„Lass das", warnte ich sie. Ich drehte mich um, damit sie die Tränen nicht sehen konnte, die mir in die Augen traten. Ich hasste es, wie dieses eine Wort mich aufspießte, wie ein stumpfes Messer direkt ins Herz. „Ich kann nicht die Mutter dieses Jungen sein. Er verdient etwas Besseres. Jemanden, der seine Liebe wert ist, jemanden, der ihn verdient. Nicht mich."

. . .

„Du meinst, du bist es nicht wert, geliebt zu werden?", fragte sie und nahm einen Löffel voll Müsli.

„Ich weiß, dass es so ist." Ich füllte mein Glas bis zum Rand mit Wein, nahm es und setzte mich ihr gegenüber. „Wenn die eigenen Eltern einen nicht lieben können, wer dann?"

„Schau, deine Eltern waren Irre", informierte sie mich. „Tut mir leid, dass ich das so sage, aber es ist wahr. Und jeder verdient es, geliebt zu werden."

„Nicht ich." Ich nahm einen großen Schluck, fand, dass der Wein trocken und sauer schmeckte, doch es war mir egal. Ich musste nur meine inneren Schmerzen betäuben.

Ich hatte alles durcheinandergebracht. Ich hatte Fox und Kane glauben lassen, dass ich das sein könnte, was sie in ihrem Leben brauchten, wenn ich das offensichtlich nicht konnte. Sogar ich selbst hatte mir das geglaubt.

Was für eine Versagerin.
„Du machst den größten Fehler deines gesamten Lebens, Zandra." Sie schlürfte noch einen Löffel Müsli. „Das meine ich ernst. Und was ist mit dem armen Jungen? Fox wird am Boden zerstört sein, wenn du einfach weg gehst, wo er dich doch gerade erst gefunden hat."

. . .

„Du weißt ja nicht alles." Ich fühlte eine Mischung aus Schmerz und Wut bei ihren Worten, wusste, dass sie recht hatte, wusste aber auch, dass ich nichts ändern konnte.

Ich nahm noch einen Schluck und diesmal schmeckte es gar nicht mehr so schlecht. Ich gewöhnte mich an Dinge, die ich nicht mochte. Ich konnte mich daran gewöhnen, wieder allein zu sein. Wieder keine Liebe mehr in meinem Leben zu haben.

Ich habe sechsundzwanzig Jahre ohne sie gelebt. Was ist schon so schlimm daran?

„Dann erzähl mir die ganze Geschichte, Zandy." Sie nahm die Schüssel und trank die verbliebene Milch. Dann stellte sie sie auf den Tisch. „Du hast meine ungeteilte Aufmerksamkeit. Und ich warne dich, ich werde dich unterbrechen, wenn ich etwas zu sagen habe."

„Das weiß ich." Ich rollte mit den Augen und nahm noch einen Schluck. „Okay. Kane hat mich gebeten, dass er für mein College bezahlen kann, und vorgeschlagen, dass ich meinen Job kündige, bei ihm einziehe und ihn für mich sorgen lasse."

„Was für ein Arschloch." Der Sarkasmus in ihrer Stimme sagte mir, dass sie kein Verständnis hatte. Sie hielt meinen Blick, unbeweglich, starr. „Und jetzt erzähl mir das Schlimme, was er getan hat, damit ich verstehe, warum du mit ihm Schluss gemacht hast."

. . .

„Nun", ich hielt inne, um noch einen Schluck zu nehmen, und hielt einen Finger hoch damit sie wartete. „Ah, der Wein ist gar nicht so schlecht. Egal. Ich komme nach Hause, und Rob ist da."

„Ja, das hast du mir schon erzählt", unterbrach mich Taylor.

„Und er hat mich einfach dort stehenlassen, arbeitslos und weinend. Dann kam Kane, und ich habe versucht reinzukommen bevor er bei mir war." Ich hielt inne und nahm noch einen Schluck, bevor ich fortfuhr. „Aber er hat mich erwischt, und ich musste ihm zuhören, als er mir gesagt hat, dass er mich liebt und dass er sich um mich kümmern würde. Und ich musste ihm sagen, dass ich mich um mich selber kümmern kann. Und das ich nicht sein Hilfsprojekt sein will." Ich holte Luft, redete viel zu schnell.

Taylors Augen waren groß, und sie rieb sich mit ihrem Handrücken darüber, verschmierte die Mascara zu schwarzen Strichen. Jetzt sah sie aus wie ein Waschbär. „Du bist nicht ganz dicht. Das weißt du, oder?"

„Vielleicht." Ich nahm noch einen Schluck, und mein Glas war leer. „Scheiße." Ich stand auf und füllte es erneut. „Alles, was ich weiß, ist, dass ich nichts weiß. Weißt du?"

„Nein." Taylor schüttelte ihren Kopf. „Ich glaube, diese Entscheidung ist für dich zu groß, da du offenbar nicht ganz bei Trost bist. Lass mich sie für dich fällen. Also du wirst folgendes tun. Du rufst Kane an und sagst ihm, dass du aus Versehen ein paar meiner Pillen geschluckt hast. Du dachtest, es wäre Aspirin, und du hattest Kopfschmerzen. Doch sie waren offenbar etwas anderes und du warst für eine Weile nicht ganz bei dir. Normalerweise bist du nicht so, und du würdest dich gern entschuldigen und sein Angebot annehmen."

„DAS KANN ICH NICHT TUN. Ich muss hier wegziehen. Ich muss weg, Mädchen." Ich setzte mich und nippte an meinem Wein. „Die Scheiße fängt wirklich an gut zu schmecken."

„Du musst aufhören zu trinken und ein Bad nehmen und dann schlafen, und wenn du aufwachst, dann bist du vielleicht nicht mehr ganz so verrückt." Taylor stand auf und stellte ihre Schüssel in die Spüle. Als sie dort stand und sie abspülte, bevor sie sie in den Geschirrspüler stellte, sagte sie: „Denk daran, wie du dich fühlen würdest, wenn du Kane und Fox mit einer anderen Frau sehen würdest. Eine Frau, die in Kanes Bett schläft und die er so fickt, wie er dich ficken würde. Eine Frau, die er Baby nennt, genauso wie jetzt dich. Eine Frau, die Fox Mama nennt, genauso wie jetzt dich. Daran solltest du denken, Zandy. Denn du gibst unglaublich viel auf und bekommst nichts."

EIFERSUCHT SCHOSS DURCH MICH HINDURCH, Aber ich konnte diese Gefühle nicht über mich bestimmen lassen.

„DU VERSTEHST ES NICHT", jammerte ich. „Eines Tages werden sie mich beide durchschauen. Ich bin nur eine dumme Kellnerin, die niemals etwas Anständiges in ihrem Leben geschaffen hat. Sie werden das bald sehen."

„DU HAST NICHT GESCHAUSPIELERT", sagte sie, als sie wieder zu mir kam, mit ihren Händen in den Hüften vor mir stand. „Ich kenne dich. Ich habe dich beobachtet. Du hast nie geschauspielert. Du hast dich verändert, aber das ist gut, Zandy. Du wirst erwachsen, du hast Dinge, um die du dich kümmern musst, Menschen, um die du dich sorgst – und Menschen die sich um dich sorgen wollen. Du hast deine längst verloren geglaubte Familie gefunden und nimmst deine Rolle ein. Lass es einfach geschehen. Lass alles einfach auf dich zukommen, Mädchen. Bekämpfe es jetzt nicht. Nicht, wenn das Leben gerade anfängt sich nach deinen Plänen zu entwickeln. Du verdienst das. Du verdienst deine Familie. Nimm sie. Sie wollen dich. Und du willst sie."

Aus ihrem Mund hörte sich das so einfach an. Ich wünschte sie hätte recht.

Ich schüttelte meinen Kopf und nahm mein Glas. „Du bist ein Kind. Du kannst das gar nicht verstehen."

„Ich bin ein Kind?", fragte sie verletzt und legte ihre Hand an ihre Kehle. „Ich kann Dinge verstehen, Zandy. Ich bin kein Dummkopf, aber ich fange an zu glauben, dass du einer bist." Sie sah auf, als würde sie auf etwas lauschen. „Nein. Streich das. Du bist kein Dummkopf. Was du bist, ist viel schlimmer. Du bist rücksichtslos. Du bist undankbar. Und ich fasse es nicht, dass ich das alles zu dir sagen muss, da ich bis heute niemals so von dir gedacht habe, aber du bist gefühllos. Es ist dir egal, dass es den kleinen Jungen umbringt, wenn du gehst. Es ist dir egal, dass Kane verletzt ist, wenn du gehst. Es ist dir einfach egal." Und damit drehte sie sich um und ließ mich dort sitzen, ging weinend in ihr Zimmer, wo sie die Tür hinter sich zuschlug.

Ich wusste nicht, was ich tun sollte. Und es gab auch niemanden um mich herum, auf den ich reagieren konnte.

· · ·

ALSO GING ich in mein Zimmer und schlief ein. Ich schlief Stunde um Stunde und wachte erst auf, als mein Handy klingelte. Es war der Klingelton, den ich für Fox gesetzt hatte.

ICH NAHM ab und kämpfte gegen die Schmerzen in meinem Kopf. „Dummer Wein." Ich wischte über das Display. „Hi Fox."

„HI MOM. Es ist Freitag, und ich weiß, dass du auf Arbeit viel zu tun hast, aber es ist neun Uhr fünfzehn, und Tante Nancy sagt, ich darf nicht mehr länger aufbleiben, also habe ich angerufen, um dir Gute Nacht zu sagen."

KANE HATTE es ihm nicht gesagt.

„OH. Also ich bin gar nicht auf Arbeit. Ich bin zu Hause geblieben", sagte ich und rieb meine Schläfe, um die Kopfschmerzen zu besänftigen. „Ich bin froh, dass du angerufen hast. Ich habe geschlafen. Ich bin, äh, krank."

„OH JE. Ich hoffe, es geht dir besser am Sonntag, wenn ich nach Hause komme. Ich will dir alles von meinem Wochenende mit Tante Nancy und Onkel James erzählen."

ER HAT SCHON Pläne mit mir gemacht.

ICH WUSSTE NICHT, was ich sagen sollte. Ich konnte ihm nicht sagen, dass ich nicht dort sein würde. Ich konnte ihm nicht sagen, dass ich so bald wie möglich weggehen würde.

· · ·

„Mom?"

„Ähm, mal schauen, ob ich mich bis dahin besser fühle, Fox." Ich
hatte keine Ahnung, was ich ihm sonst hätte sagen können.

„Wenn es dir nicht bessergeht, dann komme ich zu dir?", fragte er
und klang etwas besorgt.

„Wir werden sehen." Ich kaute auf meiner Unterlippe.

„Ich hoffe es." Er wartete einen Moment. „Ich liebe dich, Mom. Gute
Nacht. Ich hoffe, es geht dir bald besser."

„Ich liebe dich auch. Gute Nacht." Ich legte auf, und die Tränen
strömten mir aus den Augen.

Was sollte ich nur tun?

29

KANE

Niemals zuvor in meinem Leben hatte ich es mit jemanden wie Zandra Larkin zu tun gehabt. Eine Frau, die so viel durchgemacht hatte, hatte viele Schichten, und ich hatte noch nicht einmal damit angefangen, die erste zu entfernen.

Das bedeutete, dass ich nicht wusste, was noch auf mich zukam, aber ich war entschlossen, es auszusitzen und zu lernen. Auch wenn sie mir im Moment nicht zuhörte.

Da ich Arzt war, dachte ich, ich sollte besser darüber informiert sein, was es bei einer Frau anrichtete, wenn sie ihr Kind hergeben musste. Ich wusste, dass es ziemlich schlimm sein konnte, hatte mir aber noch nicht die Zeit für tiefgründige Studien genommen.

Jetzt, da sich die Auswirkungen zeigten, wusste ich, dass es an der Zeit war, das nachzuholen, bevor Fox und ich sie wieder verloren.

Was ich fand, überraschte mich. Es schien, dass Posttraumati-

scher Stress das zutreffendste Syndrom für Zandra war. Mein Herz
tat mir weh und ich war nur noch fester davon überzeugt, dass Fox
und ich diejenigen waren, die ihr da durch helfen konnten.

ER UND ICH waren die beste Medizin für sie. Vor elf Jahren hatte sie
eine Tragödie durchlebt und das würde sie für immer verfolgen, das
sagten die Studien. Aber mit ihrem Kind zusammen zu leben, ihn
aufzuziehen, ihn zu lieben und von ihm geliebt zu werden, würde
dabei helfen, ihre Zukunft besser aussehen zu lassen.

DIE TATSACHE, dass sie keine Hilfe von mir annehmen wollte, rührte
daher, dass sie Menschen nicht leicht vertraute. Noch etwas wofür
man ihren Eltern danken konnte. Wenn man nicht einmal Eltern
vertrauen kann, dass sie das Beste für einen tun, wem dann?

ICH VERSTAND DAS. Und ich wusste, dass es einige Zeit dauern
würde, bis ihr klar wurde, dass sie Fox und mir vertrauen konnte.
Unsere Liebe für sie würde niemals enden, egal was sie von sich
dachte.

DER MANGEL AN SELBSTWERTGEFÜHL war auch eine typische Auswir-
kung davon, wenn man ein Baby hergeben musste. Auch Frauen und
Männer, die die Entscheidung selber gefällt hatten, litten unter
diesen Emotionen. Ein Baby aufzugeben, auch wenn es zum Besten
für das Kind war, hatte tiefe und nachhaltige Auswirkungen auf die
Eltern, laut meiner Nachforschungen.

ICH HATTE das nicht durchmachen müssen. Ich hatte meinen Sohn
gehabt. Und ich hatte viel zu wenig an Zandra gedacht in alle den
Jahren. Ich hatte niemals daran gedacht, wie sehr sie leiden musste.

Ich hatte niemals ernsthaft darüber nachgedacht, sie zu suchen und sie wissen zu lassen, dass ich unseren Jungen hatte.

ABER ICH HATTE SIE JETZT, sie kannte unseren Sohn und wusste, dass sie jetzt für immer eine Rolle in seinem Leben spielen würde.

ODER NICHT?

MACHTE SIE SICH SORGEN, genau wie bei dem Baby, dass ich ihr eines Tages weggenommen werden würde? Vielleicht hatte sie Angst, dass eine andere Frau kommen und ich sie vergessen und verlassen würde.

VIELLEICHT HATTE SIE ANGST, dass sie etwas tat, was mich dazu brachte, sie nicht mehr zu lieben, und dass ich mich dann von ihr zurückziehen würde.

SIE MOCHTE SOGAR ANNEHMEN, dass ich versuchen würde, ihr Fox wieder wegzunehmen. Das ich sie erneut dazu zwang, ihn herzugeben.

ES GAB SO VIELE DINGE, die sie plagen konnten. Und ich hatte bisher noch an kein einziges gedacht.

ALLES, an was ich gedacht hatte, war, wie toll sie war, und wie wunderschön es war, sie wieder in meinem Leben zu haben. Ich hatte daran gedacht, wie fantastisch es war, dass Fox seine Mutter hatte, seine wirkliche Mutter. Ich hatte ihr gesagt, dass ich sie liebe und dass sie für mich unglaublich ist, aber diese Worte waren nur die Spitze des Eisberges, wenn ich ihr dabei helfen wollte, ihre schlimmsten Ängste und Unsicherheiten zu überwinden.

SIE BRAUCHT HILFE.

ZUMINDEST WAR MIR JETZT KLAR, was sie brauchte, und ich wusste, wo ich anfangen konnte, Hilfe für sie zu suchen. Viele Psychiater und Therapeuten hatten sich auf Postraumtischen Stress spezialisiert. Es gab viele Orte, wo wir hingehen konnten und Hilfe bekommen würden. Und ich würde dafür sorgen, dass sie so viel bekam, wie sie brauchte.

ABER ZUERST MUSSTE ich sie dazu bringen, sich mir zu öffnen, zumindest ein bisschen.

SIE HATTE MICH AUSGESCHLOSSEN. Aber das würde mich nicht aufhalten. Ich liebte diese Frau, und ich würde für sie kämpfen.

UND ICH MUSSTE AUCH die Verantwortung dafür übernehmen, dass ich sie geschwängert hatte. Sie hatte diese Last viel zu lange allein mit sich herumgeschleppt. Und ich musste jetzt so für sie da sein, wie ich es damals nicht gewesen war.

ES HATTE ZEITEN GEGEBEN, als ich daran gedacht hatte, meine Eltern um Hilfe zu bitten, um Zandra zu finden, sie wissen zu lassen, was meine Familie und ich für unseren Sohn taten. Aber ich hatte nie gefragt.

· · ·

U<small>ND JETZT SAH ICH</small>, dass das ein großer Fehler gewesen war. Ich musste mir eingestehen, dass es meine Schuld war, und es war jetzt an der Zeit dafür. Es war an der Zeit, meine Schuldigkeit in der Tragödie, die Zandra durchgemacht hatte, zu tun.

S<small>IE SAH</small> sich als beschädigte Ware. Nun, wenn das wahr war, dann war ich derjenige, der sie zuerst beschädigt hatte. Ihre Eltern, die ich mit jedem Tag mehr verabscheute, hatten das ganze beendet.

Es lag an mir, dass ich etwas tat, um ihre gebrochene Seele zu heilen. Und ich wusste, dass ich es schaffen konnte. Ich würde alles tun, um ihr zu helfen, und ich würde sicherstellen, dass sie die professionelle Hilfe bekam, die sie brauchte.

S<small>IE BRAUCHTE MICH MEHR</small>, als sie das annahm. Ich hielt den Schlüssel für ein besseres Leben für sie in der Hand. Und ich konnte nicht zulassen, dass sie weglief. Ich musste sie mir schnappen und zum Bleiben zwingen. Und ich musste ihr begreiflich machen, dass ich ein Nein nicht akzeptieren würde.

W<small>ENN ICH MIR</small> erst einmal etwas vorgenommen hatte, dann bekam ich es auch. Ich war ein entschlossener Mann und gab nur selten auf. Und ich wollte, dass es Zandra Larkin besserging. Ich wollte, dass die Frau Liebe kennenlernte und sie akzeptierte. Ich wollte, dass sie die Familie hatte, die wir erschaffen hatten, als wir dumme Teenager gewesen waren, ohne jede Ahnung, um was es im Leben ging.

U<small>ND ICH WÜRDE</small> ihr das geben, was sie verdiente. Auch wenn ich sie am Anfang zwangsernähren musste, denn genau das würde passieren.

. . .

ZANDRA HATTE ALLES, was sie zum Glücklichsein brauchte, direkt vor der Nase. Sie dachte, sie sei nicht liebenswert, aber wir liebten sie schon. Sie dachte, dass sie niemand in der Familie haben wollte, aber wir wollten sie bereits.

UND DER HIMMEL WUSSTE, wie sehr ich sie wollte. Und ich wollte sie für immer. Und ich wollte sie niemals wieder gehen lassen.

JETZT WAR DIE FRAGE, *wie ich das schaffen konnte.*

30

ZANDRA

Nach meinem Telefonat mit Fox warf ich mich den Rest der Nacht schlaflos hin und her. Die Sonne ging hinter meinem Fenster auf und machte es mir unmöglich, überhaupt noch etwas Schlaf zu bekommen.

Es war Samstag und ich wusste, dass ich heute kaum etwas tun konnte, um einen neuen Job zu finden oder ein neues Zuhause. Aber ich musste irgendetwas tun. Ich musste so schnell wie möglich aus Charleston verschwinden, bevor ich es mir anders überlegte.

Ich lag im Bett und starrte an die Decke. Meine Augen brannten von dem ganzen Weinen, und meine Haut fühlte sich trocken an. Ich fühlte mich gar nicht gut. Nicht emotional und auch nicht körperlich.

Ich zog meinen Körper aus dem Bett und ging direkt ins Badezimmer. Ein langes heißes Schaumbad sollte mir dabei helfen, wieder zu

Kräften zu kommen und das Leben wieder etwas freundlicher zu sehen.

Die Betäubung lastete immer noch auf mir, als ich in der Badewanne lag. Ich versuchte nicht einmal, sie abzuschütteln. Sie hatte mir schon in anderen schwierigen Zeiten geholfen. Sie half mir dabei, das zu tun, was ich tun musste.

EIN GROßER TEIL von mir wollte hier bleiben, in Charleston. Der Teil von mir wollte glauben, dass mein Leben nicht immer so schlimm sein musste. Ich hatte mich noch nie so lebendig und glücklich gefühlt wie mit Kane und Fox.

UND DAS MACHTE mir unglaubliche Angst.

ICH HATTE ES NIEMALS GEWAGT, glücklich zu sein, mich geliebt zu fühlen oder Hoffnung zu haben, dass das Leben sich für mich zum Guten wenden würde. Niemals.

VIELLEICHT KAM DAS DAHER, dass ich von Menschen großgezogen worden war, die die Bibel als Waffe benutzten. Ich wusste nicht genau, was der Hauptgrund war, dass ich glaubte, dass es kein anhaltendes Glück im Leben gab.

HATTE ich schon immer so empfunden oder war das erst nach der Schwangerschaft gekommen? Der Himmel wusste, dass meine Mutter großartige Arbeit geleistet hatte bei dem Versuch, mich davon zu überzeugen, dass meine Zukunft nur Leid für mich bereithielt, damit ich für die Sünden der Vergangenheit bezahlte.

· · ·

MEINE GEDANKEN WANDERTEN ZU FOX. Mein kleiner Junge war ein perfekter Engel; es gab nichts Böses oder Sündiges an ihm. Er war gut in der Schule. Seine Noten waren viel besser, als es meine es jemals gewesen waren. Ich war in der Schule gerade so durchgekommen. Aber ich hatte auch niemanden, der mich anhielt, besser zu werden. Alles, was meine Eltern von mir verlangten, war, dass ich bestand.

MANCHMAL DACHTE ICH, dass sie nicht mehr von mir erwarteten, weil sie wussten, dass ich zu nichts anderem fähig war. Das ich einfach nicht so intelligent war.

UND IN DEM GLAUBEN, dass ich nicht intelligent sei, hatte ich mir bei allem in meinem Leben immer den leichtesten Weg ausgesucht. Wenn ich gut dabei war, dann reichte mir das – ich hatte niemals nach mehr gestrebt. Eine Kellnerin zu sein erforderte nicht viel geistige Arbeit, also kam ich damit gut zurecht. Ich konnte in nichts anderem gut sein, ich war einfach nicht schlau genug. Da hatte ich immer gedacht.

ABER FOX HATTE Gott sei Dank die Fähigkeiten und die Intelligenz seines Vaters geerbt. Mein Sohn spielte seine kleinen Baseballspiele als wäre er in der großen Liga. Er nahm seine Spiele und sein Training sehr ernst. Und er war auch ein guter Teamspieler. Das war etwas anderes, was er mit Sicherheit nicht von mir hatte.

NICHT DAS MICH jemals jemand gefragt hätte, ob ich in einem Team sein wollte. Oder um genauer zu sein, ich wollte niemals in einem Team sein. Ich mochte es, für mich zu sein. Streich das – ich fühlte mich wohler allein.

· · ·

WIE EIN UNBEOBACHTETER Zuschauer sah ich den anderen beim Spielen, Zusammensein und Lachen mit anderen Kindern in der Schule zu. Hin und wieder rief mich ein Kind an, ob ich herauskommen würde, um zu spielen. Ich tat dann so, als ob ich mich nicht wohl fühlte, damit ich allein bleiben konnte.

NACH EINER WEILE fragte mich niemand mehr. Sie alle kannten die Antwort schon. Sie ließen mich in Ruhe, genau wie ich es wollte.

WERDEN Kane und Fox mich auch einfach in Ruhe lassen?

BEI KANE WÜRDE es mir einfacher fallen ihn wegzuschieben als bei Fox. Falls ich das bei meinem Sohn überhaupt fertig brachte – dem Baby, dem ich zehn lange Jahre hinterher getrauert hatte.

SOGAR BEI DIESEN Gedanken sah ich Kanes schönes Gesicht vor mir.

WARUM WILLST DU KANE WEGSCHIEBEN?

UND WARUM SPRACH ich manchmal mit mir selbst in der zweiten Person?

ICH NAHM AN, dass es daran lag, dass ich mich manchmal nur wie eine halbe Person fühlte. Manchmal fühlte ich mich zerrissen. Vielleicht war ich verrückt. Nein, ich war bestimmt verrückt. Das war einfach die Realität.

. . .

FOX VERDIENTE ES NICHT, mit einer verrückten Mutter zusammen zu leben. Kane verdiente es nicht, mit einer verrückten Frau zusammen zu sein. Und ich verdiente keinen von beiden.

DAS GERÄUSCH der Türklingel riss mich aus meinen inneren Monolog. Ich machte mir nicht die Mühe aus der Badewanne zu steigen, deren Wasser von Minute zu Minute kälter wurde.

VIELLEICHT BLIEB ich einfach in der Badewanne, bis sich erfroren war. Nicht sehr wahrscheinlich in einer Wohnung mit einem Thermostat das auf 20 Grad gestellt war. Nein, es gab keinen einfachen Weg hinaus.

UND WARUM WOLLTE ich das eigentlich, wenn ich doch endlich so viel Gutes vor mir hatte?

OH JA. Weil ich verrückt bin, deshalb.

ES KLOPFTE AN MEINER SCHLAFZIMMERTÜR, und ich hörte Taylor rufen. „Steh auf, Zandy. Du hast eine Überraschung hier draußen."

ICH IGNORIERTE SIE, sank tiefer in das Wasser, ließ meinen Kopf unter das jetzt kalte Wasser gleiten.

VIELLEICHT KOMME ich einfach nicht mehr hoch. Das würde ausreichen.

. . .

ABER ALS MEINE Lungen anfingen zu brennen, hob ich meinen Kopf aus dem Wasser und holte tief Luft. „Was tue ich hier?"

UNTER GROßEN ANSTRENGUNGEN stieg ich aus der Badewanne. Langsam aber sicher trocknete ich mich ab, zog ein paar Shorts und ein Shirt an, gab mich erst gar nicht mit einem BH oder Unterhose ab. Alles, was ich tun wollte, war einfach in meinem Zimmer rumzuliegen.

Meine Haare waren nass und ungekämmt, meine Sachen ließen mich aussehen wie eine Obdachlose und alles, was ich tun konnte, war der Versagerin im Spiegel in die Augen zu starren.

DIE KLINGEL ERTÖNTE ERNEUT. Taylor fluchte. „Scheiße! Wer ist es jetzt?" Das Geräusch ihrer nackten Füße, die über den Wohnzimmerboden tappten, ließ mich zur Tür schauen, anstatt in den Spiegel. „Mehr?", fragte sie denjenigen an der Tür. „Mein Gott!"

ICH WARTETE, lauschte, was als nächstes kam. Dann tappten ihre Füße zu meiner Tür, und sie klopfte erneut. „Hey, Zandy, heb deinen Hintern und komm hier raus."

ICH BISS mich auf die Lippe und antwortete ihr nicht. Ich sah wieder auf mein Spiegelbild. Dieses Mal fand ich es unerträglich.

ICH ZOG MEINE SACHE AUS, ging wieder ins Badezimmer und nahm eine ordentliche Dusche. Ich wusch meine Haare, rasierte meine Beine und Achseln und zähmte meine Haare mit Conditioner.

· · ·

ETWAS IN MIR erwachte wieder zum Leben. Die Betäubung ging weg, wurde von irgendetwas verdrängt. Ich war mir nicht sicher, was zur Hölle das war. Normalerweise brauchte ich wesentlich länger, um wieder herauszufinden, wenn die Dunkelheit mich erst einmal in ihren Fängen hatte.

DIE TÜRKLINGEL ERTÖNTE IMMER WIEDER, zusammen mit Taylor, die rief, ich solle rauskommen und nachsehen, was hier los sei, und ich fühlte mich seltsam.

HOFFNUNG.

WORAUF WUSSTE ICH NICHT.

ABER SIE WAR DA. Ich stieg aus der Dusche, legte etwas Make-up auf, damit ich einigermaßen präsentabel aussah. Wofür wusste ich wiederum nicht.

ICH TROCKNETE MEINE HAARE, nahm sie zu einem Pferdeschwanz zusammen und zog mich etwas besser an. BH, Unterhose, Hose und eine passende Bluse und flache Schuhe. Endlich fühlte ich mich wieder menschlicher, lebendiger.

MEINE AUGEN WAREN IMMER NOCH GESCHWOLLEN, aber ich wusste, dass das weggehen würde, wenn ich mich erst einmal bewegte und etwas Wasser trank. Ich wusste nicht, worauf ich mich vorbereitete, aber ich hatte das Gefühl, dass ich vorbereitet sein musste. Irgendetwas außerhalb meines Körpers zwang mich dazu. Irgendetwas hatte die Kontrolle über meinen Körper übernommen und zwang mich das zu tun, was es für notwendig erachtete.

Zumindest bekämpfte ich es nicht. Dieses Mal.

Ich hatte in meinem Leben fast immer das Gefühl gehabt, dass ich einen innerlichen Kampf ausfocht. Ein Teil von mir wollte raus und die Dinge genießen, genauso wie andere. Der andere Teil von mir wollte sich verstecken.

Wenn ich mit Kane und Fox zusammen war, dann gewann immer der Teil, der leben wollte, der Spaß haben und Abenteuer erleben und geliebt werden wollte. Ich wollte ein Teil ihrer Welt sein. Und ich war niemals glücklicher gewesen.

Ich fuhr mir mit den Händen über meine Taille und fand diese Version von mir viel schöner als die vorherige.

„Was zur Hölle wirst du tun, Zandra Larkin?", flüsterte ich zu mir selber.

Weglaufen, wie immer.
    Ich schüttelte meinen Kopf, wusste, dass sich die Dinge ändern mussten. „Du hast jetzt einen Sohn, Zandra. Du hast gebetet und dich gefragt, wie es dem Jungen geht, seit er dir an diesem schrecklichen Tag nach der Geburt abgenommen wurde. Du hast seit Ewigkeiten um ihn getrauert. Du musst nicht mehr um ihn trauern. Er ist hier. Und er will dich in seinem Leben. Er will, dass du seine Mutter bist."

. . .

ICH BETRACHTETE mich und spürte das vertraute Brennen von Tränen in meinen Augen. „Nein." Ich schüttelte meinen Kopf und verdrängte die verfluchten Tränen. „Nicht wieder."

ICH WUSSTE NICHT, was ich tun würde, aber ich würde nicht weglaufen. Nicht noch einmal.

ICH HATTE GAR NICHT WIRKLICH SO SEHR nach einem anderen Job Ausschau gehalten, wie ich mir das vorgemacht hatte. Ich hatte es mir auch nicht erlaubt, mich in Kane oder Fox wirklich zu verlieben. Und zwar weil ich mein wundes Herz beschützte und auch meine Seele.

DIE ANGST, dass ich jemanden, den ich liebte, verlieren könnte, hatte mich Mauern errichten lassen, hatte dafür gesorgt, dass ich allein blieb. Und ich log mich selbst an, wenn ich mir sagte, dass ich allein glücklich war.

Ich war überhaupt nicht glücklich. Ich hielt mich kaum über Wasser.

UND ICH MUSSTE DAMIT AUFHÖREN und etwas Neues anfangen.

KANE ZU SAGEN, dass ich nicht ganz ehrlich zu ihm gewesen war, als ich ihm gesagt hatte, dass ich ihn liebe, wäre ein Anfang. Ich war zu kaputt, um zu wissen, wie ich ihn lieben konnte, aber ich würde das ändern. Ich brauchte nur Zeit, und ich hoffte, dass er geduldig mit mir sein würde.

. . .

Fox würde ich das nicht sagen. Denn Fox hatte ich von dem Moment an geliebt, an dem ich herausgefunden hatte, dass ich schwanger mit ihm war. Diese Liebe war niemals gestorben. Sie war unter Trauer, Schuld und Reue begraben, aber sie war niemals vergangen.

Wieder klingelte es an der Tür, und Taylors erneuter Ausruf sagte mir, dass etwas Seltsames vor sich ging und ich besser nachschauen sollte, was los war. „Ich komme!", rief ich zurück.

„Gott sei Dank!", erwiderte sie verärgert. „Ich würde gern etwas schlafen, Zandy. Ich bin erst heute Früh fünf Uhr nach Hause gekommen, während du gestern den halben Tag und die ganze verdammte Nacht lang geschlafen hast. Von jetzt an kannst du dich mit dem Bombardement auseinandersetzen."

Ein überwältigender Duft von Blumen traf mich, als ich meine Tür öffnete. Ich lief um die Ecke zum Wohnzimmer und fand mindestens ein Dutzend Vasen mit allen möglichen Blumen überall im Raum verteilt. Auf dem Küchentisch stapelten sich Schachteln mit Süßigkeiten. Und auch ein Stapel rosafarbener Umschläge.

Ich ging zur ersten Vase und zog die Karte heraus und öffnete sie. *Für Zandra, die Mutter meines Kindes, dem Licht meines Lebens, du wirst immer in meinem Herzen sein.*

Es gab keine Unterschrift, aber ich wusste, dass sie von Kane war. Ich wusste, dass das alles von Kane war. Der Stapel mit den Umschlägen zog mich an. Auf jedem stand: Einen schönen Muttertag.

. . .

ICH ÖFFNETE den ersten und fand eine kleine handschriftliche Notiz von Fox: Fröhlichen ersten Muttertag, Mom. Ich wünschte, ich könnte bei dir sein. Aber es werden noch viele kommen und ich werde jeden einzelnen mit dir verbringen. In Liebe, Fox.

DIE NEUN ANDEREN Karten enthielten ähnliche Notizen, jede davon von meinem Sohn mit der Hand geschrieben. Er wollte eine Zukunft mit mir, das war sicher. Und ich wollte auch eine Zukunft mit ihm darin.

ABER WIE WÜRDE ich es schaffen, zu jemandem zu werden, der nicht ständig weglief?

WENN DIE DINGE zu schwierig wurden dann flippte ich aus. Niemand hatte ein perfektes Leben, und ich erwartete nicht, dass meines nicht ab und zu auch schwierig sein würde. Wie konnte ich meine inneren Dämonen bekämpfen, um die Mutter zu sein, die mein Sohn brauchte?

WIE WÜRDE KANE ES AUFFASSEN, wenn ich zugab, dass ich die Worte: *ich liebe dich* zu ihm gesagt hatte, ohne sie wirklich zu meinen?

ER WIRD MICH WAHRSCHEINLICH HASSEN. Er würde mich eine Lügnerin nennen. Er würde mir sagen, dass er nichts mehr mit mir zu tun haben wollte und würde mir sagen, dass ich aus seinem und Fox Leben verschwinden soll.

. . .

FOX GEHÖRTE IMMER NOCH Kane allein. Ich hatte keinerlei Rechte an meinem Sohn. Und das würde ich auch nie. Ich hatte mit meiner Unterschrift vor der Geburt diese Rechte aufgegeben.

ICH STECKTE die letzte Karte wieder in den rosafarbenen Umschlag und spürte, wie meine gute Stimmung verschwand und die negativen Emotionen wieder die Kontrolle übernahmen, und fuhr zusammen, als die Klingel wieder ertönte. Irgendetwas durchzuckte mich.

EINE VORAHNUNG DES SCHICKSALS.

ES WAR KOMISCH, und ich schüttelte meinen Kopf, um das seltsame Gefühl loszuwerden, als ich zur Tür ging. Ich machte mir nicht die Mühe durch den Spion zu schauen. Ich nahm an, es wäre der Bote mit mehr Blumen oder irgendwas.

ICH ÖFFNETE die Tür und sah Kane und Fox. Beide trugen schwarze Anzüge mit blauen Krawatten und weißen Hemden und dazu ein breites Lächeln. Sie sahen beide so wunderschön aus.

FOX ZOG an dem Saum meiner Bluse. „Hi, Mom."

ICH STREICHELTE SEINE WANGE. „Hi, Fox."

KANE SAGTE NICHTS. Aber als er vor mir auf die Knie ging, schnappte ich nach Luft und schlug meine Hand vor den Mund. Was er tat, sprach lauter als Worte, und ich konnte es nicht glauben.

· · ·

ER HOLTE einen Ring aus seiner Tasche und hielt ihn mir entgegen. „Zandra Larkin, du bist die Mutter meines Sohnes. Du bist der Grund meines Glücks. Du hast mir ein lebenswertes Leben geschenkt. Und jetzt lass mich dir auch eines geben. Heirate mich, werde meine Frau und Fox' Mutter und bleibe für immer bei uns, so wie es von Anfang an bestimmt war."

SCHWÄRZE UMGAB MICH PLÖTZLICH.

DAS KONNTE NICHT WAHR SEIN.

31

KANE

„Fox, halt sie fest!", schrie ich, als Zandra anfing zu schwanken und ich das Weiße in ihren Augen sehen konnte.

Mein kleiner Junge schnappte sich den Arm seiner Mutter, und der körperliche Kontakt riss sie aus dem heraus, was immer gerade mit ihr geschah. Ich stand auf und legte meinen Arm um sie, hielt sie an mich gepresst. „Baby, geht es dir gut?"

„Nein." Ihre Fingernägel gruben sich so fest in meinen Rücken, als ob sie mich nie wieder loslassen wollte.

Ich betete, dass das Wort bedeutete, dass es ihr nicht gut ging, und nicht die Antwort auf meinen Heiratsantrag war.

„Nein?" Ich zog sie mit in das Apartment und hielt sie fest bis wir bei einem Sessel ankamen. Ich sah sie an, sah ihre weiten Pupillen und jede Menge Frucht hinter diesen schönen blauen Augen. „Es ist okay, Zandra. Das ist es wirklich."

„Wie?" Ihre Augen huschten zwischen meinen hin und her, suchten nach einer Antwort.

„Weil ich hier bin und auch Fox." Ich kniete mich vor sie, den Verlobungsring mit dem Diamanten an meinem kleinen Finger. Ich nahm ihre Hände in meine, während Fox still neben mir stand. „Baby, ich habe dich nicht gerade gut behandelt. Ich habe auf vielen

Ebenen versagt. Ich möchte die Chance, das wieder gut zu machen. Ich weiß, dass du emotionale Narben hast, die niemals wieder ganz heilen werden. Ich weiß, dass du offene Wunden hast, die heilen müssen. Ich kann dir helfen. Fox und ich sind die beste Medizin für dich. Niemand anders kann dir das geben, was wir können.“

„Ja, Mom.“ Fox setzte sich neben seine Mutter und legte seinen kleinen Arm um sie. „Wir wollen, dass du wirklich ein Teil unserer Familie bist. Bitte sag Ja zu Dad.“

Sie beobachte Fox, als er sprach, und dann huschte ihr Blick wieder zu mir. „Ich muss dir die Wahrheit sagen, Kane.“

„Leg los.“ Ich rieb mit meinen Fingerspitzen über ihre Knöchel, während ich ihre Hände hielt.

Sie schluckte. „Als ich dir gesagt habe, dass ich dich liebe, waren das nur Worte. Ich bin mir nicht sicher, ob ich es wirklich so gemeint habe. Ich habe aber nicht gelogen. Es steckt nur nicht so viel Gefühl dahinter, wie ich glaube, dass es sollte.“

Ich hatte mir schon gedacht, dass sie so etwas Ähnliches sagen würde, also tat es nicht ganz so weh. „Ich glaube, dass du mich mit der Zeit lieben wirst. Und auch ich werde dich mit der Zeit immer mehr lieben. Wenn du ein Teil der Familie wirst, die wir vor so langer Zeit erschaffen haben, dann verspreche ich dir, dass du lernen wirst zu lieben und geliebt zu werden, genau wie du es verdienst. Wir lieben dich schon so sehr. Als meine Frau wirst du Fox‘ wirkliche Mutter sein. Wir werden den ganzen Papierkram ausfüllen und es offiziell machen. Er wird wieder zu dir gehören.“

Ich wusste, dass ihr Herz kurz ausgesetzt hatte, konnte es an dem Blick erkennen, den sie Fox zuwarf. „Das würde er, nicht wahr?“

Fox lächelte und küsste sie auf die Wange. „Ich brauche kein Papier, um zu wissen, dass ich dein Kind bin, Mom. Aber wenn du eines brauchst, dann heirate Dad, und alles wird viel einfacher.“

Sie streichelte seine Wange. „Du bist ein so schlauer kleiner Mann, Fox.“

Sie sah mich an und streichelte dann meine Wange. „Du willst mich immer noch heiraten? Ich dachte, du würdest mich hassen, wenn ich dir das sage. Obwohl du mich zusammenbrechen gesehen hast, willst du mich noch heiraten? Ich bin mir nicht sicher, wer von uns beiden verrückter ist."

„Keiner von uns beiden, Zandra. Wir sind nur ein Produkt unserer Leben." Ich zog unsere verschränkten Hände hoch und küsste ihre. „Sag mir, dass du mich heiratest und mich zum glücklichsten Mann auf der Welt machst."

Ihre Lippen blieben fest verschlossen. Ihre Augen schlossen sich. Und sie sagte so lange nichts, dass ich mich fragte, ob sie eingeschlafen war.

Fox und ich warfen uns einen Blick zu, bis wir endlich ihre leise Antwort hörten. „Ich würde dich sehr gern heiraten, Kane Price."

Fox und ich seufzten erleichtert auf. „Dem Himmel sei Dank", sagte er, worauf Zandra und ich leise lachten.

Als Zandra ihre Auge öffnete, sagte sie: „Ich glaube, ich brauche Hilfe. Viel Hilfe, Kane."

„Und ich werde dafür sorgen, dass du sie bekommst. Du musst nie wieder Angst haben. Wir können uns gegenseitig helfen, die Wunden der Vergangenheit zu heilen, damit wir die beste Zukunft zusammen haben können. Fox und ich brauchen dich genauso sehr wie du uns." Ich hatte niemals wahrere Worte gesprochen.

Nach einer langen Umarmung sagte Fox: „Okay, ich bleibe dann bei Tante Nancy und Onkel James, während ihr heiratet."

Zandra lachte. „ Es dauert etwas länger, um eine Hochzeit vorzubereiten, Fox."

„Nein, tut es nicht." Ich stand auf und zog sie mit mir. „Wir beide nehmen einen Privatjet nach Vegas. Wir heiraten und dann bleiben wir noch etwas, um unsere Flitterwochen zu genießen. Später können wir längere Flitterwochen planen. Wo auch immer du hinwillst und so lange du willst."

Fox nahm die Hand seiner Mutter. „Und wenn ihr zwei zurückkommt, dann ziehst du bei uns ein. Es wird dann auch dein Zuhause sein. Und wir werden eine richtige Familie sein."

„Das ist ein Traum, nicht wahr?", fragte sie mich.

„Nein." Ich küsste sie auf die Wange und zog sie zum Schlafzimmer. „Ist es nicht. Und jetzt hol deine Tasche und nimm deinen

Ausweis mit, damit wir heiraten können." In der ganzen Aufregung hatte ich vergessen, ihr den Ring an den Finger zu stecken. „Oh, lass mich dir den hier anstecken."

„Ha?", fragte sie und drehte sich zu mir um. Ich ließ den Ring auf ihren Finger gleiten, sie keuchte auf, und eine Träne fiel ihr auf die Wange. „Kane, der ist wunderschön."

„Ich musste etwas auswählen, das zu deiner Schönheit passt. Zandra." Ich küsste den Ring an ihrem Finger und fühlte, wie mein Herz anschwoll. „Ich liebe dich."

Sie sah mich lange an. „Ich liebe dich tatsächlich, Kane Price. Wirklich."

Ich zuckte mit den Schultern. „Ja, ich weiß das. Du dachtest vielleicht, dass du diese Worte nicht so gemeint hast, aber ich wusste tief in mir, dass du das hast. Du wolltest nur nicht an dich selbst glauben, dass du fähig bist zu lieben. Und wahrscheinlich wolltest du auch nicht glauben, dass ich dich liebe, aber das tue ich."

„Ja, ich auch, Mom", mischte sich Fox ein. „Und ich weiß, dass du mich auch lieb hast, denn ich kann es in deinen Augen sehen."

„Oh Scheiße", wimmerte sie und mehr Tränen fingen an über ihre rosigen Wangen zu laufen. „Ich meinte Himmel, tut mir leid." Sie zog ihre Hand aus meiner. „Lass mich mich frisch machen, meine Sachen schnappen und dann können wir gehen."

Sie eilte davon, und ich rief ihr hinterher: „Nimm nur mit, was du wirklich brauchst. Ich kaufe dir alles andere."

Ich hörte sie schluchzen, als sie die Schlafzimmertür schloss. Fox sah grinsend zu mir auf. „Ist es das, was ich erwarten sollte, wenn ich ein Mädchen frage, ob es mich heiraten will, Dad?"

„Das hoffe ich doch nicht." Ich fuhr ihm mit der Hand über den Kopf. „Ich hoffe nicht, dass du den Karren vor das Pferd spannst, so wie ich es getan habe. Ich hoffe, du findest ein Mädchen, und ihr beide verliebt euch ineinander und seid einfach glücklich, wenn du sie fragst, und für den Rest eures Lebens."

Er nickte. „Ja, ich denke du hast recht, Dad."

Als Zandra wiederkam, hatte sie sich ein wunderschönes blaues Kleid angezogen, das sie umschwebte. Ihre Haare waren ordentlich nach oben zusammengesteckt, und sie sah wie die perfekte Mutter und Ehefrau aus. „Du siehst umwerfend aus."

Fox lachte. „Wow, Mom!"

Sie drehte sich und ließ den leichten Stoff um sich flattern. „Danke Jungs. Ich bin bereit, mein Leben jetzt anzufangen."

Ich legte ihr meinen Arm um ihre Taille und führte sie nach draußen zum Auto. „Ich auch."

Fox kletterte auf den Rücksitz. „Ja, ich auch."

Als wir alle lachten, spürte ich, wie die Luft um uns leichter wurde. Alles würde okay sein. Ich wusste, dass es schwierige Zeiten geben würde, aber es würde mehr gute als schlechte Zeiten geben.

Dafür würde ich sorgen.

32

ZANDRA

Seine ruhige Hand auf meinem Rücken, als wir zusammen zum Traualtar gingen, verschaffte mir eine Gänsehaut. Kane hatte niemals besser ausgesehen als jetzt, da er an meiner Seite ging, auf unserem Weg um Mann und Frau zu werden.

Ich hätte mir das niemals träumen lassen.

Kurz vor der Hochzeit hatte ich meine Eltern angerufen. Meine Mutter hatte abgenommen. „Hallo? Wer ist da?"

„Mom, ich bin es, Zandra. Ich rufe dich nur an, um dir zu sagen, dass ich heute Kane Price heirate. Er ist der Vater meines Sohnes, den ich zur Adoption freigegeben habe. Ich habe meinen Sohn zurück und seinen Vater, und wir gründen jetzt eine Familie." Ich holte tief Luft und wappnete mich für die nächsten Worte. „Mom, ich habe dir und Dad die Schuld daran gegeben, was ich getan habe. Ich habe euch beide elf Jahre lang für den Verlust meines Sohnes angeklagt. Aber in Wahrheit war es auch meine Schuld. Mein Mangel an Selbstvertrauen hat mich davon abgehalten, für das zu kämpfen, was ich wollte und was richtig war. Es tut mir leid."

„Ich weiß nicht, was ich sagen soll", murmelte sie.

„Du musst gar nichts sagen. Ich musste das nur los werden.

Tschüss." Ich zögerte und fügte dann hinzu: „Ich liebe dich und Dad." Dann legte ich auf.

Kanes Lächeln sagte mir, dass ich das Richtige getan hatte. Ich hatte meine Verbitterung noch nicht ganz überwunden, aber es laut auszusprechen, war ein großer Schritt vorwärts.

Der süße Kuss, den er mir gab, als ich ihm sein Handy wiedergab, erfüllte mein Herz mit Liebe.

Nachdem der Priester unsere Schwüre abgenommen hatte, die uns für alle Ewigkeit verbinden würden, steckten wir uns gegenseitig Platinringe an die Finger und tauschten unseren ersten Kuss als ein verheiratetes Paar.

Er lehnte seine Stirn an meine und flüsterte: „Ich liebe dich, Zandra Price, und das werde ich immer tun."

„Ich liebe dich, Dr. Price, und auch ich werde das immer tun."

Auch wenn ich das niemals hatte kommen sehen, war die Überraschung geglückt.

Und ein bisschen später waren Kane und ich in unserer Flitterwochen-Suite. Ich ließ es zu, mich von meinem Ehemann begehrt zu fühlen. Seine Hände waren überall auf meinem nackten Körper, als ich auf dem Bett lag, und er zeigte mir mit seinem Körper, wie sehr er mich liebte, und wie sehr ich seine Liebe wert war.

Er fing bei meinen Zehen an und küsste meinen gesamten Körper, bevor er bei meinen Lippen ankam. Ich fuhr mit den Händen durch seine Haare, als er meine Beine spreizte und seinen harten Schwanz in mich stieß.

Auf dem Flug nach Vegas hatten wir uns auf etwas geeinigt. Keine Verhütungsmittel mehr. Wir wollten so schnell wie möglich noch ein Baby haben.

Sicher, das ging alles sehr schnell, aber wir waren uns beide sicher. Es hatte mich sogar überrascht, wie schnell ich einem weiteren Baby zugestimmt hatte. Mein Leben hatte mich an Orte gebracht, die ich mir niemals hatte träumen lassen, und es war viel besser, als ich angenommen hatte.

Sein Schwanz bewegte sich langsam rein und raus. Kane löste seine Lippen von meinen und sah mich mit Verlangen in den Augen an. „Ich freue mich darauf, die Schwangerschaft mit dir gemeinsam zu erleben, Baby", sagte er.

Ich strich mit meinen Fingerspitzen über seine Wange. „Ich auch, Kane. Dieses Erlebnis mit dir zu teilen wird wundervoll. Das weiß ich. Und Fox ein Geschwisterchen zu geben, wird ihn glücklich machen."

Kane stieß seinen Schwanz tief in mich. „Geben wir ihm mehr als nur eines. Was hältst du von ein paar?"

Ich musste lachen. „Können wir dieses hier erst mal auf die Welt bringen, bevor wir über das nächste sprechen?"

„Na gut", stimmte er zu. Sein Mund nahm meinen wieder in Besitz und er bewegte sich schneller.

Die Leidenschaft überwältigte uns wie ein Feuer, das durch unsere Körper raste, und wir taten, was wir schon immer gut gekonnt hatten. Wir teilten unsere Körper auf eine Art, wie sie Gott schon immer vorgesehen hatte.

Sünde war ein schmutziges Wort, das meine Eltern viel zu oft verwendet hatten. Unser Sohn war nicht in Sünde gezeugt worden. Kane und ich hatten es damals vielleicht nicht gewusst, aber es war uns schon immer bestimmt gewesen, zusammen zu sein.

Kein legales Papier musste unterschrieben werden, um das zu bezeugen. Kein Priester konnte unsere Vereinigung real machen. Und niemand hätte stoppen können, was uns bestimmt war.

Es war einfach Schicksal.

Dass ich meine Jungfräulichkeit an Kane gegeben hatte, hatte schon lange in den Sternen gestanden. Wir waren schon immer füreinander bestimmt gewesen.

Und ich würde dafür sorgen, dass ich meinen Teil beitrug zu dem, was wir füreinander sein sollten. Liebhaber, Partner, Eltern, Lehrer, Freunde und Begleiter. Das Leben würde dafür sorgen, dass wir all das und mehr sein konnten.

Mein Körper bewegte sich zusammen mit seinem, als wir uns das erste Mal als verheiratetes Paar liebten. Aber unser Körper hatten schon immer dem anderen gehört. Unsere Herzen waren niemals unsere gewesen – ich hatte mein Herz gefunden, als ich

Kane gefunden hatte, und ich sah, dass er seines bei mir gefunden hatte.

Ich spürte, wie sich sein Schwanz in mir anspannte, und sah ihm in die Augen, als er seinen Samen in mich spritzte. Ich klammerte mich an seinem Nacken fest, als mein Orgasmus mich überkam, der noch den letzten Tropfen aus ihm molk. „Gib mir alles, was du hast, Kane."

„Das werde ich." Er küsste mich. „Solange du mir alles gibst, was du hast. Ich werde dir immer alles geben."

Er strahlte von innen heraus. Ein Strahlen, das ich früher nie bemerkt hatte. Ich schnappte nach Luft, als die Hitze seines Samens mich ausfüllte, mein Herz laut zum Schlagen brachte, und mein Körper sich anfühlte, als würde er schweben, anstatt auf dem Hotelbett zu liegen.

Als unser Körper sich beruhigten, legte er seinen Kopf auf meine Brust, nahm etwas von seinem Gewicht von mir. „Egal was passiert, Zandra Price, ich werde dich immer lieben."

Ich fuhr ihm mit der Hand durch seine Haare und sagte ihm das Gleiche. „Ich werde dich auch für immer lieben, egal was passiert, Kane Price."

Unser glückliches Ende war endlich da. Und niemand war mehr überrascht darüber als ich.

ENDE.

Hat Dir dieses Buch gefallen? Dann wirst Du Das Baby der Jungfrau LIEBEN.

Der Tod wurde zum Katalysator für das Leben ...
Mein dreißigster Geburtstag sollte nicht so enden.
Ein Anruf ließ mich an die Seite meines Großvaters eilen.

Die einzige Familie, die ich noch hatte, würde mich bald allein
zurücklassen.

Seine einzige Forderung?

Ich musste einen Erben zeugen oder er würde mich aus seinem
Testament streichen.

Aus allen potenziellen Leihmüttern stach sie hervor.

Brillant. Bezaubernd. Unschuldig.

Sie erkannte von Anfang an, dass ich ein Bad Boy war.

Sie würde mein Baby bekommen, aber ich würde niemals ihr Herz
besitzen.

Oder doch?

Lies Das Baby der Jungfrau JETZT!

**Wenn du "Söhne der Sünde vollständige Reihe" zum Sonderpreis
lesen willst, kannst du das komplette Boxset erhalten, indem du
hier klickst.**

Milliardär Liebesromane: Söhne der Sünde Sammlung

❀ Erstellt mit Vellum

9 781648 089527